Abenteuerpfad ✦ Teil 1 von 6

Sommerschnee

IMPRESSUM

Authors
Rob McCreary, Kevin Andrew Murphy,
Neil Spicer und James Wilber

Cover Artist
Craig J Spearing

Interior Artists
Ken Barthelmey, Dmitry Burmak, Miguel Regodón Harkness,
Kate Maximovich, Brynn Metheney, Sara Otterstätter, Roberto
Pitturru, Ryan Portillo, Dmitry Prosvirnin, Doug Stambaugh und
Kieran Yanner

Cartographers
Jared Blando und Robert Lazzaretti

Creative Director • James Jacobs
Editor-in-Chief • F. Wesley Schneider
Senior Editor • James L. Sutter
Development Leads • Adam Daigle und Rob McCreary
Development Team • Adam Daigle, Rob McCreary, Mark Moreland und Patrick Renie
Editorial Team • Judy Bauer, Logan Bonner, Christopher Carey und Ryan Macklin
Lead Designer • Jason Bulmahn
Design Team • Stephen Radney-MacFarland und Sean K Reynolds
Senior Art Director • Sarah E. Robinson
Graphic Designers • Sonja Morris und Andrew Vallas

Production Specialist • Crystal Frasier
Publisher • Erik Mona
Paizo CEO • Lisa Stevens
Chief Operations Officer • Jeffrey Alvarez
Director of Sales • Pierce Watters
Marketing Director • Jenny Bendel
Finance Manager • Christopher Self
Staff Accountant • Kunji Sedo
Chief Technical Officer • Vic Wertz
Senior Software Developer • Gary Teter
Campaign Coordinator • Mike Brock
Project Manager • Jessica Price
Website Team • Ross Byers, Liz Courts, Lissa Guillet und Chris Lambertz
Warehouse Team • Will Chase, Michael Kenway, Jeff Strand und Kevin Underwood
Customer Service Team • Cosmo Eisele, Erik Keith und Sara Marie Teter

Deutsche Ausgabe • Ulisses Spiele GmbH
Originaltitel • The Snows of Summer
Übersetzung • Ulrich-Alexander Schmidt, Aeringa Voino
Lektorat und Korrektorat • Frank Bröning, Tom Ganz, Thorsten Naujoks, Anne-Janine Naujoks-Sprengel, Mario Schmiedel, Oliver von Spreckelsen
Layout • Thomas Michalski, Christian Lonsing

Dieses Buch verweist auf mehrere andere Pathfinder-Produkte. Diese Bände werden wie folgt abgekürzt:

Pathfinder Grundregelwerk	GRW	*Almanach der Magie Golarions*	AMAG
Pathfinder Expertenregeln	EXP	*Völker des Eises & des Sandes*	HE&S
Pathfinder Monsterhandbuch	MHB	*Pathfinder Ausbauregeln: Magie*	ABR
Pathfinder Monsterhandbuch II	MHB II	*Pathfinder Ausbauregeln II: Kampf*	ABR II
Pathfinder Monsterhandbuch III	MHB III	*Pathfinder Ausrüstungskompendium*	ARK
Pathfinder Spielleiterhandbuch	SLHB		

Dieses Abenteuer ist mit der Open Game License (OGL) kompatibel und kann für das *Pathfinder Rollenspiel* oder die Edition 3.5 des ältesten Fantasy-Rollenspiels der Welt benutzt werden. Die OGL kann auf Seite 96 dieses Produktes nachgelesen werden.

Product Identity: The following items are hereby identified as Product Identity, as defined in the Open Game License version 1.0a, Section 1(e), and are not Open Content: All trademarks, registered trademarks, proper names (characters, deities, etc.), dialogue, plots, storylines, locations, characters, artwork, and trade dress. (Elements that have previously been designated as Open Game Content or are in the public domain are not included in this declaration.)
Open Content: Except for material designated as Product Identity (see above), the game mechanics of this Paizo Publishing game product are Open Game Content, as defined in the Open Game License version 1.0a Section 1(d). No portion of this work other than the material designated as Open Game Content may be reproduced in any form without written permission.

Ulisses Spiele GmbH
Industriestr. 11 | 65529 Waldems
www.ulisses-spiele.de
Art.-Nr. : US53051
ISBN 978-3-95752-001-2

Paizo Publishing Inc.
7120 185th Ave NE, Ste 120
Redmond, WA 98052-0577
paizo.com

Pathfinder Adventure Path #67: The Snows of Summer © 2013, Paizo Publishing Inc. All Rights Reserved.
Paizo Publishing Inc., the golem logo, Pathfinder, and GameMastery are registered trademarks of Pathfinder Adventure Path, Pathfinder Campaign Setting, Pathfinder Cards, Pathfinder Flip-Mat, Pathfinder Map Pack, Pathfinder Module, Pathfinder Pawns, Pathfinder Player Companion, Pathfinder Roleplaying Game, and Pathfinder Tales are trademarks of Paizo Publishing Inc.
© 2014 Deutsche Ausgabe Ulisses Spiele GmbH, Waldems, unter Lizenz von Paizo Publishing Inc., USA. Alle Rechte vorbehalten.

INHALTSVERZEICHNIS

Vorwort	4
Sommerschnee von Neil Spicer	6
NSC-Galerie von Neil Spicer	56
Schätze der Winterkönigin von Neil Spicer	60
Heldren von Rob McCreary	62
Waldsby von Rob McCreary	66
Werkzeuge für die Kampagne geschrieben und zusammengestellt von Rob McCreary	70
Die Chroniken der Kundschafter: Die Knochenmehl-Puppen, Teil von 6 von Kevin Andrew Murphy	74
Bestiarium von Neil Spicer und James Wilber	80
Kampagnenüberblick	90
Vorschau	96

DIE WINTERKÖNIGIN

DAS TOR ZU NEUEN WELTEN!

Der Abenteuerpfad „Die Winterkönigin" – oder besser das Konzept zu ihm – war schon eine ganze Weile in Arbeit. Wer den Kampagnenband kennt – entweder den alten *Golarion*-Band oder den *Weltenband der Inneren See*, hat vielleicht den ansonsten harmlos wirkenden Eintrag im Kalender für das Jahr 4.613 AK bemerkt: „Baba Jaga setzt ihre Tochter Elvanna auf den Thron von Irrisen." Es scheint sich ja auch um eine Nebensächlichkeit der Thronfolge zu handeln – die Herrschaft einer Königin endet und die der nächsten beginnt -, doch wenn man Irrisens Geschichte beachtet, ist das Ganze um einiges bedeutsamer. Baba Jaga kehrt alle 100 Jahre nach Golarion zurück und setzt eine neue Tochter auf den Thron. Folgerichtig müsste ihr nächstes Erscheinen in das Jahr 4.713 AK fallen. Und dieses entspricht dem Jahr 2013 unseres eigenen Kalenders.

Die Saat für „Die Winterkönigin" wurde also schon vor über fünf Jahren gesät, mit dem Plan, dass 2013 in Irrisen und mit Baba Jaga etwas Großes passieren würde. Und da wären wir nun – der Abenteuerpfad erschien 2013 auf Englisch und wurde vom fleißigen Pathfinder-Übersetzerteam im Auftrag von Ulisses-Spiele ins Deutsche übertragen.

Willkommen zur Winterkönigin! – Falls du dies liest und vorhaben solltest, den Abenteuerpfad zu spielen, sei gewarnt: Es folgen Informationen, welche dir den Spielspaß verderben könnten!

Als wir den Abenteuerpfad planten, wussten wir schnell, dass es nicht „Der-Irrisen-AP" werden würde, sondern „Der-Baba-Jaga-AP". Baba Jagas *Tanzende Hütte* kann sie schließlich überallhin im Universum bringen – andere Planeten und andere Ebenen -, daher wäre es doch gegenüber der Hexenkönigin ungerecht, sie nur auf Irrisen zu beschränken. Zudem erkannten wir, während wir so planten und überlegten, dass wir die SC die *Tanzende Hütte* benutzen lassen wollten. So wurde also nicht eine Stadt, ein Land oder eine Region das Zentrum des Abenteuerpfades, welches alle Abenteuer der Kampagne miteinander verband, sondern die Hütte selbst. Die SC werden eine Reihe wundersamer, exotischer Orte besuchen, während die Hütte als ihre „Heimatbasis" fungiert.

VORWORT

Das bedeutet aber nicht dass „Die Winterkönigin" Irrisen meidet. Die SC reisen zum ersten Mal in diesem Band nach Irrisen und verbringen dort die zweite Hälfte des Abenteuers. Der zweite Teil der Kampagne spielt komplett im Land der Weißen Hexen. Doch sobald den SC die *Tanzende Hütte* in die Hände fällt, sind sie nicht mehr nur auf Golarion beschränkt.

Aber wohin gehen die SC im Laufe der Kampagne? – Wir haben lange darüber nachgedacht und hatten eine Reihe von Ideen. Irrisen sollte eine wichtige Örtlichkeit sein, wir wollten aber auch die Reisefähigkeiten der *Tanzenden Hütte* ausspielen und zugleich das finstere Märchenflair der ursprünglichen Geschichten um Baba Jaga beibehalten. Das Ergebnis ist der weitreichendste Abenteuerpfad, den wir jemals erschaffen haben.

Wir entschieden uns, die „Grenzen" des Abenteuerpfades über das Gebiet der Inneren See zu erweitern, indem wir im dritten Band des Abenteuerpfades nach Iobaria am Westrand Casmarons (zu Iobaria findest du mehr im dritten Teil des Abenteuerpfades „Königsmacher") übersiedelten. Iobaria ist die „russischste" Region Golarions und da dort bisher noch keine Abenteuer gespielt haben, erschien es uns als der beste Platz, an den die *Tanzende Hütte* die SC auf ihre Jungfernfahrt mitnehmen konnten.

Wohin könnte die Hütte sich nach Irrisen und Iobaria als nächstes wenden? Zu den wichtigsten Themen des Abenteuerpfades gehört der Winter und der einzige Ort auf Golarion, der kälter ist als Irrisen, ist die Krone der Welt. Dieses Gebiet haben wir aber bereits in einem früheren Abenteuerpfad besucht, also mussten wir uns nach noch entfernteren Orten für das nächste Reiseziel der Hütte umsehen.

Und damit kommt das golarische Sonnensystem ins Spiel, das James L. Sutter in seinem *Almanach der Fernen Welten* liebevoll und detailliert ausgearbeitet hat. Dort fanden wir mit dem Planeten Triaxus den perfekten Ort für den nächsten Besuch: Seine 317 Jahre dauernde Umlaufbahn resultiert in einem Jahrzehnte anhaltenden planetaren Winter, der uns als Hintergrund für den vierten Teil der Winterkönigin dient.

An diesem Punkt nahmen unsere Überlegungen ihre seltsamste, witzigste und beängstigendste Kehrtwendung: Wir hatten bereits festgelegt, erst das Gebiet der Inneren See und dann Golarion selbst zu verlassen. Wohin sollten wir uns nun wenden? Ich weiß nicht mehr, wer vorgeschlagen hat, die Kampagne zum Geburtsort Baba Jagas zu führen, aber wir alle liebten die Idee, denn damit würde es zur Erde gehen. Wir haben schon festgelegt, dass die Erde im selben Universum existiert wie Golarion – da die Materielle Ebene quasi endlos ist, gibt es Platz für jede Welt, nur muss man deshalb dort noch lange kein Abenteuer ansiedeln. Wir überlegten, drehten und wendeten alles. Und dann lieferte uns Erik Mona eine weitere brillante, irre und absolut unglaublich geniale Idee: ein Abenteuer namens „Rasputin muss sterben!", das den

AUF DEM TITELBILD

Die Hexenkönigin selbst, Baba Jaga, erscheint auf dem Titelbild dieses Bandes. Die SC begegnen ihr in diesem Abenteuer zwar nicht, da sie nicht wie geplant nach einhundert Jahren nach Irrisen zurückkehrt, allerdings werden sie ihrer Spur im Rahmen des Abenteuerpfades folgen.

Wahnsinnigen Mönch selbst zum Inhalt hatte. Wir waren alle begeistert von der Idee – die SC gegen Rasputin in einem Pathfinder-Abenteuer?! – Gekauft! Uns war aber auch klar, dass ein Abenteuer auf der Erde keine ungefährliche Idee ist. Während wir es aber ausfeilten, wuchs unsere Begeisterung, so dass wir hoffen, dass es für unsere Fans nicht weniger spannend und spaßig wird.

Damit blieb noch der Abschlussband der Kampagne. Ein Besuch der Erde ließ sich nur schwer übertreffen, also entschieden wir uns, den Kreis zu schließen und den letzten Teil in Baba Jagas *Tanzender Hütte* spielen zu lassen. Wo immer dieses Artefakt in den Märchen und anderen Rollenspielen bisher in Erscheinung getreten ist, war es innen stets größer als außen, so dass wir hier unseren Ansatz hatten. Ich werde im nächsten Band mehr dazu erzählen, will an dieser Stelle aber nur sagen, dass die Hütte im letzten Teil sich deutlich von dem Reisegefährt unterscheidet, das die SC bis zu diesem Punkt benutzt haben. Es gibt genug Platz für das Finale der Winterkönigin und zugleich werden wir etwas Licht auf eines der größten Geheimnisse Irrisens werfen: Was macht Baba Jaga eigentlich mit all jenen Töchtern, die sie als Herrscherinnen Irrisens absetzt?

RPG Superstar Neil Spicer wollte schon lange ein Abenteuer ganz zu Anfang eines Abenteuerpfades verfassen. Diese Chance erhält er nun mit „Sommerschnee", wenn er die SC aus dem warmen Taldor in Irrisens harten, nie endenden Winter führt. Also kramt die Stiefel und den Wintermantel hervor, greift eure Fellmütze und die Hühnerbeinhütte-Handschuhe, denn es ist eiskalt dort draußen und der Abenteuerpfad - Die Winterkönigin hat gerade erst begonnen!

Rob

Rob McCreary
Developer
rob.mccreary@paizo.com

DIE WINTERKÖNIGIN

SOMMERSCHNEE

Teil Eins: Früher Frost — Seite 8
Die SC stoßen in den schneebedeckten Grenzwald vor, um die Hintergründe eines seltsamen Wintereinbruchs inmitten des Sommers in Erfahrung zu bringen und um eine von Räubern entführte Adelige zu retten.

Teil Zwei: Winterkälte — Seite 23
Die SC entdecken in den Tiefen des Waldes ein magisches Portal, das nicht nur Ursprung des winterlichen Wetters ist, sondern auch die Quelle gefährlicher Invasoren aus dem hohen Norden.

Teil Drei: Land der Weissen Hexen — Seite 34
Mit einer gefährlichen Aufgabe zur Rettung der Welt beauftragt, dringen die SC durch das Portal nach Irrisen vor. Im Land des ewigen Winters finden sie unter den Einheimischen schnell Freund und Feind.

Teil Vier: Der Fahle Turm — Seite 41
Um das Winterportal zu schließen und Taldor zu retten, müssen die SC in den Fahlen Turm eindringen, eine Eisfestung, die von einem machtgierigen Winterhexer kontrolliert wird.

AUFSTIEGSÜBERSICHT

„Sommerschnee" ist auf vier Charaktere ausgelegt und verwendet die mittlere Aufstiegsgeschwindigkeit.

1 Die SC beginnen dieses Abenteuer auf der 1. Stufe.

2 Die SC sollten die 2. Stufe erreicht haben, wenn sie im Grenzwald auf das Winterportal stoßen.

3 Die SC sollten die 3. Stufe erreicht haben, wenn sie in den Fahlen Turm eindringen.

4 Die SC sollten vor dem Endkampf mit Radosek Pawril die 4. Stufe erreicht haben und zum Ende des Abenteuers ein gutes Stück in Richtung der 5. Stufe hinter sich gebracht haben.

SOMMERSCHNEE

ABENTEUERHINTERGRUND

Von einer anderen Welt stammend, erreichte vor genau 1.400 Jahren eine mächtige Hexe namens Baba Jaga Golarion. Mithilfe ihrer *Tanzenden Hütte*, einem mächtigen Artefakt, welches das Reisen zwischen den Welten und sogar zwischen den Ebenen ermöglichte, bahnte sie sich einen Weg in die uns bekannte Welt. In einem kurzen, brutalen Konflikt, welcher als „Der Winterkrieg" in die Geschichte einging, eroberte die selbsternannte Königin der Hexen das östliche Lindwurmkönigreich Raemerrund und den Bund von Djurstor und gründete auf dem unterworfenen Gebiet das in ewigen Winter gehüllte Reich Irrisen. Als nächstes setzte sie ihre Tochter Jadwiga als erste Königin auf den Thron und reiste weiter. Nach genau 100 Jahren aber kehrte Baba Jaga zurück, um Jadwiga durch ihre neue Tochter Morgannan zu ersetzen. Die frühere Königin und deren Kinder der ersten Generation nahm sie mit sich, als sie Golarion wieder verließ. Diese Tradition führt sie nun seit 14 Jahrhunderten alle 100 Jahre fort, so dass bisher 14 Königinnen das Land beherrschten. Die meisten nehmen an, dass Baba Jaga ihre Töchter auf die Erkundung fremder neuer Welten, anderer Zeiten und Dimensionen mitnimmt und mit ihnen die Geheimnisse des Multiversums teilt. Doch die selbst vor Baba Jagas Töchtern verborgene Wahrheit ist um einiges finsterer.

Baba Jaga ist eine beinahe unsterbliche Hexe von legendärer Macht. Die Quelle ihrer Langlebigkeit und ihrer arkanen Fähigkeiten sind dabei ihre größten Mysterien: Die von ihr gestürzten Töchter sehen sich keiner glorreichen, glanzvollen Zukunft gegenüber, sondern werden geopfert, um die Macht ihrer Mutter zu erhalten. Baba Jaga überträgt einer Tochter vorübergehend die Krone Irrisens, damit sie altern kann wie guter Wein, doch nach 100 Jahren kehrt sie zurück, entzieht dieser Tochter die Lebenskraft und erneuert so ihre eigene. Die vertrocknete, untote Hülle kerkert sie sodann tief im Inneren ihrer *Tanzenden Hütte* ein und krönt bis zu ihrer nächsten Rückkehr eine andere Tochter zur Königin von Irrisen. Dieser Plan geht seit 1.400 Jahren fast unfehlbar auf. Nur wenige Königinnen haben sich ihrer Mutter widersetzt, um die Krone zu behalten, doch auch denen waren Baba Jagas wahre Absichten unbekannt.

Für die gegenwärtige Königin Irrisens, Elvanna, naht die Zeit der Abdankung. Die 14. Tochter Baba Jagas, welche auf dem Thron Irrisens sitzt, hegt die Vermutung, dass möglicherweise die Töchter der Baba Jaga ein ganz anderes Schicksal erwartet, als allgemein angenommen wird und was ihr vor 900 Jahren von ihrer Schwester, Königin Aelena, verkündet wurde. Nach Jahrzehnten der Nachforschungen und des Einsatzes zahlreicher Erkenntniszauber weiß Elvanna, dass bisher jede Königin Irrisens spurlos verschwand. Elvanna fand von keiner ein Lebenszeichen, egal auf welchem Planeten, welcher Ebene oder welcher Dimension sie auch nach ihr suchte. Elvanna konnte zwar nicht herausfinden, was ihren Schwestern genau zugestoßen ist, weigert sich aber, auf die Rückkehr ihrer Mutter zu warten und sich einfach ihrem Schicksal zu ergeben. Im Gegensatz zu früheren, rebellischen Herrscherinnen will Elvanna nicht nur ihren Thron behalten. Sie hat sich stattdessen entschlossen, alles zu tun, um sich ihrer allmächtigen Mutter zu widersetzen und diese als Königin der Hexen abzulösen.

Mit der Hilfe ihres Halbbruders Grigori Rasputin hat Elvanna Baba Jaga auf deren Heimatwelt – der Erde – in eine Falle gelockt und ging aus dem folgenden Wettstreit des Willens als Siegerin hervor. Elvanna konnte ihre Mutter in Rasputins sibirischer Festung einkerkern. Allerdings hielt Baba Jaga für den Fall solchen Verrats stets Notfallpläne bereit. Da Rasputins Bitte, zu ihm zu kommen, ihr Misstrauen erweckte, rief sie ihre Drei Reiter herbei und informierte diese feeischen Herolde bei ihrer Rückkehr nach Irrisen, ihr zur Hilfe zu eilen, sollte sie nicht wie geplant auf Golarion erscheinen. Hierzu hat sie eine Spur in Gestalt mehrerer Gegenstände hinterlassen, welche als Schlüssel zur Kontrolle der *Tanzenden Hütte* fungieren. Diese Spur sollte es den Drei Reitern (oder anderen Rettern) ermöglichen, sie über die Grenzen von Ländern und auch Welten hinweg aufzuspüren und zu befreien.

Elvanna ahnte nichts von diesen Vorsichtsmaßnahmen. Sie kehrte mit der *Tanzenden Hütte der Baba Jaga* nach Golarion zurück und legte sie als Trophäe und zum Beweis ihres Sieges über ihre Mutter am Marktplatz von Weißthron in Ketten. Dabei achtete sie auch darauf, alle Kontrollschlüssel im Inneren der Hütte zu deaktivieren, damit keiner sich der Hütte annehmen und diese rauben konnte. Zugleich erschuf sie ein magisches Spiegelportal als geheimen Zugang zwischen dem heiligsten Teil der Hütte und dem Königspalast in Weißthron.

Nachdem sie die Hütte gesichert hatte, begann Elvanna die Jagd nach den Drei Reitern. Sie konnte zwei von ihnen einfangen und töten. Doch der Schwarze Reiter entkam ihr, musste aber erkennen, dass er die *Tanzende Hütte* aufgrund der abgeschalteten Kontrollelemente nicht zur Suche nach Baba Jaga nutzen konnte. Daher nahm er die deaktivierten Schlüssel mit sich nach Iobaria und floh in die Wildnis. Elvanna befahl ihrer Armee, den Reiter zur Strecke zu bringen, und wandte sich daraufhin dem nächsten Teil ihres ambitionierten Plans zu.

Elvanna legte die Verwaltung ihres Reiches in die Hände ihrer Tochter, Prinzessin Cassisotschi, und einer kleinen Armee von Beamten und begann mit einem komplexen Ritual, um Irrisens ewigen Winter auf ganz Golarion auszudehnen und den ahnungslosen, unvorbereiteten Planeten in eine Eiswelt unter ihrer eisernen Kontrolle zu verwandeln. Elvanna glaubt, dass keine Macht auf Golarion oder von anderswoher sich ihr in den Weg stellen könnte, wenn sie erst über die Macht einer neuen Eiszeit gebietet. Zum ersten Schritt ihres Plans gehört das Öffnen zahlreicher Portale zwischen Irrisen und anderen Orten auf der Welt. Infolge dessen erschienen überall auf Avistan und Garund kleine Gebiete unnatürlichen winterlichen Wetters mitsamt monströsen Bewohnern des eisigen Nordens – unter anderem auch nahe dem kleinen taldanischen Dorf Heldren.

Für das Entstehen des Winterportals nahe Heldren ist die Weiße Hexe Nazhena Wasilliowna verantwortlich, eine Angehörige der irrisischen Herrscherschicht, welche Elvanna bei ihrem Griff nach der Macht unterstützt. Gegenwärtig kümmert sich ihr Lehrling, ein Winterhexer namens Radosek Pawril, um die Fortführung der Arbeit, während Nazhena selbst zur Berichterstattung nach Weißthron gereist ist. Radosek hat bereits viele Kalte Feen in den Grenzwald nahe Heldren ausgesandt, um Irrisens Präsenz vor Ort zu stärken. Die Feenwesen stehen unter dem Kommando eines heimtückischen

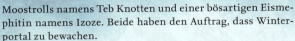

DIE WINTERKÖNIGIN

Moostrolls namens Teb Knotten und einer bösartigen Eismephitin namens Izoze. Beide haben den Auftrag, dass Winterportal zu bewachen.

Kurz nach Durchschreiten des Portals in den Grenzwald kamen die irrisischen Invasoren jedoch mit einer Räuberbande in Konflikt, die sich selbst Rohkars Räuber nennt. Der listige Räuberhauptmann, ein Norgorberpriester namens Rohkar Zindren, und seine Bande leisteten den Eindringlingen zu Beginn Widerstand, erkannten aber rasch, dass sie den Feen unterlegen waren, und legten letztendlich die Waffen nieder und ergaben sich. Izoze konnte Teb davon überzeugen, die Räuber am Leben zu lassen, da sie sich von diesen Informationen über Taldor versprach und annimmt, sie im Umland als Spione einsetzen zu können.

Daraufhin begannen die Räuber Izoze bei der Erkundung des Waldrandes zu unterstützen. Sie stießen auf den Wagenzug einer jungen Adeligen namens Argentea Malassene, die von Zimar zu einem der Kanäle Taldors unterwegs war, um per Boot nach Oppara zurückzukehren. Rohkar erkannte sofort den Wert dieser Beute und drängte Izoze erfolgreich, den Wagenzug anzugreifen. Die Mephitin stimmte unter der Bedingung zu, dass die Adelige lebend gefangengenommen werden sollte und die Räuber an ihr nicht ihren Blutdurst befriedigten. Nun befindet sich die Edle im Versteck der Räuber, einer standfesten Jagdhütte tief im Herzen des Waldes. Die Räuber hinterließen jedoch eine deutliche Spur im Schnee. Rohkar wartet auf den Moment, an dem er die Eledame Norgorber opfern kann, während Izoze und Teb stattdessen die Adelige und ihre Stellung in der taldanischen Gesellschaft nutzen wollen, um ihre Ziele zu fördern.

Die Edle Argentea ist nicht das einzige Opfer der Bösewichte: Einige Einheimische aus Heldren sind den Banditen und den mit ihnen verbündeten Kalten Feen sowie anderen Kreaturen des eisigen Nordens, die durch das Portal gekommen sind, bereits begegnet. Es kursieren gegenwärtig Gerüchte, was das ungewöhnliche Wetter wohl für die Region bedeuten könnte. Doch niemand vermutet, dass es die ganze Welt ins Verderben stürzen könnte.

Abenteuerzusammenfassung

Als ein übernatürliches Gebiet winterlicher Verhältnisse im Grenzwald nahe dem Dorf Heldren entsteht, werden die SC ausgesandt, um die Gegend auszukundschaften. Ferner sollen sie eine reisende Adelige finden und befreien, welche anscheinend von Räubern entführt wurde. Im Herzen des Wintergebiets stoßen die SC auf die Quelle des unnatürlichen Wetters: Ein magisches Portal führt ins eisige, fern im Norden liegende Irrisen. Bald schon wird ihnen klar, dass weitaus mehr als nur Heldren bedroht ist, als ein sterbender Reiter durch das Portal schreitet. Es handelt sich um den Schwarzen Reiter, den letzten von Baba Jagas Drei Reitern. Er beauftragt die SC, Baba Jaga zu finden, um Königin Elvanna davon abzuhalten, ganz Golarion mit Irrisens ewigen Winter zu überziehen.

Angetrieben vom Wunsch, ihr Heimatland zu retten, und zugleich unter dem Zwang der Hexerei des Schwarzen Reiters treten die SC durch das offene Portal nach Irrisen über. Sie können sich mit den Dorfbewohnern des irrisischen Ortes Waldsby anfreunden, aber sich auch mächtige Feinde machen, denn Nazhena Wassilliowna, die Herrscherin der Region, hat auch das Portal nach Taldor erschaffen. Die SC müssen in die Festung der Weißen Hexe vorstoßen, den völlig aus Eis bestehenden Fahlen Turm, und sich dort Nazhenas Lehrling, Radosek Pawril, stellen. Wenn sie diesen besiegen, können die SC ihren Heimatort Heldren retten und das Winterportal schließen. Doch sie selbst würden dann in Irrisen festsitzen. Der Auftrag des Schwarzen Reiters weist sie nach Weißthron, dem nächsten Wegpunkt bei ihrer Suche nach Baba Jaga.

Teil Eins: Früher Frost

Das Abenteuer beginnt im kleinen Dorf Heldren in Taldor, ein Stück nördlich des Grenzwaldes nahe Qadira. Mehr zu Heldren findest du im Artikel auf Seite 62. Die SC sollten allesamt einheimische Bewohner Heldrens oder dort vor kurzem eingetroffen sein. Im Ort kursieren Gerüchte über fremdartige Gebiete winterlichen Wetters, die in ganz Taldor auftauchen.

Um das Abenteuer zu beginnen, lies den SC den folgenden Abschnitt vor oder umschreibe es mit deinen eigenen Worten.

Im verschlafenen Dörfchen Heldren hat es wohl noch nie derartige Aufregung und Sorge gegeben. Aus dem nahen Grenzwald zurückgekehrte Jäger berichten von unnatürlich kaltem Wetter, welches vor ein paar Tagen dort hereingebrochen ist – und dies mitten im Hochsommer! Der Kälte folgten starke Schneefälle und wer aus dem Wald zurückkam, berichtet von unheimlichen Vorgängen in diesem sowie neuen, gefährlichen Raubtieren. Niemand weiß, was dies alles bedeutet, doch die Wahrsagerin des Ortes, Mütterchen Theodora, behauptet, dass finstere Zeiten bevorstünden.

Gestern traf wie zum Beweis dieser Schreckensprophezeiung ein übel verwundeter Söldner im Ort ein, der behauptet, als Leibwächter für die Edle Argentea Malassene zu arbeiten. Er berichtete dem Dorfrat, dass die Eskorte der Adeligen von Räubern und fremdartigen Winterkreaturen nahe dem Waldrand angegriffen worden sei, welche die Edle in den Grenzwald verschleppt hätten. Nun blicken die Dorfbewohner voller Angst in Richtung des verschneiten Waldes und sorgen sich, welche Gefahren für ihr friedliches Dorf aus diesem hervorbrechen könnten.

Sollten die SC zusammenkommen, um mehr über die jüngsten Ereignisse herauszubekommen, dann erlaube ihnen Fertigkeitswürfe für Diplomatie zum Sammeln von Informationen oder für Wissen (Lokales) und konsultiere die nachfolgende Tabelle, was sie über die Geschehnisse in und um Heldren und den Grenzwald erfahren.

Ortskunde

Ergebnis	Gerücht
5+	Jeder sagt, dass das kalte Wetter nicht zum Hochsommer passt! Die meisten glauben, Magie sei im Spiel und manche fürchten, dass qadirische Spione beteiligt sind.
10+	Der Alte Dansby behauptet, dass jemand von seinen Feldern stehle. Sein Hof liegt dem Grenzwald am nächsten und die Hälfte seiner

SOMMERSCHNEE

	Ernte ist durch den Frost eingegangen. Der Rest wurde fortgetragen.
12+	Der Sohn eines Bauern ist vor ein paar Tagen krank geworden, nachdem er durch das Eis auf dem Wünschelbach eingebrochen ist. Der Junge sagt, er hätte einen weißen Hirsch im Wald gesehen – und ihn auch noch reden gehört –, dem er versucht hätte zu folgen.
15+	Eine Gruppe von Waldläufern im Grenzwald, die sich selbst die Hohen Wächter nennt, hält in der Regel die Aktivitäten der Räuber dort unter Kontrolle. Doch wenn die Räuber nun einen bewaffneten Wagenzug angreifen und auch die Edle Argentea entführen konnten, dann bringen die Hohen Wächter recht wenig!
18+	Die Einheimischen munkeln, dass ein Jäger namens Draiden Kepp behauptet hätte, ein riesiges weißes Wiesel auf dem Hochgrat gesehen zu haben. Da ihm niemand Glauben schenkte, ging er zurück, um es einzufangen und seine Behauptung zu beweisen.
20+	Vor zwei Wochen reiste die Edle Argentea Malassene auf dem Weg von Oppara nach Zimar an Heldren vorbei. Sie war auf dem Weg, um ihren Verlobten zu treffen. Gerüchten zufolge war die Zuneigung zwischen ihnen jedoch erloschen. Die Edle soll die Verlobung gelöst und damit einen Skandal verursacht haben, ehe sie sich auf den Heimweg machte.

Sollten die SC an den seltsamen Vorgängen oder dem Verschwinden der Edlen Argentea kein Interesse zeigen, werden sie schließlich vom Dorfrat unter Führung von **Ionnia Teppen** (NG Menschliche Bürgerliche 7) angesprochen. Der Rat bestätigt das Gerücht, dass sich im Grenzwald ein Gebiet ungolarischen Winters gebildet hätte. Die SC erfahren ferner von einem Reiter aus Zimar, der am Vortag beängstigende Nachrichten überbracht hätte: Dieser Reiter, ein Ulfensöldner namens **Yuln Oerstag** (RN Menschlicher Kämpfer 2) gehörte zur Eskorte der Edlen Argentea Malassene und hätte diese von Zimar nach Oppara bringen sollen. Als aber der Wagenzug der Edlen die Ausläufer des Grenzwaldes passierte, wurde er von Banditen und merkwürdigen Winterkreaturen angegriffen. Die Edle Argentea wurde verschleppt und Yuln gelang als einzigem die Flucht. Er ist schwer verwundet, konnte aber die furchtbaren Kreaturen beschreiben, welche seine Gruppe angegriffen haben. Als Einheimischer des hohen Nordens hat er einige der Kreaturen erkannt, die aus dem Wald hervorgebrochen waren. Was er zu berichten hatte, versetzte den Rat in große Sorge.

Heldren ist gerade groß genug, um eine brauchbare Miliz zum Schutz des Ortes aufstellen zu können. Deshalb wird die Hilfe von örtlichen Helden wie den SC benötigt. Ratsherrin Teppen bittet die SC, diesen Ereignissen nachzugehen, und ermutigt sie, die Edle Argentea zu retten und die Quelle der Gefahr zu finden, welche sich im eisigen Herzen des Waldes verbirgt.

> **WARUM TALDOR?**
>
> Der Abenteuerpfad „Die Winterkönigin" beginnt im kleinen Dorf Heldren. Dieses Abenteuer geht davon aus, dass Heldren im Land Taldor liegt. Das Abenteuer kann aber überall auf Golarion beginnen – du kannst Heldren also in jedem anderen Land platzieren, wenn dies zum Hintergrund der SC passt. Heldren ist universell genug, so dass dieses Dorf überall im Gebiet der Inneren See liegen kann, solange sich ein Wald in seiner Nähe befindet. Ebenso kann die entführte Edle Argentea Malassene leicht in eine Adelige eines anderen Landes oder einen wichtigen NSC umgewandelt werden, damit diese als Anlass für die Untersuchungen der SC dienen kann. Du solltest Heldren in diesem Fall aber nicht in Irrisen platzieren, da die Passage der SC durch das magische Portal ins ferne Irrisen ein bedeutender Bestandteil des Abenteuers ist. Schließlich endet das Abenteuer damit, dass die SC fern der Heimat in Irrisen festsitzen.

Ein Gespräch mit Yuln

Ehe die SC in den Grenzwald aufbrechen, wollen sie eventuell mit **Yuln Oerstag** (RN Menschlicher Kämpfer 2), dem einzigen Überlebenden des Angriffs auf den Wagenzug der Edlen Argentea Malassene, sprechen. Die Dorfratsmitglieder führen die SC zur Weidenrinde-Apotheke, wo sich der verletzte Leibwächter erholt. Der Körper des Ulfensöldners ist an einigen Stellen in Verbände gewickelt. Seine Nase, die Finger und Zehen weisen dunkle Verfärbungen aufgrund schwerer Erfrierungen auf; zudem ist er schwer verwundet. Trotz der Anstrengungen des Ältesten Safander, Heldrens Dorfpriester, wird es noch einige Zeit dauern, bis er wieder gesund genug zum Reisen ist, erstrecht zum Führen einer Waffe. Trotz seiner sichtlichen Schmerzen winkt er die SC näher heran, um mit ihnen zu sprechen.

„Wenn ich könnte, würde ich euch begleiten", sagt er. „Meine Ahnen werden mich dafür verachten, dass ich geflohen bin, statt bis zum letzten Blutstropfen zu kämpfen. Ich stand aber Feinden gegenüber, denen auch die größten Krieger der Lindwurmkönigreiche nicht hätten standhalten können. Ich glaube aber, wenigstens einen von ihnen getötet zu haben, ehe sie die Edle Argentea verschleppen konnten."

Falls die SC Yuln zum Angriff Fragen stellen, gibt er die nachfolgend aufgeführten Antworten wieder, die am wahrscheinlichsten auf die Fragen der SC passen. Als Einheimischer der Länder der Lindwurmkönigreiche kennt er auch die Geschichte von Baba Jagas Eroberung Irrisens und warnt die SC vor der Grausamkeit der dort herrschenden Weißen Hexen – dabei spricht er natürlich aus der Perspektive eines Ulfenkriegers, aus dem die Verbitterung von Jahrhunderten spricht.

Wer hat dich angegriffen? – „Wir dachten zuerst, es wären nur Räuber, Banditen, die sich wie Wölfe im Wald verstecken. Die waren keine Herausforderung für uns. Doch dann kamen die Kalten Feen des Nordens. Sie tauchten mitten unter uns auf und brachten dem Kampf die Wende. Meine Leute

DIE WINTERKÖNIGIN

sprechen ständig von den Winterberührten, doch ich hätte nie gedacht, ihnen so weit im Süden zu begegnen."

Was sind die Winterberührten? – „Feenwesen, die den Weißen Hexen von Irrisen die Treue geschworen haben. Während des Winterkrieges haben sie unser Land geraubt. Es sind winzige, gerade unterarmlange Feengeister. Doch lasst euch nicht von ihrer Größe täuschen – den Legenden nach tragen sie Eissplitter in ihren Herzen und bringen mit ihrer Berührung die Kälte des Winters."

Wohin haben sie die Edle Argentea gebracht? – „In den Wald, durch Eis und Schnee. Mehr weiß ich nicht. Ich bin ihnen soweit gefolgt wie ich konnte, doch es waren zu viele Winterberührte und ich hatte allein im Schnee keine Chance. Ich konnte knapp entkommen und ritt hierher, um Hilfe zu suchen."

Warum könnten sie die Edle Argentea entführt haben? - „Ich weiß es nicht. Doch sollte eine der Weißen Hexen sie entführt haben, dann bedeutet dies nichts Gutes. Die Winterberührten tun nichts ohne die Erlaubnis jener, die das Eis in ihren Herzen platziert haben. Wenn sie hier sind, dann weil eine Weiße Hexe sie geschickt hat. Und daraus kann nur noch Schlimmeres erwachsen."

Wie hast du gegen diese Winterberührten gekämpft? – „Mit Kaltem Eisen und heißer Flamme. Beides verbrennt sie und beides sind Waffen, die sie fürchten."

Yuln besitzt eigentlich keine weiteren Informationen, ist aber bereit, den SC sein Langschwert aus Kaltem Eisen zu leihen, um sie so auf diesem Wege bei der Rettung der Edlen Argentea zu unterstützen. Wenn die SC mit der Befragung Yulns fertig sind, können sie Ausrüstung erwerben und sich auf die Reise in die Wildnis vorbereiten. Der Dorfrat drängt sie aber, sich zu beeilen, wenn sie die Edle Argentea lebend finden wollen.

REISEBEDINGUNGEN

Der Angriff auf den Wagenzug der Edlen Argentea erfolgte etwa 9 km südlich von Heldren. Das Gelände bis dahin ist noch nicht vom Winterwetter des Grenzwaldes betroffen, es wird aber deutlich kühler, je näher die SC dem Waldrand kommen. Sobald sie den Wald betreten, wo die Winterzone beginnt, verschlechtert sich das Wetter deutlich. Die Temperaturen fallen unter den Gefrierpunkt und es schneit. Der Schnee halbiert die Sichtweite und verursacht einen Malus von -4 auf Fertigkeitswürfe für Wahrnehmung und Fernkampfangriffe (*Grundregelwerk*, S. 438).

Innerhalb der Winterzone herrschen extrem kalte Temperaturen (etwa -1°C tagsüber und -12°C in der Nacht). Jede Stunde unter solchen winterlichen Bedingungen erfordert einen Zähigkeitswurf gegen SG 15 (der SG steigt um +1 pro vorherigen Wurf), um nicht 1W6 Punkte nichttödlichen Schaden zu erleiden. Wer nichttödlichem Schaden ausgesetzt ist, leidet unter Unterkühlung (behandle dies wie Erschöpfung). Wird

dieser Zustand nicht aufgehoben, kommen Erfrierungen hinzu (*Grundregelwerk*, S. 442). Sollten die SC sich Kleidung für kaltes Wetter besorgen, ehe sie aufbrechen, erhalten sie einen Bonus von +5 auf ihre Zähigkeitswürfe gegen das kalte Wetter, während sie im Wald unterwegs sind.

Innerhalb des Grenzwaldes ist der Boden von etwa 15 cm tiefem Schnee bedeckt. Dies halbiert die Überlandreisegeschwindigkeit. Im Kampf kostet das Betreten eines schneebedeckten Feldes 2 Felder an Bewegung. Schneeschuhe (*Ausrüstungskompendium*) könnten diese Mali deutlich senken, nur werden in Heldren keine hergestellt oder verkauft. Ein SC könnte aber ein brauchbares Paar mittels eines Fertigkeitswurfes für Handwerk (Schuhe) gegen SG 15 anfertigen.

A. SCHAUPLATZ DES MASSAKERS

Yuln kann den SC den Weg zu der Stelle erklären, an dem der Wagenzug der Edlen Argentea Malassene überfallen worden ist. Wenn die SC seine Spur zurückverfolgen, stoßen sie auf die Überreste der Eskorte der Adeligen am Rest des Grenzwaldes. Wenn sie diesen Ort erreichen, lies das Folgende vor oder gib es mit deinen eigenen Worten wieder.

Nahe dem Wald ist es deutlich kälter. Die Straße ist mit Trümmerstücken und den Leichen abgeschlachteter Menschen und Pferden übersät. Auf der Straße steht eine Kutsche ohne Pferde, wohin die Pferde verschwunden sind, ist nicht zu erkennen. Eine weitere, aber umgestürzte Kutsche liegt in Trümmern nahe den Bäumen. Im Süden liegen weitere Leichen um eine Art Eisstatue herum. Eine Spur führt im Schnee tiefer in den Wald hinein.

So nahe der Winterzone ist es schon deutlich kälter. Die Temperatur befindet sich leicht über dem Gefrierpunkt und der Boden ist leicht von Schnee bedeckt. Zum Tross der Edlen Argentea gehörten zwei Kutschen, ein paar Dienerinnen und Diener, sowie zehn Wachen. Nur die Edle und Yuln haben den Angriff überlebt. Der Rest wurde bei dem gemeinsamen Angriff von Izoze, ihren winterberührten Verbündeten und Rohkars Räubern getötet. Die meisten Leichen sind von winzigen Nadeln und Splittern aus Eis durchbohrt – die ist das Werk der winterberührten Feenwesen und Izozes eisiger Odemwaffe. Bis auf den Hauptmann (siehe Bereich **A4**) wurden alle Leichen ihrer Waffen und Rüstungen beraubt.

A1. Zerstörte Kutsche

Rohkars Räuber haben diese umgestürzte Kutsche bereits geplündert. Zwei Zofen der Edlen Argentea liegen tot in der Kutsche.

Schätze: Die zertrümmerten Truhen und Kisten, die über den Boden verteilt liegen, enthalten die Ersatzkleidung der Zofen. Darunter befinden sich auch drei Sätze Kleidung für Höflinge im Gesamtwert von 90 GM.

YULN OERSTAG

A2. Verschlossene Kutsche (HG 1)

Diese hochwertig gefertigte Kutsche trägt an beiden Seiten ein taldanisches Wappen. Sie ist durch den Beschuss von Pfeilen beschädigt. Ein Speer blockiert die Griffe der Tür. Zum Entfernen des Speers, um die Tür zu öffnen, ist eine Bewegungsaktion erforderlich.

Kreaturen: Aus der Kutsche dringen gedämpfte Geräusche, als würde sich darin jemand bewegen: Rohkar hat die Leichen zweier Wachen hineingelegt und dann als Zombies wiederbelebt. Er hat sie in der Kutsche als Überraschung für jeden eingesperrt, der das Massaker untersuchen möchte. Um sein Versteck im Grenzwald zu verteidigen, hat er in letzter Zeit noch mehr Untote belebt (siehe Bereich **H**), daher stehen die Zombies in der Kutsche zwar nicht länger unter seiner Kontrolle, greifen aber dennoch jeden an, der die Kutsche öffnet.

Zombies (2)	**HG ½**
EP je 200	

TP je 12 (*MHB*, S. 287)

Schätze: Beim Ausplündern der Kutsche der Edlen Argentea haben die Räuber eine kleine Schmuckschatulle unter dem Sitz übersehen, die die SC mit einem Fertigkeitswurf für Wahrnehmung gegen SG 15 entdecken können. Darin liegen der Siegelring der Edlen, zwei Ohrringe (Wert 25 GM), zwei perlenbesetzte Armreifen (Wert 90 GM), goldene und silberne Halsketten (Wert 75 GM) und ein Saphiranhänger (Wert 50 GM).

A3. Eisstatue

Die Überreste des taldanischen Hauptmannes, der die Edle Argentea von Zimar nach Oppara zurückeskortieren sollte, sind hier als entsetzliche Statue zu finden. Seine Leiche ist größtenteils von Eis umschlossen, da Izoze an ihm ein Exempel statuieren wollte, das andere finden sollten. Leider ist die Leiche nicht mehr intakt, da die Mephitin Teile herausgeschnitten hat, die nun in langsam schmelzenden Eisblöcken zu seinen Füßen liegen.

Schätze: Der tiefgefrorene Hauptmann trägt noch seine mit dem Wappen Taldors verzierte Brustplatte. Einer der Eisblöcke enthält seinen Arm, dessen Hand immer noch sein Landschwert [Meisterarbeit] umfasst.

A4. Verschneiter Pfad

Am Rand des Schauplatzes des Massakers führt ein erkennbarer Trampelpfad zwischen den Bäumen über eine verschneite Ebene zum Grenzwald hin. Rohkars Räuber haben die übriggebliebenen Pferdes des Trosses mitgenommen und auf ihnen die Edle und die geplünderten Wertsachen transportiert. Die Räuber konnten ihre Spuren im tiefen Schnee nicht verwischen, so dass man ihnen leicht folgen kann, ohne auf Überlebenskunst würfeln zu müssen. Die Spur führt bis zu ihrem Versteck, der Jagdhütte der Hohen Wächter (Bereich **H**).

B. Falle am Wegesrand (HG 2)

An der Stelle wo die Spur mitten in den Grenzwald hineinführt, führt sie zunächst über eine kleine Lichtung zwischen den höheren Bäumen. Anschließend führt sie hügelaufwärts und verschwindet außer Sicht. Eine große Kiste liegt halbvergraben im Schnee. Wie es scheint, wurde sie zurückgelassen oder von jenen verloren, die hier eilig entlanggekommen sind.

Rohkars Räuber haben hier die sperrigeren Beutestücke aus dem Wagenzug der Edlen Argentea vergraben, um schneller zu ihrem Versteck zurückkehren zu können. Sie wollen diese Dinge später holen.

Falle: Die Räuber haben zum Schutz ihrer Beute eine Überraschung zurückgelassen, für die sie eine schwere Kiste aus der Kutsche der Edlen benutzt haben. Der Schnee verbirgt ein durchs Unterholz gespanntes Seil, an dem ein mit Speerspitzen versehener Baumstamm befestigt ist, welcher hoch oben in den Bäumen hängt. Wird die Falle ausgelöst, stürzt der Stamm hinab und saust einmal durch die Felder rund um die Kiste und dann den Pfad entlang.

Herabschwingender Baumstamm mit Speerspitzen	**HG 2**
EP 600	

Art Mechanisch; **Wahrnehmung** SG 20; **Mechanismus ausschalten** SG 20

EFFEKTE

Auslöser Ort; **Rücksetzer** Manuell
Effekt Nahkampfangriff +10 (1W8+3/19-20 Stich- und Wuchtschaden); mehrere Ziele (alle Ziele in einer 6 m-Linie)

Schätze: Die halb vergrabene Kiste ist leer. Die Räuber haben ihre Beute aber darunter vergraben – sollte die Kiste ausgegraben werden, stößt man auf die Beute. Dabei handelt es sich um die meisten Waffen und Rüstungen, die den Wachen der Edlen Argentea abgenommen worden sind – fünf Lederrüstungen, drei Beschlagene Lederrüstungen, ein Kettenhemd [Meisterarbeit], zwei Leichte Holzschilde, sieben Langschwerter, zwei Speere, ein Dolch [Meisterarbeit] und drei Leichte Armbrüste mit insgesamt 25 Bolzen.

C. Grosse Schneeverwehung (HG 2)

Ein vom Wind geformter Hohlweg führt durch einen baumbewachsenen Grat. Der Schnee wird zunehmend tiefer und rieselt leise von den Ästen der Bäume zu Boden.

Aufgrund der Schneeverwehung im Hohlweg sind 4 Felder an Bewegung erforderlich, um ein schneebedecktes Feld zu betreten.

Kreaturen: Unter den vielen Raubtieren, die durch das Winterportal aus Irrisen in den Grenzwald gelangt sind, befindet sich auch ein weißgeschuppter, arktischer Tatzelwurm, der nun im Wald umher streift. Zunächst hat er sich von den einheimischen Tieren ernährt, welche von dem plötzlichen Wetterwechsel überrascht wurden. Der starke Schneefall hat aber den Gutteil der Beutetiere in nicht betroffene Teile des Waldes getrieben, so dass er nun im Unterholz des Hohlweges auf vorbeikommende Beute lauert. Der arktische Tatzelwurm erhält einen Volksbonus von +6 auf Fertigkeitswürfe für Heimlichkeit im Schnee. Den SC muss daher

DIE WINTERKÖNIGIN

SOMMERSCHNEE

ein Fertigkeitswurf für Wahrnehmung gegen SG 26 gelingen, um ihn zu bemerken.

ARKTISCHER TATZELWURM — HG 2
EP 600
Tatzelwurmvariante (MHB III, S. 252)
TP 22
TAKTIK
Im Kampf Der Tatzelwurm verlässt sich auf seine überlegene Heimlichkeit, um versteckt zu bleiben, bis er sich sein erstes Opfer ausgewählt hat. Dabei wählt er sich am liebsten jemand ungerüsteten, den er leichter beißen kann. Dieses Ziel springt er an und setzt seine Krallen ein, ehe er es mittels Ergreifen in einen Ringkampf verwickelt. Im Anschluss nutzt er seinen giftigen Hauch, um das Opfer zu schwächen, ehe er es unter den Schnee drückt, um es zu ersticken. Sollte der Tatzelwurm aus dem Hohlweg gejagt werden, erklettert er den nächsten Baum und schleppt mit sich, wen er gerade festhält. Sollte er dort getötet werden, während er noch ein Opfer festhält, muss dem Opfer ein Reflexwurf gegen SG 15 gelingen, um sich an einem Ast festzuhalten. Wenn das nicht gelingt erleidet das Opfer den Fallschaden.
Moral: Der Tatzelwurm kämpft bis zum Tod.

D. GESCHMÜCKTE BÄUME (HG 2)

Fedrige Bündel und seltsame Fetische, die leise im Wind hin und her schwingen, hängen von den tiefsten Ästen der Bäume in diesem Teil des Waldes herab. Alle sind mit kleinen Nadeln durchbohrt, mit denen Lederstücke an ihnen befestigt wurden.

Bei den fedrigen Fetischen handelt es sich um die steif gefrorenen Kadaver von Raben, die mit winzigen Feengeistpfeilen gespickt sind – klare Beweise für die bösartigen Feenwesen, welche den Grenzwald besetzt haben. Auf Anweisung Teb Knottens hat Izoze mehrere winterberührte Feengeister in den Grenzwald geführt, um nach Gefahren Ausschau zu halten, während sie in Taldor Fuß fassen wollen. Zu Beginn haben diese Feenwesen Rohkars Räubern geholfen, den Tross der Edlen Argentea zu überfallen. Auf dem Rückweg stießen die Feengeister auf einen Rabenschwarm in diesem Teil des Waldes. Seitdem befassen sie sich damit, die Raben auszurotten und aus ihnen grässliche Exempel zu machen. – Die Feen hassen die Vögel genauso wie die Bewohner Irrisens es tun.

Kreaturen: Drei winterberührte Feengeister namens Pym, Schor und Vosi sind hier zurückgeblieben. Sie richten ihre Aufmerksamkeit schnell auf die SC nach deren Eintreffen. Zu Beginn verbergen sie sich zwischen den Bäumen, verhüllen ihr Leuchten und umzingeln die SC (Wahrnehmung 30, um sie zu bemerken). Ein entdeckter Feengeist verstärkt sein Leuchten absichtlich und wirkt *Feenfeuer*, um den Eindruck zu erwecken, dass eine ganze Armee von Feengeistern zugegen ist.

PYM, SCHOR UND VOSI (3) — HG 1/2
EP je 200
Männliche und weibliche winterberührte Feengeistkämpfer 1 (MHB III, S. 88 und Seite 72)
CB Winzige Feenwesen (Kälte)
INI +3; **Sinne** Böses entdecken, Gutes entdecken, Dämmersicht; Wahrnehmung +6
VERTEIDIGUNG
RK 17, Berührung 17, auf dem falschen Fuß 14 (+3 GE, +4 Größe)
TP je 10 (2 TW; 1W6+1W10+2)
REF +5, **WIL** +1, **ZÄH** +3
Immunitäten Kälte; **SR** 2/Kaltes Eisen
Schwächen Empfindlichkeit gegen Feuer
ANGRIFF
Bewegungsrate 4,50 m, Fliegen 18 m (perfekt)
Nahkampf Kurzschwert +3 (1W2–2/19–20 plus Klirrende Kälte)
Fernkampf Kurzbogen +8 (1W2–2/x3 plus Klirrende Kälte)
Angriffsfläche 0,30 m; **Reichweite** 0 m
Besondere Angriffe Klirrende Kälte (SG 11)
Zauberähnliche Fähigkeiten (ZS 5; Konzentration +6)
Immer — *Böses entdecken, Gutes entdecken*
Beliebig oft — *Benommenheit* (SG 11), *Tanzende Lichter*
1/Tag — *Sprühende Farben* (SG 12)

WINTERBERÜHRTER FEENGEIST

DIE WINTERKÖNIGIN

TAKTIK

Im Kampf Zu Beginn schießen die Feengeister aus dem Hinterhalt auf die SC und halten sich im Schutz der Bäume auf. Nach einem Schuss kann ein Feengeist einen weiteren Fertigkeitswurf für Heimlichkeit mit einem Malus von -20 ablegen, um verborgen zu bleiben. Sollte sich jemand seiner Position nähern, verzichtet ein Feengeist auf weitere Angriffe, bis er sich lautlos zu einem anderen Baum begeben kann. Jeder von den SC entdeckte Feengeist kämpft defensiv, um sich selbst zu verteidigen und die Aufmerksamkeit auf sich zu lenken, so dass seine Begleiter sich von hinten anschleichen und *Sprühende Farben* auf die SC wirken können. Dies tun sie abwechselnd, um so viele Ziele wie möglich zu blenden, zu betäuben und bewusstlos zu schlagen. Im Anschluss lassen sie auf die restlichen Ziele Pfeile herabregnen, die mit klirrender Kälte aufgeladen sind.

Moral Sollten die Feengeister mit feuerbasierenden Angriffen konfrontiert werden oder die SC die meisten töten können, flieht der Rest und sucht Schutz bei Fawfein (Bereich **E**) oder Izoze (Bereich **H4**). Dabei setzen die Feengeister *Tanzende Lichter* zur Deckung des Rückzuges ein – sie entsenden die Lichter in unterschiedliche Richtungen, während sie selbst ihr Leuchten abdimmen, um die Verfolger in die Irre zu führen.

SPIELWERTE

ST 7, **GE** 16, **KO** 12, **IN** 10, **WE** 8, **CH** 13
GAB +1; **KMB** +0; **KMV** 8
Talente Tödliche Zielgenauigkeit, Wachsamkeit
Fertigkeiten Entfesselungskunst +15, Fliegen +21, Heimlichkeit +20, Motiv erkennen +5, Überlebenskunst +4, Wahrnehmung +6
Sprachen Gemeinsprache, Sylvanisch
Besondere Eigenschaften Leuchtend
Ausrüstung Kurzschwert, Kurzbogen mit 20 Pfeilen, 14 GM

E. DER SPRECHENDE HIRSCH (HG 3)

Ein schmaler Wildpfad windet sich hier zwischen den Bäumen durchs Unterholz. Im Schnee finden sich in beide Richtungen führende Hufabdrücke.

Kreaturen: Eine winterberührte Dornenfee namens Fawfein und sein Haustier, ein Hirsch, streifen durch diesen Teil des Waldes. Sie erkunden den Grenzwald auf der Suche nach Pfaden und Plätzen, welche die irrisischen Invasoren benutzen können. Normalerweise verbirgt Fawfein sich auf dem Rücken des Hirsches und verschmilzt mit dessen weißem Fell (Wahrnehmung SG 30, um ihn zu bemerken). Sobald der Hirsch die SC wahrnimmt, macht Fawfein sich unsichtbar und lässt das Tier sich ihnen nähern. Er versucht, die SC in ein Gespräch zu verwickeln und legt einen Fertigkeitswurf für Bluffen ab, um vorzutäuschen, der Hirsch würde sprechen, um die SC glauben zu machen, es handle sich um eine freundliche magische Bestie. Er sammelt von den SC so viele Informationen wie möglich, damit er Izoze und Teb Knotten warnen kann. Gelingt einem SC ein Fertigkeitswurf für Motiv erkennen, durchschaut es Fawfeins Bluff und erkennt, dass jemand anderes spricht. In diesem Fall greifen Fawfein und der Hirsch gemeinsam an.

FAWFEIN   HG 1
EP 400
Männliche winterberührte Dornenfee (*MHB III*, S. 62 und Seite 72)
TP 9

TAKTIK

Im Kampf Fawfein nutzt seine Fähigkeit *Mit Tieren sprechen*, um den Hirsch zum Sturmangriff auf den am schwächsten gerüsteten Gegner zu bewegen, und diesen zu durchbohren. Währenddessen folgt er unsichtbar und fliegend dem gefährlichsten Gegner, um auf dessen Waffe *Gegenstand verkleinern* zu wirken und seine Chancen zu verbessern. Im Anschluss wirkt er *Person verkleinern* auf Gegner und macht sich unsichtbar, um Hinterhältige Angriffe auszuführen.

Moral Sollte der Hirsch getötet werden, verfällt Fawfein in einen Kampfrausch. Er will seinen Begleiter rächen und kämpft dabei bis zum Tod, während er die SC auf Sylvanisch verflucht. Andernfalls befiehlt er dem Hirsch die Flucht, sollte er selbst auf unter 4 TP reduziert werden, macht sich wieder unsichtbar und versucht zu fliehen, um seinen Vorgesetzten von den SC zu berichten.

DER SPRECHENDE HIRSCH   HG 1
EP 400
Elch (*MHB III*, S. 118)
TP 15

F. EISIGE FURT

Aufgrund des Winterwetters der letzten Tage ist der schmale Wünschelbach zugefroren. Teb Knotten und Izoze haben sich natürliche Barrieren wie diese, während ihrer Erkundung des Waldes innerhalb der Winterzone, ausgesucht, um hier ihre Leute zu positionieren. Verwende die Karte auf Seite 12 für diese Begegnung.

F1. Verbotsschild (HG 3)

Mitten auf dem Pfad steht vor einem zugefrorenen Bach ein menschengroßer Schneemann. Gegen diesen lehnt ein primitiv gefertigtes Holzschild, auf dem steht: „Eindringling, mach kehrt."

Falle: Teb Knottens Diener haben an dieser Stelle einen besonders gemeinen Schutzzauber in Form eines Schneemannes platziert. Sollte sich jemand diesem auf 4,50 m oder weniger nähern, scheint er zum Leben zu erwachen und in der Gemeinsprache zu sprechen. Dabei handelt es sich um einen *Magischen Mund*, welcher denjenigen anspricht, der ihn ausgelöst hat: „Kannst du nicht lesen? Das Schild sagt: Kehre um! Jetzt verschwinde!" Wer die Warnung ignoriert und sich dem Schneemann auf 1,50 m nähert, aktiviert eine *Geräuschexplosion*, die der gefrorene Wächter in Form eines verärgerten Schreis von sich gibt.

GERÄUSCHEXPLOSION   HG 3
EP 800
Art Magisch; **Wahrnehmung** SG 27; **Mechanismus ausschalten** SG 27
EFFEKTE
Auslöser Nähe (1,50 m, *Alarm*); **Rücksetzer** Keiner

SOMMERSCHNEE

Effekt Zaubereffekt (*Geräuschexplosion*, 1W8 Schallschaden plus 1 Runde betäubt; Zähigkeit SG 18, verhindert die Betäubung); mehrere Ziele (alle Ziele in einem 3 m-Explosionsradius um den Schneemann)

Entwicklung: Die *Geräuschexplosion* alarmiert die im Wasser unter dem Eis in Bereich **F2** lauernden Elementare, welche aus dem Eis brechen, um betäubte Kreaturen anzugreifen.

F2. Wünschelbach (HG 3)

Dieser Bach ist von einer festen Eisschicht bedeckt. Entlang seiner Ufer liegen schneebedeckte Felsen.

Der Strom ist an dieser Stelle 6 m breit, die Oberfläche ist aber gefroren (siehe unten, Gefahren).

Kreaturen: Zwei Kleine Eiselementare namens Skrikks und Szassch wachen über den Bach und treten gegenüber jedem als Wächter auf, der ihn überqueren will. Sie patrouillieren den Bach in entgegengesetzten Richtungen und kehren alle paar Stunden an diese Stelle zurück, um einander zu berichten und sich zu beraten. Da sie so schneller vorankommen, nutzen sie ihre Bewegungsrate: Schwimmen, um sich im kalten Wasser unter dem Eis zu bewegen. Sie preschen hervor, um jeden in diesem Teil des Waldes herauszufordern. Die Elementare sind zwar nicht sonderlich klug, teilen ihre Beobachtungen aber regelmäßig der vorbeikommenden Izoze mit. Bisher haben sie nur ein paar Bauern aus Heldren aufgelauert, wurden von der Mephitin aber vor weiteren Reisenden gewarnt, die nach der Edlen Argentea suchen könnten.

SKRIKKS UND SZASSCH (2)	HG 1
EP je 400	

Kleine Eiselementare (*MHB II*, S. 96)
TP je 13
TAKTIK
Im Kampf Skrikks und Szassch versuchen, Gegner in Bereiche zu treiben, wo das Eis am dünnsten ist. Hierzu nutzen sie wenn nötig Kampfmanöver für Ansturm oder Versetzen. Ansonsten kommen sie in den Bereichen dickeren Eises hervor, um jeden aufzuhalten und in die Zange zu nehmen, der den Bach überqueren will. Sie setzen Hiebangriffe und Klirrende Kälte ein, um Gegner zum Wanken zu bringen und zu töten.
Moral Die Elementare kämpfen bis zum Tod.

Gefahr: Der zugefrorene Bach verhält sich wie eine Eisfläche. Um ein vereistes Feld zu betreten, sind 2 Felder an Bewegung erforderlich. Der SG für Fertigkeitswürfe ist auf solchen Feldern um +5 erhöht. Zum Rennen oder Anstürmen über den Bach ist ein Fertigkeitswurf für Akrobatik gegen SG 10 erforderlich. Da die Eiselementare die Eisschicht teilweise von unten her geschwächt haben, ist es stellenweise dünn (siehe die dunklen Kreis auf der Karte). Eine mittelgroße oder größere Kreatur, welche eines dieser Felder betritt, muss einen Reflexwurf gegen SG 15 bestehen, um nicht einzubrechen. Der Bach ist nur 1,80 m tief, doch wer in das eiskalte Wasser stürzt, erleidet pro Runde 1W6 Punkte nichttödlichen Schaden und leidet zudem an Unterkühlung (wie Erschöpfung). Die daraus resultierenden Nachteile und der Schaden verschwinden erst wieder, wenn ein Opfer trockene Kleidung anlegt, sich aufwärmt und den nichttödlichen Schaden durch die Kälte heilt.

F3. Leiche

Die Beine einer steif gefrorenen Leiche ragen hier aus einem Haufen Schnee unter den Bäumen hervor.

Hier liegt die Leiche des Alten Dansby, eines Bauern aus Heldren. Er verfolgte einige winterberührte Feengeister in den Wald, welche Früchte von seinem Feld gestohlen hatten, wo er dann den Eiselementaren zum Opfer gefallen ist.

Schätze: Als ehemaliger taldanischer Soldat hat Dansby seine Ausrüstung gut in Schuss gehalten. Sie befindet sich bei seiner Leiche: ein Kompositbogen (-lang, +1 ST) mit 12 Pfeilen, ein Dolch, ein Beil [Meisterarbeit] und ein Beutel mit 14 GM, 25 SM und 18 KM.

G. RÄUBER (HG 1)

Der Pfad führt einen Hang hinauf, auf dem schneebedeckte Bäume stehen. Die Abdrücke von Pferden und Stiefeln sind gut im frischen Schnee zu erkennen.

Kreaturen: Rohkar hat drei seiner Leute abgestellt, um Verfolger aufzuhalten, die die Edle Argentea befreien wollen, und um die Hauptstreitmacht der Räuber in der Jagdhütte der Hohen Wächter (Bereich **H**) zu warnen. Sofern den SC ein Fertigkeitswurf für Heimlichkeit gegen die Wahrnehmungswürfe der Räuber gelingt (da die Räuber abgelenkt sind, erhalten die SC einen Bonus von +5 auf ihre Würfe), können sie die Räuber überraschen. Sollten dagegen die Räuber die SC zuerst entdecken, verbergen sie sich zwischen den Bäumen und legen einen Hinterhalt.

ROHKARS RÄUBER (3)	HG 1/3
EP je 135	

Menschliche Krieger 1
CB Mittelgroße Humanoide (Mensch)
INI +1; **Sinne** Wahrnehmung +0
VERTEIDIGUNG
RK 13, Berührung 11, auf dem falschen Fuß 12 (+1 GE, +1 Rüstung, +1 Schild)
TP je 7 (1W10+2)
REF +1, **WIL** −1, **ZÄH** +3
ANGRIFF
Bewegungsrate 9 m
Nahkampf Kurzschwert +3 (1W6+1/19–20)
Fernkampf Kurzbogen +2 (1W6/×3)
TAKTIK
Im Kampf Wenn die Räuber einen Hinterhalt legen können, nehmen sie zuerst die am stärksten gerüsteten Gegner unter Beschuss in der Hoffnung, diese verletzen zu können, ehe es zum Nahkampf kommt. Dann lassen sie ihre Bögen fallen, ziehen ihre Schwerter und stürmen heran.
Moral Sollten die Räuber überrascht werden oder sich einer klaren Übermacht gegenübersehen, glauben sie, es mit der taldanischen Armee zu tun zu haben, welche zur Befreiung der Edlen

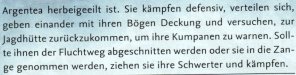

DIE WINTERKÖNIGIN

Argentea herbeigeeilt ist. Sie kämpfen defensiv, verteilen sich, geben einander mit ihren Bögen Deckung und versuchen, zur Jagdhütte zurückzukommen, um ihre Kumpanen zu warnen. Sollte ihnen der Fluchtweg abgeschnitten werden oder sie in die Zange genommen werden, ziehen sie ihre Schwerter und kämpfen.

SPIELWERTE
ST 13, **GE** 13, **KO** 12, **IN** 10, **WE** 9, **CH** 8
GAB +1; **KMB** +2; **KMV** 13
Talente Fertigkeitsfokus (Heimlichkeit), Waffenfokus (Kurzschwert)
Fertigkeiten Einschüchtern +3, Heimlichkeit+4, Wahrnehmung +0
Sprachen Gemeinsprache
Sonstige Ausrüstung Waffenrock, Tartsche, Kurzschwert, Kurzbogen mit 20 Pfeilen, 8 GM, 5 SM

H. DIE JAGDHÜTTE DER HOHEN WÄCHTER

Viele Jahre lang operierte eine Organisation taldanischer Waldläufer namens Hohe Wächter von einer befestigten Jagdhütte über der Rotklamm im Grenzwald. Sie sollten den Wald vor qadirischen Aggressoren beschützen, damit Taldors alter Feind keine Invasionsstreitmacht zwischen den Bäumen verstecken konnte. Da Qadira aber nie einen Angriff ausführte, ließ die Wachsamkeit der Gruppe mit der Zeit nach. Zudem gingen ihre hochdekorierten Veteranen in den Ruhestand oder zogen weiter. Die Wächter begannen als Ersatz unerfahrene Bewohner aus umliegenden Orten wie Heldren, Demgazi und Zimar zu rekrutieren. Dadurch richteten sie ihre Aufmerksamkeit mehr auf lokale Zwiste und jagten Räuber, welche vom Wald aus die Handelsrouten der südlichen Präfekturen Taldors angriffen.

Rohkars Räuber stießen mehrfach mit den Wächtern zusammen. Nach dem Schulterschluss mit den irrisischen Invasoren überzeugte Rohkar Zindren Teb Knotten und Izoze davon, dass die Waldläufer ausgelöscht werden müssten, um den Grenzwald unter Kontrolle zu bekommen. Gemeinsam überrannte man die Hohen Wächter und tötete sie allesamt. Nun nutzen Rohkars Räuber die Jagdhütte der Hohen Wächter als Operationsbasis im Grenzwald. Dort halten sie auch ihre Gefangenen fest, darunter die Edle Argentea Malassene, welche Teb Knotten nutzen will, um Taldors Reaktion auf die wachsende Bedrohung im Grenzwald auszubremsen.

Seit der Übernahme der Jagdhütte haben Rohkars Räuber ziemliche Probleme – sie sind ungeeignet ausgerüstet, um sich dem Winterwetter zu stellen, das durch das Portal nach Irrisen erzeugt wird. Die Hälfte der Bande hat sich erkältet und leidet an ersten Symptomen einer Krankheit, welche Fröstelzittern genannt wird.

Rohkar selbst geht davon aus, dass seine angeblichen Verbündeten sich gegen ihn wenden werden, sobald er ihnen nicht mehr von Nutzen ist. Daher hält er ein wachsames Auge auf seine erkrankten Räuber. Sollten diese sich nicht erholen, plant er, sie mittels Nekromantie in eine Armee aus Skeletten und Zombies zu verwandeln, die er gegen den Moostroll und dessen Diener einsetzen kann.

Die Jagdhütte der Hohen Wächter wurde aus widerstandsfähigem Holz und Stein aus dem waldigen Hochland der Scharthügel errichtet, einer fast unpassierbaren, zerklüfteten Region südöstlich der Hütte. Sofern nicht anders vermerkt, bestehen alle Türen in der Jagdhütte aus starkem Holz (Härte 5, 20 TP) und sind unverschlossen. Die Innenräume sind in der Regel unbeleuchtet.

H1. Östliches Wegende (HG 1)

Nachdem der Pfad durch die Hügel bis zu 30 m Höhenunterschied überwunden hat, endet die Steigung endlich. Auf einer Lichtung steht, oberhalb einer Schlucht, über die eine lange Hängebrücke führt, eine große Jagdhütte. Aus den beiden schneebedeckten Schornsteinen der Hütte steigt Rauch auf und an der Außenwand ist ein großer Stapel Feuerholz gelagert. Östlich der Hütte steht ein kleines Klohäuschen. Im Norden liegt ein Brunnen, der fast gänzlich unter dem Schnee verschwunden ist. Außerdem führen mehrere Spuren zu einem südlich gelegenem Stallgebäude.

Zahlreiche Spuren von Pferden und Menschen führen kreuz und quer durch den Schnee nahe der Rückseite der Jagdhütte.

Falle: Die Räuber haben am Ende des Pfades eine Armbrustfalle mit einem im Schnee verborgenen Stolperdraht aufgestellt. Wird die Falle ausgelöst, verschießt die Armbrust nicht nur ihren Bolzen auf die auslösende Kreatur, sondern fällt zudem von der hinteren Veranda der Hütte. An der Armbrust ist ein dünnes Seil befestigt, an dem Töpfe und Pfannen hängen, so dass der scheppernde Lärm die Räuber in Bereich **H13** alarmiert.

ARMBRUSTFALLE	**HG 1**

EP 400
Art Mechanisch; **Wahrnehmung** SG 20; **Mechanismus ausschalten** SG 20
EFFEKTE
Auslöser Berührung; **Rücksetzer** Manuell
Effekt Fernkampfangriff +15 (1W8+1/19-20/x2) und Alarm

H2. Latrinengebäude

Die Tür dieses kleinen Gebäudes ist zugefroren. Von der Dachtraufe hängt ein kleiner Hammer an einem Stück Seil, mit dem man das Eis weg klopfen und sich so Zugang verschaffen kann. Leider ist die Latrine aufgrund der Witterungsbedingungen kein angenehmer Ort und auch in ihrer Funktion beeinträchtigt. Der Gestank der jüngsten Nutzung ist zudem leicht überwältigend.

H3. Stall

Durch eine Doppeltür gelangt man in diesen niedrigen Stall, in dem fünf Boxen sind, hier befinden sich drei Pferde und ein Haufen Stroh. An der Ostwand hängt ein Regal mit Reitzeug. In der Ecke steht eine leere, gusseiserne Wanne.

Die Wächter reisten in der Regel zu Fuß durch den Wald, hielten hier aber ein paar Pferde für den Fall, dass sie Heldren oder andere nahe Ortschaften schnell erreichen mussten. Während des Angriffes der Räuber auf die Hütte wurden zwei Pferde getötet, die Rohkar durch die Reittieren der Eskorte der Edlen Argentea ersetzt hat. Das Reitzeug im Regal reicht

aus, um jedes Pferd mit Zaumzeug, Reitsattel und Satteltaschen auszustatten.

H4. Brücke (HG 3)

Eine Brücke aus Seilen und Holzplanken überspannt eine schmale Schlucht. Sie ist bereits von Eis und Schnee bedeckt und schwankt beängstigend im eisigen Wind, der durch die Schlucht weht. Weit unter der Brücke donnert ein schneller Bach mehrere Wasserfälle hinab.

Diese 9 m lange Seilbrücke überspannt den Holzbach, welcher durch die Rotklamm fließt. Die Brücke führt zum Hochgrat, einem steinigen Höhenrücken aus bewaldeten Klippen oberhalb des ganzen Waldes. Sie ist zudem der schnellste Weg zum Rest des Grenzwaldes. Izoze und Rohkars Räuber nutzen ähnlich wie die Wächter zuvor die kleinen Wildwechselpfade zu beiden Seiten der Schlucht, um zu beobachten, wer durch den Wald kommt. Zudem bewachen sie den Zugang zum Somirtal, wo sich das Winterportal nach Irrisen befindet.

Gefahr: Es ist recht gefährlich, die vereiste Brücke bei den herrschenden Windbedingungen zu überqueren. Bewegt sich eine Kreatur mit mehr als 1,50 m pro Runde über die Brücke, muss ihr ein Reflexwurf gegen SG 15 gelingen, um nicht abzurutschen und in die 3 m tiefe Schlucht zu stürzen (2W3 Punkte nichttödlicher Schaden, 1W6 Punkte tödlicher Schaden). Wer in das eisige Wasser des Baches fällt, erleidet zudem 1W6 Punkte nichttödlichen Schaden und Unterkühlung (wie Erschöpfung).

Kreaturen: Die listige Eismephitin Izoze wacht vom Baum auf der anderen Seite der Schlucht aus über letztere (Wahrnehmung SG 22, um sie zu bemerken). Sie verabscheut die Gesellschaft der Räuber und die unangenehme Wärme ihrer Hütte, daher verbringt sie die meiste Zeit an dieser Stelle. Eigentlich bereut sie, die Räuber verschont zu haben, als diese sich Teb Knotten ergaben. Rohkars bisherige Taten beeindrucken sie überhaupt nicht, weshalb sie die Bande genau im Auge behält. Die Entführung der Edlen Argentea sieht sie als nützlich gegenüber Taldors Adelsschicht – entweder kann man sie als Geisel nutzen, um die taldanische Reaktion auf die Invasion zu verzögern, oder sie durch einen gut ausgebildeten Spion ersetzen. Izoze weiß, dass Teb Knotten mit ihren Herren in Irrisen hinsichtlich letzterem gesprochen hat, weiß aber noch nicht, wen die Weißen Hexen aussenden werden, um die Rolle der Edlen zu übernehmen. Gegenwärtig wartet und wacht Izoze daher und hält die Brücke im Auge, um jeden – Rohkars Leute eingeschlossen – davon abzuhalten, tiefer in den Grenzwald vorzudringen. Sollten neue Gesichter bei der Jagdhütte eintreffen, greift Izoze nicht ein und überlässt es Rohkar, sich mit ihnen zu befassen. Sie bekämpft die SC nur, wenn diese die Brücke überqueren wollen oder sie selbst angreifen. Ansonsten beobachtet sie still und genau das Geschehen. Falls die SC die Edle retten, fliegt sie zu Teb Knotten, um diesen von der Flucht der taldanischen Adeligen in Kenntnis zu setzen.

DIE WINTERKÖNIGIN

Izoze	HG 3

EP 800
Eismephitin (*MHB*, S. 183)
TP 19

TAKTIK

Im Kampf Izoze setzt ihre Odemwaffe gegen jede Kreatur auf der Brücke ein, um diese zurückzutreiben. Dann wirkt sie in der Luft schwebend *Magisches Geschoss* und *Metall abkühlen* gegen jeden, der versucht hinüber zu gelangen. Wenn möglich führt sie einen Ansturm gegen einen schwächeren Gegner durch, um ihn in die Schlucht zu werfen.
Moral Sollte Izoze auf unter 11 TP reduziert werden, flieht sie nach Bereich **P**, um Teb Knotten zu berichten. Sie vertraut darauf, dass ihre Schnelle Heilung ihr bei der Erholung hilft, auch wenn sie die Brücke im Stich lassen muss.

Entwicklung: Sollte Izoze entkommen, kehrt sie später zurück, um die SC aus dem Hinterhalt anzugreifen, wenn diese sich dem Winterportal (Bereich **O**) nähern.

IZOZE

H5. Werkzeugschuppen

Die Wächter bewahrten hier die meisten Werkzeuge für Bau- und Instandhaltungsarbeiten an der Jagdhütte auf. An den Wänden hängen ein paar Schaufeln, Äxte und Hämmer.

H6. Terrasse

Die breite Terrasse befindet sich unter einem hölzernen Dach. Eine Doppeltür führt in die Jagdhütte hinein. Zu jeder Seite der Tür befindet sich ein kleines gläsernes Fenster.

Diese Terrasse liegt 0,90 m über dem schneebedeckten Boden. Die Wächter haben hier Waffenübungen abgehalten und auch gelegentlich gefeiert und getrunken. Jede halbe Stunde kommt einer der Räuber aus dem Bereich **H13** heraus, um nach der Brücke und dem Stall zu sehen. Die Räuber bleiben aber unter dem Dach der Terrasse und stapfen nicht durch den Schnee aus Furcht vor Izoze (Bereich **H4**). Sollten die SC sich hier zu lange aufhalten, kann es passieren, dass „Zehn-Pfennig" Tazei sie von der Küche (Bereich **H8**) her bemerkt.

H7. Trophäenraum

Ein Bärenfell belegt den Gutteil des Bodens dieses Trophäenzimmers, an dessen Wänden die Köpfe mehrerer Hirsche hängen. Türen gehen nach Norden und Süden ab und zwei Gänge führen nach Osten.

Die Wächter lebten in erster Linie von dem Jagdwild, welches sie im Grenzwald erlegen konnten. Zum Beweis ihres Könnens haben sie hier die Trophäen aufbewahrt. Unter dem Bärenfell verborgen befindet sich eine Falltür (Wahrnehmung SG 15 zum Entdecken), die in den Keller (Bereich **H17**) führt. Die Falltür ist mit einem Vorhängeschloss, von dem Rohkar den einzigen Schlüssel hat, gesichert (Härte 5, 15 TP, Zerschmettern SG 18, Mechanismus ausschalten SG 20).

H8. Küche (HG 2)

Eine große Feuerstelle nimmt den Gutteil der Nordwand dieses Raumes ein. Die von ihr ausgehende Hitze bietet spürbare Erholung von der Kälte draußen. Schränke und Regale stehen an den anderen Wänden. Durch vier Fenster kann man hinaus in die verschneite Umgebung blicken.

Kreaturen: In diesem Raum haust das neueste Mitglied von Rohkars Räubern – eine heruntergekommene, halb-orkische Einbrecherin namens „Zehn-Pfennig" Tazai. Nach einem fehlgeschlagenen Beutezug musste Zehn-Pfennig aus Demgazi fliehen und fand bei Rohkar Unterschlupf, der sie überzeugen konnte, sich ihm anzuschließen. Zehn-Pfennig stimmte dem widerstrebend zu; ihre gegenwärtige Aufgabe besteht darin, das Feuer am Brennen zu halten und ab und an den anderen Räubern Mahlzeiten zu servieren. Momentan kocht sie in einem Topf Suppe aus dem Fleisch eines der getöteten Pferde für die unter Frostzittern leidenden Banditen (siehe Bereich **H14**). Zehn-Pfennig ist nicht sonderlich begeistert von der

Bande und überlegt, sich davonzuschleichen, sollte sich eine Gelegenheit ergeben. Falls sie Eindringlinge erspäht, ruft sie um Hilfe und hofft, die Fremden lange genug aufhalten zu können, bis Unterstützung eintrifft. Schnell denkende, redegewandte SC könnten Zehn-Pfennig aber vielleicht davon überzeugen, sich ihnen anzuschließen.

„ZEHN-PFENNIG" TAZEI	HG 2

EP 600
Halb-Orkische Schurkin 3
CN Mittelgroße Humanoide (Mensch, Ork)
INI +7; **Sinne** Dunkelsicht 18 m; Wahrnehmung +5

VERTEIDIGUNG
RK 15, Berührung 13, auf dem falschen Fuß 12 (+3 GE, +2 Rüstung)
TP 20 (3W8+3)
REF +6, **WIL** +2, **ZÄH** +2; +1 gegen Fallen
Verteidigungsfähigkeiten Entrinnen, Fallengespür +1, Orkische Wildheit

ANGRIFF
Bewegungsrate 9 m
Nahkampf Kurzschwert +5 (1W6+2/19–20)
Fernkampf Handarmbrust [Meisterarbeit] +6 (1W4/19–20)
Besondere Angriffe Hinterhältiger Angriff +2W6

TAKTIK
Im Kampf Zehn-Pfennig unternimmt keine Anstrengungen, die SC zu töten, sondern kämpft rein defensiv. Dennoch nutzt sie sich ihr bietende Gelegenheiten, um Hinterhältige Angriffe auszuführen.
Moral Zehn-Pfennig hatte mit der Entführung der Edlen Argentea nichts zu tun und will auch nicht für Rohkars Verbrechen sterben. Sollte sie auf unter 6 TP reduziert werden, ergibt sie sich, bittet um Gnade und behauptet, eigentlich gar nicht zu den Räubern zu gehören.

SPIELWERTE
ST 14, **GE** 17, **KO** 12, **IN** 10, **WE** 8, **CH** 13
GAB +2; **KMB** +4; **KMV** 17
Talente Verbesserte Initiative, Waffenfinesse
Fertigkeiten Akrobatik +9, Bluffen +7, Einschüchtern +9, Fingerfertigkeit +9, Heimlichkeit +9, Klettern +10, Mechanismus ausschalten +10, Schätzen +4, Wahrnehmung +5, Wissen (Lokales) +6
Sprachen Gemeinsprache, Goblinisch, Orkisch
Besondere Eigenschaften Fallen finden +1, Orkblut, Schurkentricks (Überraschungsangriff), Waffenvertrautheit
Kampfausrüstung *Elixier des Versteckens*, *Trank: Spinnenklettern*, *Trank: Spurloses Gehen*, *Trank: Unsichtbarkeit*, Verstrickungsbeutel; **Sonstige Ausrüstung** Lederrüstung, Dolch, Handarmbrust [Meisterarbeit] mit 12 Bolzen, Kurzschwert, Kletterzeug, Brechstange, Wurfhaken, Schlüssel für die Truhe in Bereich **H12**, Diebeswerkzeug [Meisterarbeit], Seidenseil (15 m), 28 GM

H9. Eckschlafraum
Keiner der Räuber hat diesen Raum bisher für sich beansprucht. Er ist dunkel und still. Im Schrank liegen Bettwäsche und eine Waschschüssel.

H10. Kleiner Schlafraum
Ein ungemachtes Bett steht in diesem Raum. Die Räuber in Bereich **H13** benutzen die einzige Winterdecke abwechselnd, ansonsten steht der Raum tagsüber leer.

H11. Rohkars Raum

In diesen Raum führen drei Türen. Ein robustes Bett, auf dem mehrere Decken liegen, steht neben dem einzigen Fenster, gegenüber in der südwestlichen Ecke befindet sich eine große Kiste aus Ahornholz.

Rohkar hat diesen Raum für sich beansprucht und genießt die Nähe zur Feuerstelle in Bereich **H13**. Nachts schläft er in der Regel hier. Tagsüber hält er sich meistens im Planungszimmer (Bereich **H15**) im 1. Stock auf.

Schätze: Die Ahornkiste ist mit einem stabilen Schloss gesichert (Härte 5, 15 TP, Zerschmettern SG 23, Mechanismus ausschalten SG 25). Sie enthält eine Reihe von Trophäen und gestohlenen Dingen, die Rohkar als Banditenanführer und Mörder im Namen Norgorbers zusammengetragen hat. Rohkar führt den einzigen Schlüssel bei sich. In der Kiste befindet sich gegenwärtig ein Goldklumpen mit dem königlichen Siegel Taldors (Wert 50 GM), ein Fernrohr, welches einem Hauptmann aus Cassomir gestohlen wurde, ein silberner Frauenring (Wert 25 GM), drei Tigeraugen-Edelsteinsplitter, die einem qadirischen Händler abgenommen wurden (Wert je 10 GM), ein gutes Paar Lederstiefel elfischer Machart (Wert 15 GM), ein silberner Dolch mit einem Geheimfach im Griff (Wahrnehmung SG 20 zum Entdecken), in dem 1 Anwendung Gift eines kleinen Tausendfüßlers lagert, sowie eine Ledermappe mit mehreren Pergamenten, darunter eine *Schriftrolle: Elementen trotzen*, zwei *Schriftrollen: Magische Waffe* und eine *Schriftrolle: Unauffälliger Diener*.

H12. Zehn-Pfennigs Raum

Ein Bett und eine Kiste stehen in diesem kleinen Raum. Zwei Türen führen hinaus und ein Fenster weist nach Norden.

Rohkar hat „Zehn-Pfennig" Tazei (siehe Bereich **H8**) diesen Schlafraum als Teil seiner Rekrutierungsbemühungen und zum Willkommen in der Bande zugewiesen. Tagsüber steht er leer, während Zehn-Pfennig in der Küche arbeitet oder die kranken Räuber in Bereich **H14** versorgt.

Schätze: Die Kiste ist verschlossen (Härte 5, 15 TP, Zerschmettern SG 23, Mechanismus ausschalten SG 20) und enthält eine Heilertasche (5 Anwendungen), eine Gürteltasche mit 25 SM und einen *Trank: Teilweise Genesung*. Nur Zehn-Pfennig hat einen Schlüssel.

H13. Großer Raum (HG 2)

Ein großer Tisch mit zwei Bänken füllt diesen Saal der Länge nach aus. Die Deckenhöhe beträgt hier 6 m und die Deckenbalken bilden eine Kassettendecke. Im Westen bietet ein knisternder Kamin willkommene Wärme und Licht, während im Süden eine Treppe zu einem Holzbalkon hinaufführt, von dem aus man den Raum überblicken kann. In der Ostwand befindet sich eine Doppeltür.

Die Winterkönigin

Zur Zeit der Wächter war dies der Speise- und Versammlungssaal. Rohkars Räuber verwenden den Raum als Schlafstätte und drängen sich auf Strohmatratzen unter Bergen von Decken in der Nähe des Feuers. Die Räuber haben die auf die hintere Terrasse führenden Türen im Osten verbarrikadiert (Härte 5, 15 TP, Zerschmettern SG 25).

Kreaturen: Bei Tag und Nacht können hier fünf von Rohkars Räubern angetroffen werden. Diese sind aktiver und wachsamer als ihre unter Fröstelzittern leidenden Genossen in Bereich **H14**. Sie haben Wachposten an den östlichen Fenstern postiert und halten tagsüber Ausschau, wer sich der Jagdhütte nähert. Dass sie sich Teb Knottens Invasoren ergeben mussten, hat sie sehr frustriert. Dass sie die verhassten Wächter töten und den Wagenzug der Edlen Argentea angreifen konnten, hat ihnen dagegen Auftrieb verliehen. Sie verbringen ihre Zeit damit, ihren Anteil am Lösegeld zu verplanen, sobald Rohkar die Adelige auslösen lässt. Sollten sie von der Anwesenheit der SC erfahren, rütteln die Räuber ihre kranken Kameraden im Nebenraum (Bereich **H14**) wach und schicken einen Boten zu Rohkar im ersten Stock (Bereich **H15**).

Rohkars Räuber (5)	**HG 1/3**

EP je 135
TP je 7 (siehe Seite 15)

H14. Krankenzimmer (HG 1)

Vier Betten, zwei große Truhen und ein Tisch mit vier Stühlen füllen diesen Raum. Je ein Fenster weist nach Westen, Osten und Süden. Diese bieten einen großartigen Blick auf die verschneite Schlucht vor der Jagdhütte.

Kreaturen: Vier von Rohkars Räubern liegen in den Betten. Sie haben sich mit Fröstelzittern angesteckt, einer weniger ansteckenden Form des in Irrisen grassierenden Fröstelfiebers (*Almanach zu Irrisen*). Die Räuber gelten aufgrund der Krankheit regeltechnisch als Erschöpft und Kränkelnd. Sie erleiden daher einen Malus von -2 auf alle Angriffs-, Waffenschadens-, Rettungs-, Fertigkeits- und Attributswürfe sowie auf Stärke und Geschicklichkeit. Die Räuber tragen keine Rüstungen, haben aber ihre Waffen griffbereit. Trotz ihres Zustandes bemühen sie sich nach Kräften, sich zu verteidigen und auf jedes Alarmsignal ihrer Kameraden im großen Raum (Bereich **H13**) zu reagieren.

Kranke Räuber (4)	**HG 1/4**

EP je 100
RK 10, Berührung 10, auf dem falschen Fuß 10
TP je 7 (siehe Seite 20)
Schwächen Erschöpft und Kränkelnd

Gefahr: Dieser Raum ist leicht ansteckend. Die Luft steht und die verschwitzten Decken enthalten die Erreger, welche die Räuber ausgeschaltet haben. Wer länger als 1 Minute in diesem Raum verbringt oder die Betten, Kisten und abgelegten Kleidungsstücke durchwühlt, wird der ausgehenden Gefahr durch Fröstelzittern ausgesetzt.

Fröstelzittern
Art Krankheit, Eingeatmet oder Kontakt; **Rettungswurf** Zähigkeit, SG 12
Inkubationszeit 1 Tag; **Frequenz** 1/Tag
Effekt Erschöpft und Kränkelnd; **Heilung** 2 aufeinander folgende Rettungswürfe

H15. Planungsraum (HG 3)

Ein L-förmiger Tisch mit vielen Stühlen füllt den ersten Stock der Hütte fast aus. Ein zweiter, kleinerer Tisch steht neben dem Eingang und mehrere Fenster bieten einen Ausblick auf die verschneite Umgebung. In der südwestlichen Ecke hängt eine große Karte an der Wand gegenüber einer weiteren Tür in der nordöstlichen Ecke.

Die Wächter planten ihre Patrouillen in diesem Raum und markierten die besten Routen auf der Karte des Hochgrats, die an der Südwestwand hängt. Rohkar nutzt den Raum zu fast demselben Zweck, nur zeigt die Karte nun mögliche Punkte für Hinterhalte und interessante Stellen für seine neuen irrisischen Verbündeten, die er an Izoze weitergibt. Auch das Winterportal ist auf der Karte eingezeichnet, wenn auch ohne Erläuterungen oder Bezeichnung.

Kreaturen: Der Anführer von Rohkars Räubern, Rohkar Zindren, kann in diesem Raum tagsüber meistens angetroffen werden. Die Räuber ahnen nicht, dass Rohkar ein Priester Norgorbers ist, der seine Berufung erst recht spät im Leben erhalten hat – allerdings passt sie recht gut zu seinem mörderischen Banditenleben im südlichen Taldor. Mehrere ungeklärte Morde und das Verschwinden von Konkurrenten führten zu Rohkars Aufstieg zum Räuberhauptmann (er hat die meisten davon selbst vergiftet). Sollten die Räuber erfahren, dass er ein Anhänger des Gottes der Geheimnisse und des Mordes ist, würde dies ihr Vertrauen in ihren Anführer stark erschüttern. Die meisten halten ihn für einen Nekromanten und diese Tarnung bemüht er aufrechtzuerhalten, da er fürchtet, dass die Hälfte seiner Leute die Bande verlassen (oder ihn zu ermorden versuchen) würde, sollte die Wahrheit ans Licht kommen.

Daher tut Rohkar alles, um seinen Glauben geheim zu halten. Jeden Morgen schließt er sich in seinem Raum ein, um seine Zauber vorzubereiten. Er behauptet, ungestört sein Zauberbuch studieren zu müssen, und führt sogar jederzeit ein arkanes Buch bei sich, um die Täuschung zu verstärken. Er versteckt sogar sein Heiliges Symbol bis zum letzten Moment, wenn er Norgorbers Unterstützung erbittet, und holt es dann auch nur mittels Fertigkeitswürfen für Fingerfertigkeit hervor und lässt es rasch wieder verschwinden, ehe es jemand sehen kann.

Eine von Teb Knottens Verbündeten, eine winterberührte Dornenfee namens Hommelstaub (siehe Bereich **P1**), hat Rohkars Religion erkannt, als dieser gezwungen war, sich den Invasoren aus Irrisen zu ergeben, und sie sein Heiliges Symbol entdeckten. Statt den mörderischen Priester zu töten oder zu verraten, boten Teb und Izoze ihm die Gelegenheit an, stattdessen Königin Elvanna als ausführende, tötende Hand zu dienen. Rohkar hatte keine Wahl, als darauf einzugehen, plant insgeheim aber seine Rache und den Mord an seinen

SOMMERSCHNEE

Wohltätern, sobald er eine Schwachstelle findet, die ihm eine Chance bietet. Bisher bemüht er sich, alles über die Irrisier in Erfahrung zu bringen, indem er sich mit Hommelstaub, Izoze und sogar Teb Knotten berät, wenn der Moostroll ihn mit einer Audienz beehrt. Durch diese Diskussionen konnte Rohkar an Macht gewinnen, da die Kalte Fee ihm eine Methode verriet, Skelette zu erwecken, die mit der bitteren Kälte des irrisischen Winters erfüllt sind. Daher befehligt Rohkar nun zwei Frostskelette, die er als Leibwächter in seiner Nähe hält.

ROHKAR ZINDREN   HG 2
EP 600
Menschlicher Kleriker Norgorbers 3
NB Mittelgroßer Humanoider (Mensch)
INI +2; **Sinne** Wahrnehmung +2

VERTEIDIGUNG
RK 16, Berührung 12, auf dem falschen Fuß 14 (+2 GE, +1 natürlich, +3 Rüstung)
TP 20 (3W8+3)
REF +3, **WIL** +5, **ZÄH** +2

ANGRIFF
Bewegungsrate 9 m
Nahkampf Kurzschwert +1, +5 (1W6+2/19–20 plus Grünblutöl) oder Dolch +4 (1W4+1/19–20)
Fernkampf Leichte Armbrust +4 (1W8/19–20)
Besondere Angriffe Negative Energie fokussieren 5/Tag (SG 13, 2W6)
Zauberähnliche Domänenfähigkeiten (ZS 3; Konzentration +5)
5/Tag — *Blutige Hand* (1 Runde), *Nachahmungstäter* (3 Runden)
Vorbereitete Klerikerzauber (ZS 3; Konzentration +5)
2. — *Person festhalten* (SG 14), *Totenglocke* (SG 14), *Unsichtbarkeit*D
1. — *Furcht auslösen*D (SG13), *Magische Waffe*, *Mörderischer Befehl*ABR (SG 13), *Totenwache*
0. (beliebig oft) — *Ausbluten* (SG 12), *Gift entdecken*, *Nahrung und Wasser reinigen*, *Resistenz*
D Domänenzauber; **Domänen** Tod, Tricks

TAKTIK
Vor dem Kampf Sofern Rohkar weiß, dass die SC in der Jagdhütte sind, wirkt er *Magische Waffe*, *Totenwache* und *Unsichtbarkeit*. Ferner trägt er Grünblutöl auf sein Kurzschwert auf.
Im Kampf Rohkar verlässt unsichtbar den Raum, wenn die SC eintreffen, und quetscht sich an jemandem an der Tür vorbei, während seine Frostskelette die SC beschäftigen. Sollte er bewusstlose oder sterbende Räuber vorfinden, tötet er sie mittels *Totenglocke*, dann verwendet er seine *Schriftrolle: Tote beleben*, um aus ihnen Zombies zu erschaffen und seine Macht zu stärken. Er kehrt sodann auf den Kampfplatz zurück, kommandiert seine Untoten und heilt sie mittels Negative Energie fokussieren. Sollte er auf einen positive Energie fokussierenden Kleriker stoßen, setzt er *Furcht auslösen* und seine vergiftete Klinge ein. Zugleich nutzt er *Nachahmungstäter*, um seine Gegner zu verwirren.
Moral Rohkar lebt, um im Namen Norgorbers zu töten, will selbst aber nicht sterben. Sollte er auf unter 6 TP reduziert werden, lässt er die Waffen fallen und täuscht Bedauern vor, während er die Schuld auf Izoze und Teb Knotten schiebt (siehe unten, Entwicklung).

SPIELWERTE
ST 13, **GE** 14, **KO** 8, **IN** 10, **WE** 15, **CH** 14
GAB +2; **KMB** +3; **KMV** 15

Talente Abhärtung, Geschickte Hände, Waffenfinesse
Fertigkeiten Bluffen +6, Einschüchtern +3, Fingerfertigkeit +5, Heimlichkeit +6, Magischen Gegenstand benutzen +3, Mechanismus ausschalten +7, Motiv erkennen +6, Verkleiden +6, Wissen (Lokales) +1
Kampfausrüstung Schriftrolle: *Tote beleben* (10 TW), Grünblutöl (1x), Taggitöl (2x); **Sonstige Ausrüstung** Beschlagene Lederrüstung [Meisterarbeit], Dolch, Leichte Armbrust mit 10 Bolzen, Kurzschwert +1, Yetiumhang (siehe Seite 61), Diebeswerkzeug [Meisterarbeit], Schlüsselring (Schüssel für die Falltür in Bereich H7, die Truhe in Bereich H11 und den Käfig in Bereich H16), gestohlenes Zauberbuch (enthält *Alarm*, *Federfall*, *Gegenstand aufspüren*, *Identifizieren*, *Kalte Hand*, *Rascher Rückzug* und *Schwächestrahl*), hölzernes Unheiliges Symbol Norgorbers, 15 GM

ROHKAR ZINDREN

DIE WINTERKÖNIGIN

FROSTSKELETTE (2)   HG 1/2
EP je 200
Feuerskelettvariante (*MHB*, S. 239) mit folgenden Veränderungen: Energieschadensart und Immunität verändern sich von Feuer zu Kälte, Empfindlichkeit gegen Feuer statt gegen Kälte.
TP je 5

Entwicklung: Sollte Rohkar sich den SC ergeben, behauptet er, Izoze und die Kalten Feen hätten ihn und seine Bande zur Mitarbeit gezwungen. Dies ist zwar wahr, aber ein Fertigkeitswurf für Motiv erkennen gegen Rohkars Bluffwurf bestätigt, dass er nicht die ganze Wahrheit erzählt. Er tut aber alles in seiner Macht stehende, um die SC dazu zu bringen, ihm zu vertrauen. Er bietet ihnen Informationen über Izoze, Teb Knotten und deren sonstige Verbündeten an in der Hoffnung, dass die SC beim Angriff auf die Irrisier sterben, diese aber hinreichend schwächen, damit er ihr Werk vollenden kann. Er präsentiert ihnen auch den gefangenen winterberührten Feengeist im Lagerraum (Bereich **H16**) zum Verhör. Er übergibt ihnen auch die Edle Argentea mit der Erklärung, das Izoze und Teb Knotten mit ihr finstere Pläne gehabt hätten, er aber nicht mehr wisse (er weiß nur, dass er sie weder töten, noch ein Lösegeld verlangen durfte). Rohkar gibt sich die ganze Zeit als Nekromant aus und nicht als Priester Norgorbers, da er weiß, dass sein Glaube ihm niemandes Sympathien einbringen dürfte. Um seine Täuschung aufrechtzuerhalten, versteckt er sein Unheiliges Symbol baldmöglichst mittels eines Fertigkeitswurfes für Fingerfertigkeit.

H16. LAGERRAUM (HG ½)

Dutzende kleiner Kisten, Flaschen und Papier füllen diesen modrigen Lagerraum. Auf dem obersten Regal steht ein kleiner Eisenkäfig, von dem flackerndes Licht ausgeht, einer Kerze nicht unähnlich.

Die Wächter haben in diesem kleinen Raum ihre Bücher geführt und Nachrichten an ihre Befehlshaber in Oppara geschrieben. Rohkar hält hier nun einen besonderen Gefangenen fest.

Kreaturen: Obwohl Rohkar sich Teb Knotten unterworfen hat, nahm er insgeheim eine der Kalten Feen gefangen, um sie zu studieren und besser ihre Fähigkeiten zu verstehen. Der Gefangene, ein winterberührter Feengeist namens Vrixx, ist im Käfig eingesperrt (Mechanismus ausschalten SG 25, Rohkar hat den einzigen Schlüssel). Natürlich verbirgt Rohkar den Gefangenen, wenn Izoze zu Besuch kommt – er weiß, dass die Mephitin und ihre Verbündeten ihn töten würden, würde seine Tat entdeckt. Vrixx ist in seinem winzigen Gefängnis sehr mutlos geworden. Seine Leuchtkraft ändert sich mit seiner Stimmung. Wenn die SC eintreffen, bettelt er um seine Freiheit. Wer so dumm ist, ihn freizulassen, ermöglicht Vrixx, zu Teb Knotten zu fliegen und diesem von Rohkars Verrat und der Anwesenheit der SC im Wald zu berichten. Sollten die SC Vrixx befragen, kündigt er ihnen furchtbare Marter und Qualen an, sobald seine Freunde die SC finden. Er weigert sich, irgendetwas zu verraten, da ihm klar ist, dass die Weißen Hexen sein Herz mit einem Eissplitter durchbohren werden, falls er redet.

VRIXX   HG ½
EP 200
Winterberührter Feengeistkämpfer 1 (siehe Seite 72)
TP 10 (aktuell 3)

Schätze: Rohkar hat in diesem Lagerraum drei *Schriftrollen: Schwächere Tote beleben*[ABR] (2 TW) verborgen sowie 2 weitere Anwendungen Grünblutöl und eine kleine Schließkiste mit 25 PM, 150 GM, 180 SM und einem blauen Quarz, einem „Eisdiamanten" aus Irrisen, den er Vrixx abgenommen hat (Wert 100 GM). Ferner hat Rohkar hier drei Öle: *Magische Waffe* und 10 Flaschen Alchemistenfeuer als Versicherung gegen Teb Knotten, Izoze und die Kalten Feen gelagert.

H17. KELLER

Ein halbes Dutzend Kisten und Fässer nimmt den Gutteil dieses unterirdischen Kellers in Anspruch. Eine raue Decke liegt in der Südostecke neben einer halbvollen Schale mit Essen auf dem Boden.

Die Räuber haben diesen Keller als Kerker für die Edle Argentea Malassene und künftige Gefangene zweckentfremdet. Eine 3 m lange Leiter führt nach unten in den Keller.

Kreaturen: Die Edle Argentea Malassene ist die einzige Insassin des Kellerkerkers. Rohkar hat sie hier eingesperrt, bis er weitere Instruktionen von Teb Knotten und Izoze erhält. Die Edle ist verletzt und hat gegenwärtig nur 7 von 20 TP. Ihr Wille aber ist ungebrochen. Sie ist zwar so arrogant und stolz, wie es nur eine taldanische Adelige sein kann, ist aber trotzdem für die Rettung dankbar. Daher ist sie (nicht immer erfolgreich), Kritik für sich zu behalten – wenigstens so lange, bis sie an einem sicheren, angenehmeren Ort ist.

DIE EDLE ARGENTEA MALASSENE   HG 2
EP 600
Weiblicher Adelssproß (*SLHB*, S. 262)
TP 20 (aktuell 7)

Entwicklung: Wenn die Edle Argentea gerettet wird, verweist sie auf eine viel größere Bedrohung als Rohkars Räuber im Grenzwald. Sie berichtet von äußerst gefährlichen Winterkreaturen im Herzen der Zone ungewöhnlichen Wetters, die

EDLE ARGENTEA MALASSENE

SOMMERSCHNEE

mit den Räubern verbündet sind. Sie kann die winterberührten Feenwesen beschreiben, welche ihren Wagenzug angegriffen haben, sowie Izoze und ihren Anführer, Teb Knotten, auch wenn sie ihn nie getroffen hat, da ihre Kerkermeister nur den Namen erwähnt haben.

An dieser Stelle mag es wichtiger sein, die Edle in Sicherheit zu bringen, als diesen Kreaturen nachzuspüren. Sollte Argentea Ausrüstung und Kleidung für kaltes Wetter erhalten, könnte sie es wohl bis Heldren schaffen, doch erlaube den SC ruhig, sie zu eskortieren. Sollte die Edle sicher nach Heldren gebracht werden, ist sie voll des Dankes und belohnt ihre Retter mit 500 GM. Die SC können sich auch mit dem Dorfrat austauschen und für einen längeren Aufenthalt in der Winterzone ausrüsten. Die Edle Argentea, Zehn-Pfennig Tazei und sogar Rohkar können alle bezeugen, dass es gefährlich ist, sich den Kalten Feen ohne ausreichende Vorbereitungen stellen zu wollen. Sobald die SC sich ausgeruht und erholt haben, drängt der Dorfrat sie aber, die ihnen gestellte Aufgabe zu vollenden und den Ursprung des Winterwetters zu finden. Sollten die SC zuversichtlich sein und voller Eifer losschlagen wollen, könnte die Edle Argentea sie zum Winterportal begleiten und zu einem Begleiter oder sogar einem Ersatz-SC werden, sollte ein Charakter vorzeitig zu Tode kommen.

Belohnung: Belohne die SC für die erfolgreiche Rettung der Edlen Argentea mit 600 EP.

TEIL ZWEI: WINTERKÄLTE

Nach dem Sieg über Rohkars Räuber und der Befreiung der Edlen Argentea können die SC sich auf die Suche nach dem Ursprung des Winterwetters und den Kalten Feenwesen und ihren Verbündeten begeben. Hierzu überqueren sie die Hängebrücke an der Jagdhütte der Hohen Wächter, welche ins Hochland des Grenzwaldes führt. Zwischen der Hütte und dem Winterportal sind genug Wesen unterwegs gewesen, so dass die SC den Spuren im Schnee ohne große Mühe folgen können. Sobald sie sich dem Somirtal und dem dortigen magischen Portal nähern, fallen die Temperaturen noch stärker ab. Wahrscheinlich müssen die SC daher dann häufiger rasten und sich aufwärmen, ehe sie weiter vorstoßen können.

I. URALTE EINDRINGLINGE (HG 2)

Im Wald herrscht Totenstille. Selbst der Wind ist verstummt, nur der Schnee rieselt weiterhin leise von den Ästen herab. Fußspuren, die von der Größe her von Menschen stammen könnten, allerdings seltsam unförmig sind, verunstalten die ansonsten makellose Schneedecke zwischen den Bäumen.

Kreaturen: Rohkar experimentiert schon lange mit den Leichen seiner Opfer und belebt sie als untote Diener und Werkzeuge, mit denen er weitere Unschuldige ermorden kann. Bisher musste sich der Räuberhauptmann aber auf *Schriftrollen: Tote beleben* verlassen, um solche Kreaturen zu erschaffen. Sein erster Versuch, mittels einer Schriftrolle Frostskelette zu beleben, misslückte: Rohkar weiß es nicht, aber er hat ungewollt die Skelette drei qadirischer Soldaten belebt, die vor Jahrhunderten während des Krieges zwischen Qadira und Taldor getötet wurden. Diese Skelette haben sich aus dem Boden hervorgegraben und streifen nun am Hochgrat umher. Sie sind unkontrolliert und eine große Gefahr für jeden, der ihren Weg kreuzt.

FROSTSKELETTE (3)   HG ½
EP je 200
TP je 5 (siehe Seite 22)

TAKTIK
Im Kampf Die Skelette greifen geistlos die nächsten lebenden Kreaturen an und schlagen mit ihren eisigen Klauen zu statt mit den zerbrochenen Krummsäbeln, die sie immer noch an der Hüfte tragen.
Moral: Die Frostskelette kämpfen bis zur Zerstörung.

J. GETÖTETER JÄGER

Die Felsen und der Schnee in diesem Teil des Grats haben rotbraune Flecken. Es gibt viele Spuren von Tieren und Menschen.

Vor kurzem ist einer von Heldrens besten Jägern, ein Mann namens Draiden Kepp, von der Jagd im Grenzwald zurückgekehrt. Er berichtete von einem riesigen weißen Wiesel, dass er im Wald gesehen hätte. Da die Dorfbewohner seine Geschichte nicht geglaubt haben – Draiden nimmt immer gern einen Schluck aus seinem Flachmann –, ist Draiden erneut aufgebrochen, um das Wiesel zu jagen und allen zu beweisen, dass er die Wahrheit sprach. Draiden konnte das Wiesel in einer Bärenfalle einfangen (Bereich L), die Kreatur konnte sich aber befreien und den Jäger anfallen, ehe dieser zum Todesstoß ansetzen konnte. Draiden zog sich zum Grat zurück, wurde hier aber vom Wiesel aufgespürt und erledigt. Sein zerfetzter Leichnam liegt nun halb vergraben im Schnee. Gelingt einem SC ein Fertigkeitswurf für Wissen (Natur) gegen SG 13, kann er die Tierspuren als die eines riesigen Wiesels erkennen.

Schätze: Zu Draidens Besitztümern gehören einige Dinge, welche die SC möglicherweise brauchen können: Seine blutige und zerrissene Kleidung für kaltes Wetter ist immer noch brauchbar, dazu kommen ein Paar selbstgemachter Schneeschuhe und zwei *Pfeile des Verderbens* (Tiere) +1. Sein Kurzbogen ist leider zerbrochen. Mit einem Fertigkeitswurf für Wahrnehmung gegen SG 15 stößt man auf seinen halb im Schnee vergrabenen, blutbefleckten Rucksack, auf dem eine frische Schicht Schnee liegt. Der Rucksack enthält 3 Rationen Reiseproviant, einen halbvollen Flachmann mit kräftigem Apfelschnaps und Draidens Aufzeichnungen über seine Jagd auf das Riesenwiesel. Er schreibt von den Bärenfallen, die er am Eingang des Somirtales aufgestellt hat, sowie der merkwürdigen Hütte mit der noch merkwürdigeren Puppe darin, welche er entdeckte (Bereich M).

Belohnung: Sollten die SC Draiden Kepps Aufzeichnungen finden, dann belohne sie mit 400 EP.

K. FROSTTANNEN (HG 3)

Ein kalter Wind weht durch den Wald auf dem Grat. Schwerer Schnee liegt auf den Wipfeln und Ästen der Tannen. Anscheinend aber hat jemand einen großen Flecken Erde vom Schnee freigeräumt, um im von Tannennadeln bedeckten Boden zu graben.

DIE WINTERKÖNIGIN

Kreaturen: Dieser Teil des Waldes ist nun das Zuhause zweier als Frosttannen bekannter Baumkreaturen, welche durch das Portal aus Irrisen gekommen sind. Ähnlich Baumhirten sehen Frosttannen wie menschlich proportionierte Tannen mit zugreifenden, astartigen Armen aus. Nach ihrer Ankunft im Grenzwald suchten die Frosttannen nach einem fruchtbaren Fleckchen für ihre Saat. Sie haben den Schnee hier fortgeräumt und Löcher in den Boden gegraben, um ihre Zapfen einzugraben. Frosttannen sind sehr revierorientierte Kreaturen und beschützen ihre Jungen mit aller Kraft. Wenn die SC ihr Revier betreten, nutzen die Frosttannen ihre Fähigkeit Starre, um sich zwischen den einheimischen Pinien zu verbergen, ehe sie gemeinsam angreifen.

FROSTTANNEN (2) — HG 1
EP je 400
TP je 15 (siehe Seite 84)
TAKTIK
Im Kampf Die Frosttannen greifen als erstes jene SC an, die offenes Feuer mit sich führen. Diese versuchen sie, in einen Ringkampf zu verwickeln und in den Haltegriff zu nehmen, um das Feuer löschen zu können. Wenn nötig arbeiten sie zusammen, um denselben Gegner festzuhalten. Anschließend prügeln sie in zorniger Wut um sich und setzen Heftiger Angriff ein.
Moral Die Frosttannen kämpfen bis zum Tod.

L. BÄRENFALLEN (HG 3)

Blutige Tierspuren sind hier im Schnee zu sehen, wo der Pfad den Grat verlässt.

Mit einem Fertigkeitswurf für Wissen (Natur) gegen SG 13 kann man die Tierspuren als die eines Riesenwiesels identifizieren.
   Fallen: Der Jäger Draiden Kepp (Bereich J) hat hier mehrere Bärenfallen aufgestellt, um das Riesenwiesel zu fangen und zu töten, das er im Grenzwald entdeckt hat.
   Leider konnte das verwundete Wiesel aus der Falle ausbrechen und die Jagd auf Draiden aufnehmen. Zwei weitere Bärenfallen liegen im Schnee verborgen und stellen eine Gefahr für jeden dar, der diesen Bereich durchquert. Haben die SC Draiden Kepps Aufzeichnungen gelesen (siehe Bereich J), erhalten sie einen Situationsbonus von +5 auf ihre Fertigkeitswürfe für Wahrnehmung, um die Fallen zu bemerken.

BÄRENFALLEN (2) — HG 1
EP je 400
Art Mechanisch; **Wahrnehmung** SG 15; **Mechanismus ausschalten** SG 20
EFFEKTE
Auslöser Ort; **Rücksetzer** Manuell
Effekt Nahkampfangriff +10 (2W6+3); die scharfen Metallkiefer schnappen um den Knöchel der Kreatur und halbieren ihre Bewegungsrate (oder verhindern gänzlich eine Fortbewegung, sofern die Falle an einem festen Gegenstand befestigt ist); die Kreatur kann mit Hilfe eines Fertigkeitswurfes für Entfesselungskunst gegen SG 22 versuchen sich zu befreien. Alternativ kann sie auch einen Fertigkeitswurf für Mechanismus ausschalten gegen SG 20 oder einen Stärkewurf gegen SG 26 ablegen.

M. DER SEELENGEBUNDENE WÄCHTER

Zu den ersten Dingen, mit denen die Weiße Hexe Nazhena Wasilliowna nach Öffnung des Winterportals Teb Knotten beauftragte, gehörte die Errichtung einer Holzhütte für eine der lebenden Porzellanpuppen, welche Irrisens Grenze bewachen. Diese Wachpuppe sollte den Zugang zum Somirtal im Auge behalten und Irrisens neu errichteten Stützpunkt in Taldor verteidigen. Nazhena ließ die Puppe herstellen, ein intelligentes Konstrukt mit der gebundenen Seele einer lebenden Person – in diesem Fall der Seele eines jungen Mädchens namens Thora Petska aus dem Dorf Waldsby in Irrisen.

Während ihres kurzen Lebens musste Thora Zeugin vieler Gräueltaten werden, die von den Weißen Hexen Irrisens und ihrer Diener begangen wurden. Das unverfrorene Mädchen beging den Fehler, versehentlich Nazhena während eines Besuches der Hexe in Waldsby zu beleidigen. Eigentlich hatte sie nur einen kindlichen Scherz in aller Unschuld gemacht, doch als die Weiße Hexe ihn vernahm, fühlte sie sich durch die Bemerkung beleidigt und ließ das Mädchen ergreifen und später töten, um mit seiner Seele eine Wachpuppe zu erschaffen. Bei diesem Ritual wird der Seele in der Regel die Individualität geraubt – doch in diesem Fall ging etwas schief und Thora behielt ihre Persönlichkeit, auch wenn sie nun an die Puppe gebunden war. Das gequälte Konstrukt dient nun den Winterhexen als Augen und Ohren im Grenzwald, besitzt aber den Verstand einer Siebenjährigen.

M1. Eislabyrinth (HG 3)

Mehr als ein Dutzend felsbrockengroßer Eisklumpen bedecken die voraus liegende Lichtung, auf der sich eine merkwürdige Hütte auf Baumstümpfen errichtet befindet. Umgeben ist diese von einem aufgeschütteten Erdwall, der aus schneebedeckter Erde besteht.

Die Wachpuppe Thora (Bereich M2) wirkt alle 8 Stunden *Alarm* auf den Zugang zu dieser Lichtung, um gewarnt zu werden, sollte sich ihr jemand nähern.
   Von der Wachpuppe, welche einst Thora Petska gewesen ist, geht immer noch mächtige Hexenkunst aus, die zusätzlich noch durch die Nähe des Winterportals verstärkt wird. Manifestationen ihres Geistes regen sich zwischen den Eisblöcken und erschaffen eine Spukerscheinung und eine Geistererscheinung, die als Phantom bezeichnet wird. Wenn die SC die Lichtung betreten, erscheint plötzlich Thoras Phantom zwischen den Eisblöcken in Gestalt eines zitternden, jungen Ulfenmädchens. Sollten die SC das Mädchen ansprechen, rennt es sichtlich verängstigt und verwirrt weiter auf die Lichtung hinaus zwischen die Eisblöcke. Falls die SC ihr folgen, erscheint das Phantom noch mehrmals in den labyrinthartigen Gängen. Jedes Mal spricht Thora dabei rätselhafte Sätze, ehe sie wieder flieht und die SC tiefer in den Irrgarten lockt. Ihre Worte sind eigentlich ein Widerhall ihrer Gespräche mit Nazhena Wasilliowna, so dass die SC etwas über Thoras Geschichte erfahren können, indem sie das Phantom befragen. Mit diesem Wissen können sie Thoras Mutter Trost spenden und ihr Gewissheit verschaffen, wenn sie Nadja Petska im späteren Verlauf des Abenteuers begegnen.

M. DER SEELENGEBUNDENE WÄCHTER

Das Phantom ist keine richtige Kreatur, sondern eine Manifestation von Thoras ruhelosem Geist. Es kann zwar einige Fragen der SC beantworten, lässt sich aber ansonsten von den SC in keiner Weise beeinflussen – ähnlich einem *Vorbestimmten Trugbild* verhält es sich nach einem festgelegten Ablauf, bis sich die Spukerscheinung manifestiert. Was das Phantom ruft – und was die SC dadurch erfahren können –, könnte Folgendes sein:

„**Es tut mir leid! Bitte, tut mir nicht weh! Ich wollte Euch nicht beleidigen!**" – Thora entschuldigt sich bei Nazhena Wasilliowna, dass sie sie beleidigt hat. Sollte den SC ein Fertigkeitswurf für Diplomatie gegen SG 15 gelingen, können sie eine weitere Frage stellen, ehe Thora weiterläuft.

„**Bitte, haltet mich hier nicht fest. Es ist so kalt. Ich vermisse meine Mutter.**" – Diese Äußerung bezieht sich auf Thoras Gefangenschaft in Nazhenas Fahlen Turm und auf ihre Mutter, Nadja Petska, die den SC in Teil Drei begegnen wird. Sollte den SC ein Fertigkeitswurf für Diplomatie gegen SG 18 gelingen, können sie eine weitere Frage stellen, ehe Thora weiterläuft.

„**Ich will Eure dumme Puppe nicht! Ich will nach Hause! Bringt mich nach Hause!**" – Dies war Thoras Reaktion darauf, als Nazhena ihr die Porzellanpuppe zeigte. Sie wusste nicht, dass diese schließlich ihre Seele erhalten sollte. Sollte den SC ein Fertigkeitswurf für Diplomatie gegen SG 21 gelingen, können sie eine weitere Frage stellen, ehe Thora weiterläuft.

„**Ich muss fort! Und ihr solltet auch verschwinden, ehe man euch sieht. Lauft!**" – Bei dieser letzten Nachricht klaren sich Thoras Augen auf und sie erkennt, dass die SC nicht diejenigen sind, welche sie quälen. Sie bittet die SC zu fliehen, als sie das Zentrum des Irrgartens erreicht haben – dies ist eine letzte Warnung, damit ihnen kein furchtbares Schicksal zustößt.

Spuk: Thoras Verzweiflung und Schrecken haben hier eine Spukerscheinung erschaffen, die sich manifestiert, sobald die SC den auf der Karte im Zentrum der Eisblöcke markierten Bereich betreten, egal ob sie Thoras Phantom gefolgt oder allein hierhergekommen sind.

GESICHTER DER ERFRORENEN TOTEN — HG 3
EP 800
NB Spukerscheinung (3 m x 3 m Feld)
Zauberstufe 3
Bemerken Wahrnehmung SG 20 (um zu spüren, dass ein eisiger Wind aufkommt und in den Eisblöcken Bewegungen stattfinden)
TP 6; **Auslöser** Nähe; **Rücksetzer** 1 Tag
Effekt Wenn diese Spukerscheinung ausgelöst wird, manifestieren sich leiderfüllte Abbilder aus Thoras Kindheit und die Gesichter der erfrorenen Toten in den durchsichtigen Eisblöcken. Alle Kreaturen im Zielbereich sind das Ziel von *Erschrecken*.
Zerstörung Um diese Spukerscheinung dauerhaft zu vernichten, müssen die SC die Wachhütte in Bereich **M2** niederreißen, den Seelenfokus der Wachpuppe darin zerstören und so Thoras Geist zur Ruhe legen.

DIE WINTERKÖNIGIN

M2. Die Wachhütte (HG 3)

Hier steht eine kleine Hütte auf vier Beinen, die sich jeweils auf einem Baumstumpf befinden, deren krumme Wurzeln den Zehen eines riesigen Huhns ähneln. Die Hütte wurde aus dicken Baumstämmen erbaut und das Dach ist ein Sammelsurium aus Ziegeln aus geglätteter Rinde. In der offenen Tür der Hütte sitzt eine kleine Gestalt auf einem Holzstuhl und starrt auf die Lichtung hinaus.

Kreaturen: Die Seele von Thora Petska haust in der Porzellanwachpuppe in der Hütte und bewacht den Weg zum Winterportal. Die Puppe trägt das selbe Kleid, das Thora trug, als Nazhena Wasilliowna sie zum Fahlen Turm verschleppte. Thora ist aber nicht mehr das kleine Mädchen, das seiner Familie Freude bereitete und zum Lachen brachte. Das Gesicht der Puppe ist das eines alten Weibes, auch wenn sie Thoras flachsfarbenes Haar besitzt und immer noch dem Mädchen stark ähnelt, wie es zu Lebzeiten ausgeschaut hat – die Ähnlichkeit genügt, um Gemeinsamkeiten zwischen der Puppe und dem Mädchenphantom zu entdecken, dem die SC in Bereich **M1** begegnet sind. Weitaus nervenzehrender sind die ungleichen Augen der Puppe – das eine ist ein blauer Edelstein, das andere ein kleiner, münzgroßer runder Spiegel, in dem sich die Umgebung reflektiert. Der Edelstein ist der Seelenfokus der Puppe und speichert alle Erinnerungen des Konstrukts. Das Spiegelauge dagegen dient anderen Zwecken und ermöglicht Nazhena und ihrem Lehrling, Radosek Pawril, mittels *Irriser Spiegelsicht* (siehe Seite 73), den Standort der Puppe auszuspähen. Wenn die SC Thora erstmals treffen, nutzt Radosek gerade diesen Zauber, um durch den Spiegel der Puppe zu blicken. Der Winterhexer kann zu diesem Zeitpunkt nichts gegen die SC ausrichten, er wird sie später aber wiedererkennen, wenn sie ihm im Fahlen Turm begegnen (siehe Bereich **Q20**). Thora ist gezwungen, diesen Zugang zum Somirtal gegen jeden zu verteidigen, den sie nicht als Diener des Fahlen Turmes oder Königin Elvannas erkennt. Sie lässt die SC an die Hütte herankommen und bleibt ruhig, sollten diese sie untersuchen. Wenn die SC sie nicht direkt beobachten, setzt sie ihre zauberähnlichen Fähigkeiten ein und wirkt *Licht*, *Magierhand* oder *Zaubertrick*, um die Gegend von Spukereien heimgesucht erscheinen zu lassen, in der Hoffnung, die SC zu verschrecken. Sie könnte auch zu sprechen beginnen, um die SC weiter zu entmutigen, und wieder in Schweigen verfallen, sobald die SC sich ihr zuwenden oder mit ihr zu reden versuchen. Thora verteidigt sich gegen Angreifer, gestattet den SC ansonsten aber, um die Hütte herumzugehen und den Bereich **M3** zu durchqueren. Im letzteren Fall folgt sie ihnen jedoch, um ihnen das Leben zu nehmen. Sie zieht Angriffe in der Nacht vor, da ihre Dunkelsicht ihr dann einen Vorteil verleiht, zögert aber auch nicht, sich den SC tagsüber zu stellen, um sie daran zu hindern, das Winterportal zu erreichen.

THORA PETSKA — HG 3
EP 800

Weibliche Wachpuppe (*Almanach zu Irrisen*)
NB Sehr kleines Konstrukt (Kälte)
INI +7; **Sinne** Dämmersicht, Dunkelsicht 18 m; Wahrnehmung +5

VERTEIDIGUNG
RK 16, Berührung 15, auf dem falschen Fuß 13 (+3 GE, +2 Größe, +1 natürlich)
TP 22 (4W10)
REF +4, **WIL** +2, **ZÄH** +1
Immunitäten Kälte, wie Konstrukte; **SR** 5/Magie; **ZR** 14
Schwächen Empfindlichkeit gegen Feuer und Geistesbeeinflussende Effekte

ANGRIFF
Bewegungsrate 9 m
Nahkampf Puppendolch +10 (1W2–1/19–20 plus 1W6 Kälte und Lähmung)
Zauberähnliche Fähigkeiten (ZS 4; Konzentration +4)
Beliebig oft — *Kältestrahl*
3/Tag — *Alarm*, *Licht*, *Magierhand*, *Öffnen/Schließen*, *Zaubertrick*
1/Tag — *Schweben*, *Wintereinbruch*^ABR II (SG 12)

TAKTIK
Im Kampf Thora wirkt *Schweben*, um sich in die Luft zu erheben, sobald sie halbwegs ungestört zaubern kann. Mittels *Person bezaubern* schafft sie sich Verbündete, um andere davon abzuhalten, sie anzugreifen. Sollte sie in den Nahkampf gezwungen werden, wirkt sie *Wintereinbruch* und greift dann mit ihrem Puppendolch in der Hoffnung an, gelähmte Gegner in der Zone übernatürlicher Kälte zu erwischen, die der Zauber erzeugt.
Moral Thora kämpft bis zur Zerstörung.

SPIELWERTE
ST 8, **GE** 17, **KO** —, **IN** 13, **WE** 12, **CH** 10
GAB +4; **KMB** +5; **KMV** 11
Talente Verbesserte Initiative, Waffenfinesse
Fertigkeiten Entfesselungskunst +5, Heimlichkeit +15, Sprachenkunde +3, Wahrnehmung +5
Sprachen Gemeinsprache, Hallit, Skald
Besondere Eigenschaften Seelenfokus

BESONDERE FÄHIGKEITEN
Empfindlichkeit gegen geistesbeeinflussende Effekte (AF) Wie eine Seelengebundene Puppe ist auch eine Wachpuppe empfänglich für geistesbeeinflussende Effekte. Aufgrund des einzigen Zweckes, weswegen sie erschaffen wurde, erhält sie einen Volksbonus von +1 auf Rettungswürfe gegen derartige Effekte.
Puppendolch (ÜF) Der Dolch, den eine Wachpuppe führt, wird als Waffe von Meisterarbeitsqualität behandelt und verursacht zusätzlich 1W6 Punkte Kälteschaden. Wer von dem Dolch getroffen wird, muss einen Zähigkeitswurf gegen SG 12 bestehen, um nicht durch die übernatürliche Kälte der Waffe 1W4 Runden lang gelähmt zu werden. Sollte die Wachpuppe zerstört werden, wird diese Waffe zu einem nutzlosen Kinderspielzeug. Der SG des Rettungswurfes basiert auf Charisma.
Seelenfokus (ÜF) Thoras Seele ist an das Edelsteinauge der Puppe gebunden. Solange dieser Seelenfokus existiert, kann er benutzt werden, um eine neue Puppe zu beleben; dies kostet ebenso viel wie die Erschaffung eines neuen Konstrukts. Eine einmal in den Seelenfokus gebundene Puppe lernt weiter. Sollte der Seelenfokus in eine neue Puppe eingesetzt werden, behält er seine Persönlichkeit und Erinnerungen. Ein Seelenfokus hat Härte 8, 12 TP und SG-Zerschmettern 20.

Schätze: Thoras blaues Edelsteinauge, ihr Seelenfokus, ist ein Saphir im Wert von 600 GM.

SOMMERSCHNEE

M3. Der heimgesuchte Pfad (HG 4)

Der Pfad führt durch einen schmalen Pass mit Südostgefälle in ein eisiges Tal. In den frischen Schnee am Rand der Lichtung ist auf dem Pfad ein ungewöhnliches Linienmuster hinein gezeichnet worden.

Bei näherer Betrachtung erweist sich das Linienmuster im Schnee als Warnung in der Gemeinsprache: „Kehrt um, ehe der Winter euch verschlingt."

Falle: Die Schrift enthält ferner eine *Glyphe der Abwehr*, welche der Dornenfeemystiker Hommelstaub (siehe Bereich **P1**) mit Hilfe einer Schriftrolle gewirkt hat. Diese wird ausgelöst, sobald jemand auf diesem Wege die Lichtung verlässt. Izoze, Teb Knotten und die Kalten Feen kennen allesamt das Passwort, um die Glyphe umgehen zu können, ohne sie auszulösen.

Glyphe der Abwehr — HG 4
EP 1.200
Art Magisch; **Wahrnehmung** SG 28; **Mechanismus ausschalten** SG 28
EFFEKTE
Auslöser Zauber; **Rücksetzer** Keiner
Effekt Zaubereffekt (*Glyphe der Abwehr* [Explosionsglyphe], 3W8 Kälteschaden; Reflex SG 14, halbiert); mehrere Ziele (alle Ziele in einem Zielbereich von 3 m x 3 m)

N. Verwundete Bestie (HG 3)

Ein kalter Wind weht durch das Tal und trägt Eissplitter und Schnee mit sich. Der Himmel ist von dicken, grauen Wolken verhangen und die Sonne ist nur ein schwaches Leuchten irgendwo im Nebel.

Kreaturen: Ein Riesenwiesel jagt in diesem Teil des Waldes. Als gebürtiger Bewohner des Reifwaldforstes in Irrisen besitzt das Wiesel ein Winterfell und ist bis auf seine schwarze Schwanzspitze vollständig weiß. Das Wiesel ist durch das Winterportal gekommen und in eine der Bärenfallen des Jägers Draiden Kepp (Bereiche **J** und **L**) geraten. Obwohl es verletzt ist, ist es immer noch ein formidabler Gegner und furchtloser Jäger. Es jagt im Somirtal nach Beute, um seinen großen Hunger zu stillen. Die Kalten Feen konnten sich bisher vom Winterportal fernhalten, doch da der Hunger das Wiesel antreibt, greift es alle anderen Kreaturen an, die seinen Weg kreuzen – die SC eingeschlossen. Es wird ihnen durch den Wald folgen, bis es selbst getötet wird.

Riesenwiesel — HG 3
EP 800
TP 34 (aktuell 28; siehe Seite 82)
TAKTIK
Im Kampf Das Wiesel stürmt auf sein erstes Opfer zu, um es zu beißen und sich festzuklammern. Es ignoriert alle anderen Angreifer, bis es von seinem Opfer gelöst wird oder dieses getötet hat.
Moral Das Wiesel flieht, wenn es auf unter 16 TP reduziert wird. Es könnte aber vom Hunger getrieben die SC zu einem späteren Zeitpunkt erneut angreifen.

THORA PETSKA

O. Hinterhalt! (HG 4)

Sobald die SC das Somirtal betreten, werden die Wächter des Winterportals auf sie aufmerksam. Diese Begegnung findet aufgrund des Umstandes statt, weil entweder Teb Knotten die von den SC ausgehende Gefahr durch Izoze beschrieben oder dieser durch den Dornenfeemystiker Hommelstaub informiert wurde. Teb Knotten schickt seine Untergebenen daher mitten in der Nacht zum Lager der SC aus, um diese auszuschalten.

Kreaturen: Izoze führt den Angriff, sofern die Eismephitin noch lebt. Andernfalls beauftragt Teb Knotten den winterberührten Dornenfeemystiker Hommelstaub (siehe Bereich **P1**) mit dieser Aufgabe. In beiden Fällen hilft ein Kleiner Luftelementar namens Squald, um Izozes Bewegungsrate zu erhöhen, damit sie die SC aufhalten kann, und um die Annäherung des Attentäters mit Winden zu verbergen.

Izoze — HG 3
EP 800
Eismephitin (*MHB*, S. 183)
TP 19
TAKTIK
Im Kampf Izoze setzt ihre Odemwaffe gegen die größte Konzentration an Gegnern ein. Sie atmet einen Kegel aus Eissplittern aus, damit die SC Schaden erleiden und zu kränkeln beginnen. Auf den am schwersten gerüsteten Gegner wirkt sie *Metall abkühlen*. Sie setzt *Magisches Geschoss* gegen jemanden ein, der sie mit feuerbasierenden Zaubern oder Angriffen attackiert. Im Anschluss versucht sie überfallartig mit ihren Klauen anzugreifen und sich wieder von den Gegnern zu entfernen und erneut zuzuschlagen, bis ihre Odemwaffe wieder verfügbar ist.
Moral Izoze kennt die Strafe für Versagen, daher kämpft sie bis zum Tod. Sollte sie auf unter 10 TP reduziert werden, versucht sie, einen anderen Eismephiten zur Unterstützung herbeizuzaubern, während sie sich vorübergehend zurückzieht, um sich mit ihrer *Schnellen Heilung* zu erholen.

Squald — HG 1
EP 400
Kleiner Luftelementar (*MHB*, S. 100)
TP 13
TAKTIK
Im Kampf Squald nutzt seine Fähigkeit Wirbelwind, um derart viel Schnee aufzuwirbeln, dass ein blendender Wirbel entsteht, der das Lagerfeuer der SC auslöscht. Dann führt er aus der Dun-

DIE WINTERKÖNIGIN

kelheit kommend Angriff im Vorbeifliegen aus, schlägt zu und verschwindet wieder aus der Reichweite von Lichtquellen.
Moral Squald kämpft bis zum Tod.

P. DAS WINTERPORTAL

Die erste Manifestation von Elvannas Ritual, um Irrisens endlosen Winter über ganz Golarion zu verbreiten, begann mit einer einzelnen Schneeflocke in der taldanischen Sommerhitze. Kalte Luft verbreitete sich im Somirtal und erreichte binnen weniger Minuten eisige Temperaturen. Dann öffnete sich explosionsartig ein magisches Portal in einer Druckwelle aus Eis, welche Bäume fällte und den Grenzwald mit einem entsprechenden Landstrich in Irrisens Reifswaldforst verband. Seitdem steht das Portal offen und sorgt für zunehmend winterliches Wetter. Diverse Kreaturen haben es bereits in beide Richtungen passiert. Ähnliches geschieht überall auf Golarion – das Wetter selbst ist Elvannas erste Invasionsstreitmacht, um schließlich die Welt zu erobern.

Nach 3 Tagen fortdauernden Schneefalls kamen schließlich Irrisens erste Späher unter Führung des Moostrolls Teb Knotten durch das Winterportal. Er dient Nazhena Wasilliowna, eine der vielen Urenkelinnen Elvannas. Nazhena hat Teb damit beauftragt, einen Brückenkopf in Taldor zu errichten und sicherzustellen, dass niemand von dort nach Irrisen überwechselt, um ihre Anstrengungen zu stören, das Wetter im Grenzwald zu formen und zu verschlechtern. Teb hat daher sein Lager neben dem Portal aufgeschlagen und bewacht es höchstpersönlich. Er hat Izoze und die winterberührten Feengeister ausgeschickt, um sich mit Rohkars Räubern und anderen Bedrohungen im Wald zu befassen. Nazhena ist derweil nach Weißthron gereist, um Bericht zu erstatten, während ihr Schüler, Radosek Pawril, sich um das Portal kümmert. In ihrer Abwesenheit haben Radosek und Teb ihre Bemühungen verdoppelt.

Aufgrund der Nähe des Winterportals hat der Schnee auf dieser Lichtung eine Höhe von 0,60 m bis 1,20 m. Ein von starkem Schneefall bedecktes Feld zu betreten, kostet 4 Felder an Bewegung. Die Überlandreisegeschwindigkeit ist um 75% reduziert. Wer Schneeschuhe trägt, ist weniger durch den Schnee beeinträchtigt. Heftiges Schneetreiben bläst zudem aus dem Portal und verhüllt die Sicht jenseits von 1,50 m (Dunkelsicht eingeschlossen). 1,50 m weit entfernte Kreaturen erhalten Tarnung.

Der Pfad führt auf eine Lichtung, die unter 0,90 m hohem, von einer Eisschicht überzogenem Schnee begraben liegt. Die Bäume zu beiden Seiten sind von dickem Eis überzogen, welches die Äste nach unten bis zum Boden zieht, so dass alles eine einheitliche Winterlandschaft zu sein scheint. Seit Teb Knottens Truppen die Räuber des Grenzwaldes besiegt und die Hohen Wächter ausgeschaltet haben, ist niemand mehr zu Fuß hier entlanggekommen – die Kalten Feen fliegen über den Pfad hinweg. Nur Teb Knottens schwere Fußabdrücke sind im ansonsten makellosen Schnee innerhalb des Lagerplatzes auszumachen.

Die SC werden wahrscheinlich zuerst dem Dornenfeemystiker Hommelstaub in Bereich **P1** begegnen. Kommt es zum Kampf, dürfte dies die Aufmerksamkeit der anderen Kreaturen in diesem Gebiet erwecken (die winterberührten Feengeister in Bereich **P3** und Teb Knotten in Bereich **P5**). Diese drei Gruppen zusammen ergeben eine Begegnung mit HG 5. Für die SC dürfte dies zu diesem Zeitpunkt eine epische Herausforderung darstellen, die aber nicht gänzlich unmöglich zu bewältigen ist. Sollten sich die SC daher diesem Bereich vorsichtig und heimlich nähern, könnten sie ihre Gegner vielleicht überraschen und einen nach dem anderen ausschalten.

P1. Lagerplatz (HG 2)

Vier kleine Iglus stehen hier im Schnee. Nach Norden und Westen führt ein festgestampfter Pfad, auf dem sich große Fußabdrücke abzeichnen.

Kreaturen: Während sich Teb Knotten auf die Eismephitin Izoze als Späherin verlässt, dient eine winterberührte Dornenfee namens Hommelstaub ihm als Berater und Lageraufseher. Hommelstaub ist ein Mystiker der Götter der Kälte und des Nordens. Dieser Beauftragte des rauen Winters ist nur allzu bereit, Golarion mit Eis zu überziehen und seine warmblütigen Bewohner auszuradieren. Dies macht ihn zu einem natürlichen Verbündeten Königin Elvannas und der Weißen Hexen. Als Einheimischer der Ersten Welt würde Hommelstaub nichts lieber tun, als Golarion in die Blau-, Weiß- und Grautöne des ewigen Winters zu hüllen.

Tagsüber wartet die Dornenfee in der Mitte des Lagers und greift jeden Eindringling an. Sollten die SC Hommelstaub bereits in Bereich **O** begegnet sein und ihn besiegt haben, ist dieser Bereich hier leer.

HOMMELSTAUB	**HG 2**
EP 600	

Winterberührter Dornenfee-Mystiker 2 (*MHB III, S.62, EXP, S. 53 und Seite 72*)
CB Winziges Feenwesen (Kälte)
INI +6; **Sinne** Dämmersicht; Wahrnehmung +10
VERTEIDIGUNG
RK 16, Berührung 16, auf dem falschen Fuß 14 (+2 GE, +4 Größe)
TP 24 (4 TW; 2W6+2W8+8)
REF +5, **WIL** +9, **ZÄH** +2
Immunitäten Kälte; **Resistenzen** Feuer 10; **SR** 2/Kaltes Eisen
Schwächen Empfindlichkeit gegen Feuer
ANGRIFF
Bewegungsrate 4,50 m, Fliegen 15 m (gut)
Nahkampf Sichel +8 (1W2 plus Klirrende Kälte) oder Winterliche Berührung +8 (1W6+1 Kälte)
Fernkampf Schleuder mit *Magischem Stein* +9 (1W6+1 plus Klirrende Kälte) oder Schleuder +8 (1 plus Klirrende Kälte)
Angriffsfläche 0,30 m; **Reichweite** 0 m
Besondere Angriffe Hinterhältiger Angriff +1W6, Klirrende Kälte (SG 13)
Zauberähnliche Fähigkeiten (ZS 6; Konzentration +10)
Immer — *Mit Tieren sprechen*
Beliebig oft — *Person verkleinern* (SG 15), *Tanzende Lichter*
3/Tag — *Unsichtbarkeit* (nur selbst)
1/Tag — *Gegenstand verkleinern*
Bekannte Mystikerzauber (ZS 2; Konzentration +6)
1. (5/Tag) — *Elementen trotzen*, *Leichte Wunden verursachen* (SG 15), *Magischer Stein*, *Monster herbeizaubern I*

SOMMERSCHNEE

P. DAS WINTERPORTAL
1 Feld = 1,50 m

0. (beliebig oft) — *Ausbluten* (SG 14), *Göttliche Führung*, *Magie entdecken*, *Magie lesen*, *Resistenz*
Mysterium Winter[HE&S]

TAKTIK
Vor dem Kampf Sofern Hommelstaub sich vorbereiten kann, benutzt er seine *Schriftrolle: Energien widerstehen* und wirkt *Magischer Stein* auf drei Kiesel für seine Schleuder.
Im Kampf Hommelstaub macht sich unsichtbar und fliegt nach oben, um sich im fallenden Schnee zu verbergen und durch seine Schneeblick besten Überblick über das Lager zu erhalten. Dann wirft er einen Donnerstein nach einen gepanzerten Gegner oder gegen einen der Iglus, um seine Gegner zu betäuben und Teb Knotten und seine Feengeisterverbündeten zu alarmieren (siehe unten, Entwicklung). Hommelstaub wirft Flaschen mit Flüssigem Eis, um feindliche Feuerquellen zu löschen, und wirkt *Monster herbeizaubern I*, um Infernalische Adler herbeizuzaubern, welche seine Gegner angreifen, während er seine Schleuder benutzt. Sollte Hommelstaub in den Nahkampf gezwungen werden, wirkt er *Person verkleinern* auf seine Angreifer, ehe er Hinterhältige Angriffe mit *Leichte Wunden verursachen* oder seiner Winterlichen Berührung ausführt.
Moral Sollte Hommelstaub auf unter 15 TP reduziert werden, zieht er sich in den fallenden Schnee zurück, um seinen *Trank: Mittelschwere Wunden heilen* zu trinken. Dann kämpft er bis zum Tode. Nur falls Teb Knotten bereits gefallen sein sollte, könnte er versuchen, stattdessen durch das Winterportal nach Irrisen zurück zu fliehen.

SPIELWERTE
ST 10, **GE** 14, **KO** 15, **IN** 15, **WE** 16, **CH** 18
GAB +2; **KMB** +0; **KMV** 10
Talente Verbesserte Initiative[B], Waffenfinesse, Zusätzliche Offenbarungen[EXP]
Fertigkeiten Akrobatik +8 (Springen +4), Bluffen +8, Einschüchtern +10, Entfesselungskunst +8, Fliegen +18, Heimlichkeit +20, Magischen Gegenstand benutzen +8, Motiv erkennen +8, Überlebenskunst +8, Wahrnehmung +10, Wissen (Natur) +6, Zauberkunde +9
Sprachen Abyssisch, Gemeinsprache, Riesisch, Sylvanisch; *Mit Tieren sprechen*
Besondere Eigenschaften Mystikerfluch (Lahm), Offenbarungen (Schneeblick, Winterliche Berührung 7/Tag [1W6+1 Kälte])
Kampfausrüstung *Trank: Mittelschwere Wunden heilen*, *Schriftrolle: Fluch brechen*, *Schriftrolle: Energien widerstehen (Feuer)*, *Flüssiges Eis*[ARK] (3x), *Donnersteine* (2x); **Sonstige Ausrüstung** Sichel, Schleuder, 64 GM
Besondere Fähigkeiten
Schneeblick (ÜF) Sofern die Lichtverhältnisse ihm normale Sicht gestatten, kann Hommelstaub durch fallenden Schnee und Eisregen ohne Mali auf seine Fertigkeitswürfe für Wahrnehmung sehen.
Winterliche Berührung (ÜF) Hommelstaub kann 7 Mal am Tag als Standard-Aktion einen Berührungsangriff im Nahkampf ausführen, der 1W6+1 Punkte Kälteschaden verursacht.

DIE WINTERKÖNIGIN

Entwicklung: Wenn Hommelstaub einen Donnerstein wirft, erweckt der Lärm die Aufmerksamkeit Teb Knottens in Bereich **P5** sowie der winterberührten Feengeister in Bereich **P3**. Diese Gegner eilen so schnell wie möglich herbei, um sich ins Getümmel zu werfen.

P2. Leere Iglus

Eine Winterdecke, ein Haufen Felle und eine kleine Holztruhe füllen diesen engen Iglu fast völlig aus. In die niedrige Decke wurde ein kleines Loch geschnitten, welches als Abzug für Rauch dient; allerdings brennt kein Feuer.

Die Deckenhöhe dieser Iglus beträgt nur 1,20 m. Teb Knotten und die Kalten Feen haben sie errichtet für weitere Truppen, die in den kommenden Tagen aus Irrisen eintreffen sollen. Bis dahin stehen sie leer.

P3. Falscher Iglu (HG 3)

Das Innere des Iglus ist leer. Mehrere Eisblöcke ragen aus der Innenwand und bilden kleine Regale und Nischen.

Kreaturen: Die Kalten Feen haben diesen mit einer cleveren Falle versehenen Iglu für Gefangene und zur Täuschung von „Möchtegern-Verbündeten" erbaut, denen sie nicht länger das Vertrauen aussprechen, wie z.B. Rohkar. Hommelstaub und die winterberührten Feengeister schlafen auf den kleinen Regalvorsprüngen. Gegenwärtig sind aber die meisten von ihnen in Izozes Auftrag im Wald unterwegs. Zwei winterberührte Feengeister sind noch anwesend. Sollten diese hier angetroffen werden, versuchen sie, Eindringlinge in den Iglu zu locken und dann durch das Loch in der Decke zu fliehen. Dieses nutzen sie dann als Deckung, um jeden unter Beschuss zu nehmen, der ihnen in die Falle (s.u.) geht. Sollten sie durch Hommelstaubs Donnerstein (siehe Bereich **P1**) alarmiert worden sein, fliegen sie zu ihm, auch wenn der schwere Schneefall ihre Sichtweite begrenzt. Nachts hält sich Hommelstaub (Bereich **P1**) ebenfalls hier auf.

Winterberührte Feengeister (2) HG ½
EP je 200
TP je 10 (siehe Seite 13)

TAKTIK
Im Kampf Die Feengeister wirken *Sprühende Farben*, um jeden zu blenden, der den Iglu betritt. Dann versuchen sie, die Angreifer in die Fallgrube zu locken, um sie von oben unter Beschuss nehmen zu können.
Moral Die Feengeister kämpfen bis zum Tod.

Falle: Teb und die Feengeister haben eine 6 m tiefe Grube im Inneren des Iglus ausgehoben und diese mit schneebedecktem Reet bedeckt. Die Wände der Grube bestehen aus glattem Eis, welches mittels eines Fertigkeitswurfes für Klettern gegen SG 20 erklommen werden kann. Die Grube ist entsprechend geeignet, um Gefangene festzuhalten oder als Hinterhalt für ahnungslose Ankömmlinge.

Fallgrube — HG 1
EP 400
Art Mechanisch; **Wahrnehmung** SG 20; **Mechanismus ausschalten** SG 20

EFFEKTE
Auslöser Ort; **Rücksetzer** Manuell
Effekt 6 m tiefe Grube (2W6 Fallschaden); REF, SG 20, keine Wirkung; mehrere Ziele (alle Ziele in einem Feld von 3 m x 3 m)

P4. Natürliche Höhle

Zwei Bärenfelle bedecken größtenteils den feuchten Boden dieser Höhle. An den Wänden stehen Kisten, Fässer und andere Behälter mit Versorgungsgütern. Die Deckenhöhe beträgt 4,50 m. Scharfe Tropfsteine hängen von der Decke, an denen wiederum Eiszapfen hängen.

HOMMELSTAUB

SOMMERSCHNEE

Der Moostroll Teb Knotten hat diese Höhle kurz nach seiner Ankunft in Taldor für sich beansprucht. Da Irrisen bereits von importierten Lebensmitteln abhängig ist, musste er die Versorgungsgüter des Lagers mit allem aufstocken, was er jagen oder stehlen konnte. Die Feengeister haben ihn dabei gewaltig unterstützt, indem sie die Höfe des nahen Heldren überfallen und Vieh und Ernte gestohlen haben. Dies alles wurde von Teb hier eingelagert. Insgesamt befinden sich hier Lebensmittel für 34 Tage, die durch die Kälte konserviert wurden, bei wärmeren Temperaturen aber rasch verderben. Teb Knotten (Bereich **P5**) kann hier nachts angetroffen werden.

Schätze: Teb verwahrt hier eine Schließkiste mit seiner Kriegskasse für die Operationen im Grenzwald (Mechanismus ausschalten SG 20; Teb hat den einzigen Schlüssel). In der Kiste befinden sich vier *Tränke: Federleicht*[EXP] in einem Eisenbehälter, vier blaue „Eisdiamanten" (blaue Quarze aus Irrisen, Wert je 100 GM), ein Silberdiadem (Wert 300 GM), ein fast makelloser Diamant (Wert 500 GM), eine Juwelenhalskette (Wert 400 GM), ein Gemälde Weißthrons (Wert 100 GM für einen Kunstsammler), drei Saphirringe (Wert je 75GM), eine Langschwertscheide mit dekorativer Drahtarbeit (Wert 125 GM) und eine kleine Elfenbeinschnitzerei, welche Feengeister zeigt, die um einen Flöte spielenden Satyr herumtanzen (Wert 50 GM), sowie 2.457 GM, 3.313 SM und 1.760 KM.

P5. Portal des Endlosen Winters (HG 3)

Aus einer dicken Eisschicht auf dem Boden scheint ein Ring stachelartiger Eiszapfen gewachsen zu sein. In diesem Ring befindet sich ein zweiter Ring, der aber aus eiszapfenförmigen Monolithen besteht und wiederum einen zylinderförmigen Wirbel von gut 3 m Durchmesser umgibt. Eisiger Wind und Schneegestöber fegen aus dem Wirbel hervor und erzeugen das Winterwetter auf der Lichtung.

Dieses magisches Portal ist die Quelle des ungewöhnlichen Winterwetters im hochsommerlichen Grenzwald. Es stellt eine Verbindung zu einem Punkt im Reifswaldforst weit im Norden in Irrisen dar und ermöglicht es, ohne Zeitverlust zwischen den beiden Orten zu wechseln. Zudem ist es ein mystischer Leiter für die Macht von Irrisens übernatürlichem Winter nach Taldor.

Der Wirbel fegt den fallenden Schnee aus dem Ring der Eiszapfen, so dass er sich anderswo im Lager anhäuft. Entsprechend ist das Gelände innerhalb des Ringes zwar leicht schneegepudert, verursacht aber keine Mali hinsichtlich der Bewegung wie die tieferen Schneewehen auf der übrigen Lichtung.

Kreaturen: Tagsüber wacht der Moostroll Teb Knotten hier, damit niemand unerlaubt das Portal benutzt. Er nutzt *Baum*, um andere überraschen zu können, wobei er als großer, schwarzer, toter Baum neben dem Portal erscheint. Teb führt einen kleinen Spiegel mit sich, durch den Radosek Pawril ihn mittels *Irriser Spiegelsicht* ausspähen kann (siehe Seite 73). Teb schaut jeweils zum Sonnenauf- und -untergang in den Spiegel, ob Radosek mit ihm Kontakt aufnehmen will. Sollten die SC den Spiegel an sich nehmen, kann Radosek ihnen so nachspionieren und an Informationen gelangen, die er später im Fahlen Turm (siehe Bereich **Q20**) gegen sie verwenden kann. Sollte Teb durch Hommelstaubs Donnerstein (siehe Bereich **P1**) alarmiert worden sein, trinkt er einen *Trank: Federleicht* und begibt sich in Richtung des Kampflärms. Außerhalb des Bereiches des Winterportals wird seine Sichtweite durch den Schneefall eingeschränkt, allerdings hilft dem Troll seine Fähigkeit Geruchssinn dabei, Gegner im Schneetreiben aufzuspüren.

Teb Knotten	**HG 3**
EP 800	

Moostroll (*MHB III. S. 267*)
TP 30
Nahkampf Menschenjägerspeer +6 (1W8+5), Biss +0 (1W4+1) oder Biss +5 (1W4+3), 2 Klauen +5 (1W4+3)
Kampfausrüstung *Trank: Federleicht*[EXP]; **Sonstige Ausrüstung** Menschenjägerspeer (Saufeder +1;

TEB KNOTTEN

DIE WINTERKÖNIGIN

siehe Seite 61), Gürteltasche, Schlüssel zur Schließkiste in Bereich **P4**, kleiner Spiegel, 48 GM

Taktik

Vor dem Kampf Sobald Teb Eindringlinge bemerkt, trinkt er seinen *Trank: Federleicht*, so dass er sich mit voller Bewegungsrate durch den hohen Schnee auf der Lichtung bewegen kann.

Im Kampf Sobald Teb seine normale Gestalt angenommen hat, versucht er, den nächsten Gegner mit einem Fertigkeitswurf für Einschüchtern zu demoralisieren. Im Anschluss greift er mit seinem *Menschenjägerspeer* und seinem Biss an, wobei er seine Angriffe auf jene konzentriert, die Feuer mit sich führen und benutzen.

Moral Sollte Teb angezündet werden – z.B. mittels Alchemistenfeuer –, wirft er sich sofort zu Boden und rollt sich im Schnee herum. Er ignoriert seine Umgebung, bis sein Fleisch nicht mehr brennt. Ansonsten kämpft er bis zum Tod und weigert sich, aufzugeben oder die Kontrolle über das Portal abzutreten.

Entwicklung: Vom Winterportal geht eine starke Aura der Beschwörungs- und Hervorrufungsmagie aus. Es kann nicht gebannt oder auf irgendeine Weise beeinflusst werden. Die SC werden auch keine Möglichkeit entdecken, es – auf dieser Seite – zu schließen oder das irrisische Winterwetter davon abzuhalten, sich weiter im Grenzwald auszubreiten. Gelingt einem SC ein Fertigkeitswurf für Wissen (Arkanes) gegen SG 20, kann er schlussfolgern, dass der Effekt von der anderen Seite ausgeht – wenn die SC also das Portal schließen wollen, müssen sie dieses passieren. Allerdings haben sie keine Zeit, groß darüber nachzudenken, denn sobald sie die Wächter des Portals besiegt haben, schreitet eine weitere Kreatur durch das Portal auf die Lichtung.

Der Schwarze Reiter

Plötzlich bläst ein heftiger Windstoß aus dem Wirbel innerhalb des Ringes aus Eiszapfen. Schmerzhaftes Eis- und Schneegestöber tost über die Lichtung. Ein schwarzes Streitross mit einem hageren Reiter mit gewundenen Hörnern eines Ziegenbocks in kohlschwarzer Rüstung trabt durch das Portal. Der Reiter ist im Sattel zusammengesunken, aus seinem Rücken ragt ein blauer Eissplitter. Als Reiter und Ross im Schnee zum Stehen kommen, verschwindet das Pferd in einer Rauchwolke und der Reiter stürzt stöhnend zu Boden.

Dieser Reiter ist der **Schwarze Reiter** (RN Einzigartiges männliches Feenwesen), einer von Baba Jagas Drei Reitern, die alle 100 Jahre als Herolde ihrer Rückkehr nach Irrisen fungieren. Nur dieser überlebte Königin Elvannas Angriff und konnte in die verschneite Wildnis Irrisens fliehen. Verfolgt von Elvannas Armee und zudem tödlich verwundet, stieß er auf das Winterportal und schritt hindurch. Er hofft, jemanden zu finden, an den er seine Mission weitergeben kann. Der Schwarze Reiter ist ein einzigartiges, von Baba Jaga erschaffenes Feenwesen. Normalerweise wäre er eine Kreatur mit HG 13, doch nun ist er tödlich verwundet und wird unter den Augen der SC sterben, daher werden seine Spielwerte für diese Begegnung nicht benötigt. Weitere Informationen zum Schwarzen Reiter und seine Spielwerte sind im *Almanach zu Irrisen* zu finden.

Der Schwarze Reiter hält zwei der Schlüssel bei sich, die Baba Jagas *Tanzende Hütte* kontrollieren. Mit diesen könnte er (oder jemand anders) mit der Hütte die vermisste Hexenkönigin aufspüren, allerdings funktionieren die Schlüssel gegenwärtig nicht, da sie wie alle Schlüssel von Elvanna abgeschaltet wurden. Der Reiter weiß zudem, dass nur sein eigenes Blut und seine Verbindung zu Baba Jaga die Schlüssel wieder funktionstüchtig machen können. Wenn er das Schlachtfeld sieht, das die SC rund um das Winterportal angerichtet haben, entscheidet er sich, die SC mit der Aufgabe zu betrauen, Baba Jaga zu befreien und Golarion vor einer neuen Eiszeit zu retten, selbst wenn er dazu sein eigenes Leben opfern muss.

Normalerweise treten die Drei Reiter der Baba Jaga in furchterregender oder zumindest außerweltlicher Weise auf, um alle einzuschüchtern und zu demoralisieren, die ihnen begegnen. Dieses finstere Auftreten ist eine Illusion, die von den magischen Roben ausgehen, die Baba Jaga ihnen verliehen hat – der Effekt entspricht *Selbstverkleidung*. Um die SC nicht zu verschrecken, lässt der Schwarze Reiter diese Maske fallen und erscheint in seiner wahren Gestalt als alter, menschlicher Mann, der müde, erschöpft, bleich vom Blutverlust und dem Tode nahe ist.

Der Schwarze Reiter liegt im Sterben. Die SC können ihn nicht heilen oder retten – und das weiß er. Was getan wurde, kann nicht mehr ungeschehen gemacht werden. Er wendet sich an die SC und behauptet, über wichtige Informationen zu verfügen, die er ihnen mitteilen wolle. Der Reiter erklärt den SC, wer er ist und was er weiß – den Ursprung des Winterportals, die Existenz anderer Portale auf der ganzen Welt, Elvannas Verrat an Baba Jaga und ihren Plan, Irrisens ewigen Winter über ganz Golarion zu verbreiten. Sollten die SC ihm Fragen stellen, antwortet er ungefähr wie nachfolgend aufgeführt.

Wer bist du? – „Früher nannte man mich Illarion Matveius. Nun bin ich die Schwarze Mitternacht. Ich bin Baba Jagas Schwarzer Reiter, der Sendbote und Verkünder der Rückkehr der Hexenkönigin."

Wer hat dir das angetan? – „Die Diener Königin Elvannas, der Herrscherin Irrisens, welche ihre eigene Mutter verraten hat."

Warum wurdest du angegriffen? – „Etwas ist Baba Jaga zugestoßen. Alle einhundert Jahre kehrt sie nach Irrisen zurück, um eine neue Tochter auf den Thron zu setzen. Doch Königin Elvanna hat wohl andere Pläne – Baba Jaga ist nicht wie geplant erschienen und Elvanna will jeden töten, der ihrer Mutter die Treue hält. Sie hat uns, die Herolde der Rückkehr Baba Jagas, gehetzt und meine Gefährten getötet. Ich bin der letzte der Drei Reiter und eine Gefahr für Elvannas Pläne."

Welche Pläne hat Elvanna? – „Sie will Baba Jagas Platz einnehmen und Golarion zu ihrem persönlichen Reich machen. Irrisen ist ein Land des ewigen Winter, der durch Baba Jagas Magie erschaffen wurde. Elvanna will mit Portalen wie diesem die ganze Welt mit Eis und Schnee bedecken."

Wie schließen wir das Portal? – „Sein Ursprung liegt im Fahlen Turm auf der anderen Seite. Doch dieses Portal ist nur eines von vielen, durch die Elvanna eine neue, ewige Eiszeit über die Welt bringen will. Wenn ihr dieses Portal schließt, rettet ihr vielleicht vorerst euer Land, doch Golarion wäre immer noch zum Untergang verdammt."

Sommerschnee

Wie können wir das verhindern? – „Findet Baba Jaga. Nur sie kann Elvanna besiegen. Nur die Königin der Hexen kann die Taten ihrer Tochter ungeschehen machen."

Wie finden wir Baba Jaga? – „Ihr müsst ihr mit der *Tanzenden Hütte* folgen. Die Hütte ist ein machtvolles Artefakt, das große Entfernungen und sogar die Leere zwischen den Welten überwinden kann. Wenn ihr die Hütte kontrolliert, kann sie euch zu Baba Jaga bringen."

Wo ist die *Tanzende Hütte*? – „Elvanna hat sie gestohlen und als Symbol ihrer Macht in Irrisens Hauptstadt, Weißthron, zur Schau gestellt. Ihr müsst durch das Portal nach Irrisen reisen und die *Tanzende Hütte* finden."

Wie kontrollieren wir die Hütte? – „Es gibt viele Schlüssel – Gegenstände die auf die Hütte eingestimmt sind –, welche sie nahezu überallhin reisen lassen. Ich konnte zwei Schlüssel sicherstellen, aber Elvanna hat sie ihrer Macht beraubt, damit niemand mit der Hütte ihre Mutter aufspüren kann. Doch wenn sie reaktiviert werden, kann man Baba Jagas Weg nachverfolgen, sobald man die Schlüssel in den Kessel der Hütte legt."

Die SC können dem Schwarzen Reiter noch mehr Fragen stellen, doch während er die Gefahr erklärt und berichtet, was getan werden muss, wird er immer schwächer. Da er weiß, dass ihm die Zeit verrinnt, erklärt er, dass er seinen Auftrag nicht mehr ausführen kann: Er ist nicht mehr imstande, Baba Jaga zu finden und zu retten, daher muss er diese Mission an die SC weitergeben. Er holt die beiden Schlüssel für die *Tanzende Hütte* hervor – eine weiße Haarlocke aus dem Bart eines Frostriesen und die Maske eines Seuchenarztes. Beide Gegenstände wirken völlig gewöhnlich, können die Hütte aber bei der Suche nach Baba Jaga an einen neuen Zielort steuern. Elvanna hat den Schlüsseln die Macht geraubt, doch der Reiter kann sie reaktivieren, sofern die SC sich bereiterklären, seine Mission auszuführen. Nachdem alles gesagt wurde, schlitzt der Schwarze Reiter sich selbst die Kehle auf und badet die beiden Schlüssel in seinem Lebensblut. Dies reaktiviert die Schlüssel, tötet aber zugleich den Reiter. Mit gewöhnlichen Mitteln ist er nicht zu retten. Während er stirbt, schmilzt seine magische Robe wie Eis im Feuer. Zurück bleibt die Leiche eines alten Mannes in einer einfachen, schwarzen Tunika.

SCHWARZER REITER

Der Mantel des Schwarzen Reiters

Die SC wissen es nicht, doch die Worte des Schwarzen Reiters sind erfüllt von Hexenkunst und transferieren die mystischen Bindungen zwischen ihm und Baba Jaga auf die SC. Die SC übernehmen den Mantel des Schwarzen Reiter; dadurch erhalten sie einen Teil seiner Kraft, aber auch seine Pflichten: Sie müssen die *Tanzende Hütte* finden und Baba Jaga retten!

Bei jedem SC steigt ein Attribut seiner Wahl dauerhaft um +2 an. Ferner zählt jeder von ihnen fortan als *Auserwählter Baba Jagas* und ist nun in der Lage, bestimmte Glyphen, Schutzzauber und andere Bannzauber zu umgehen, mit denen die Hexenkönigin oder ihre Verbündeten Orte oder Gegenstände geschützt haben, die auf Baba Jaga eingestimmt sind.

Im Gegenzug sind die SC aber gezwungen, sich auf die Suche nach Baba Jaga zu begeben und für ihre Rückkehr nach Irrisen zu sorgen. Dies funktioniert ähnlich wie ein *Geas*. Sollte einer der so gezeichneten Charaktere seine Aufgabe für 24 Stunden vernachlässigen, erleidet er einen Malus von -2 auf alle Attribute. Mit jedem weiteren Tag steigt der Malus um weitere -2 bis zu einem Maximum von -8. Dieser Effekt kann keinen Attributswert unter 1 reduzieren. Die Mali verschwinden 24 Stunden, nachdem der SC die Ausführung der Aufgabe wieder aufgenommen hat. Nur ein *Begrenzter Wunsch*, *Wunsch* oder *Wunder* kann diesen Effekt beenden, entfernt zugleich aber auch den Attributsanstieg und den Status eines Auserwählten Baba Jagas.

Es sollte von dir als SL großzügig ausgelegt werden, wie die SC der Aufgabe nachkommen. Solange die SC die Handlung vorantreiben, sollten sie keine Mali durch den *Geas* erleiden. Sollten sie einige Tage aussetzen, um magische Gegenstände herzustellen oder auf von dir geplante Nebenabenteuer ausziehen oder auch Zeit in Gefangenschaft verbringen, löst dies nicht die Mali aus, solange die SC die Queste weiterverfolgen wollen, sobald sie wieder imstande sind. Die Mali sollten nur auftreten, wenn die SC vorsätzlich die Queste ignorieren oder sich vor ihrer Pflicht drücken wollen. Der Mantel des Schwarzen Reiters soll die SC dazu bringen, durch das Portal nach Irrisen überzuwechseln. Ferner soll er sicherstellen, dass sie bei Baba Jagas Rettung zusammenarbeiten, damit diese Elvanna aufhalten und Golarion vor einer niemals endenden Eiszeit bewahren kann. Solltest du der Ansicht sein, dass die Bedrohung durch das Winterportal, das nur von der anderen Seite aus geschlossen

DIE WINTERKÖNIGIN

werden kann, sowie Elvannas Plan, ewigen Winter über die ganze Welt zu bringen, ausreicht, um die SC auf die Suche nach Baba Jaga zu schicken, kannst du gänzlich auf den *Geas* verzichten. Dasselbe gilt für den Fall, dass die Spieler negativ auf diesen vielleicht von ihnen als Gängelei empfundenen Mechanismus reagieren könnten. Solange die SC sich im Rahmen der Kampagne voran bewegen und die Spieler Spaß haben, ist es egal, wie du sie dazu bringst, bestimmte Orte aufzusuchen.

TEIL DREI: LAND DER WEIßEN HEXEN

Um das Winterportal zu schließen und die Anweisung des Schwarzen Reiters, Baba Jaga und ihre *Tanzende Hütte* ausfindig zu machen, ausführen zu können, müssen die SC durch das Portal nach Irrisen überwechseln. Sie müssen dazu nur durch den zylindrischen Wirbel gehen, um sich Tausende von Kilometern in Norden im irrisischen Reifswaldforst wiederzufinden.

An diesem Ort ist es deutlich kälter. Die Temperaturen liegen derart unter dem Gefrierpunkt, dass ein Charakter statt stündlich alle 10 Minuten einen Zähigkeitswurf ablegen muss, die er vor den Elementen ungeschützt verbringt. Glücklicherweise landen sie auf einem bewaldeten Hügel, von dem aus sie schwach in der Ferne die Lichter eines Dorfes erblicken können. Dennoch sind sie weit von der Wärme der Zivilisation entfernt. Mit einem Fertigkeitswurf für Überlebenskunst gegen SG 15 kann ein SC erkennen, dass die Lage sich zu verschlechtern droht: Ein Schneesturm zieht auf und scheint, in ihre Richtung unterwegs zu sein. Das ferne Dorf ist die einzige Zuflucht, die sie erreichen können, ehe der Schneesturm über sie hereinbricht.

Wie im Grenzwald ist der Boden auch hier von Schnee bedeckt, welcher die Überlandreisegeschwindigkeit halbiert. Während eines Kampfes kostet es 2 Felder an Bewegung, um ein schneebedecktes Feld zu betreten.

EREIGNIS 1: DIE HUNGRIGE GOTTESANBETERIN (HG 4)

Während die SC durch eine tiefe Schneewehe stolpern, stoßen sie auf eine Gruppe einheimischer Reisender – Bauern aus dem nahen Dorf Waldsby, die mit einer Fuhre Lebensmittel aus dem östlich gelegenen Reich der Mammutherren heimkehren.

Kreaturen: Die Reisenden werden gegenwärtig von einer Riesenmantis angegriffen, welche aus dem taldanischen Grenzwald durch das Portal nach Irrisen übergewechselt ist. Die Mantis ist aufgrund der Kälte verwirrt, aber über alle Maßen hungrig. Sie hat einen der Reisenden attackiert und ergriffen, der nun bewusstlos in ihren Beißzangen hängt. Die Bauern versuchen, das Rieseninsekt zu vertreiben, kommen gegen die Mantis aber nicht an. Diese ist die harte Kälte nicht gewöhnt und gegenwärtig nicht in der Lage zu fliegen.

Verbesserte Riesenmantis	HG 4
EP 1.200	
TP 38 (*MHB*, S. 178, 295)	
TAKTIK	
Im Kampf Die Mantis verteidigt aggressiv ihre Beute, da sie be-	

gierig ist, den Bauern zu verspeisen. Einmal verwundet, lässt sie ihn aber fallen und nutzt Ausfallangriffe, um nach ihren Angreifern zu schnappen. Sollte sie erfolgreich eine Kreatur ergreifen können, hält sie ihr Opfer fest und setzt mit ihren Mandibeln Sekundärangriffe gegen es ein.

Moral Die frierende, orientierungslos Mantis kämpft bis zum Tod.

EREIGNIS 2: REISENDE AUS WALDSBY

Dieses Ereignis folgt unmittelbar auf den Kampf gegen die Riesenmantis. Die Anführerin der Bauern kommt zu den SC und stellt sich als Nadja Petska vor. Sie wirkt sichtlich erleichtert. Als Einheimische des nahen Dorfes Waldsby erkennt sie die SC sofort als Ausländer. Sie dankt ihnen für ihre Hilfe und erklärt ihnen, dass es gefährlich sei, uneingeladen das Reich der Weißen Hexen zu betreten. Aufgrund des heraufziehenden Sturmes und ihrer Hilfe gegen die Riesenmantis, bietet Nadja an, sie nach Waldsby zu führen, wo sie Unterkunft, Nahrung und richtige Überlebensausrüstung für den eisigen Norden finden können.

Nadjas Karawane besteht aus fünf Hundeschlitten und vier „Wachen" (N Menschliche Krieger 1). Letztere sind allerdings nur bäuerliche Jäger, die zwar Angriffe durch Tiere abwehren können, aber nicht dazu sonderlich mehr imstande sind. Als Meisterin des Überlebens im Winter kennt Nadja die Gefahren von Überlandreisen in Irrisen nur allzu gut, daher ist es eine bereichernde Erfahrung sie zu begleiten. Als das Wetter schlechter wird, erklärt sie die Notwendigkeit, ein Lager aufzuschlagen, um sich auszuruhen und warmzuhalten, während man den Sturm aushart. Beim Aufschlagen des Lagers können die SC mehr über ihre Gastgeberin erfahren und zugleich Fragen bezüglich Irrisen stellen. Auch ist Nadja neugierig und möchte wissen, was die SC nach Irrisen geführt hat. Sollten die SC ihr ihre Gründe mitteilen, wird Nadja still und ist noch mehr von ihrer Tapferkeit beeindruckt. Sie erkennt mühelos den legendären Schwarzen Reiter aus der Beschreibung der SC und kennt auch die Macht aufzwingender Hexerei nur allzu gut. Nadja ist die Mutter der armen Thora Petska, des kleinen Mädchens, das in die Wachpuppe verwandelt wurde, der die SC auf der anderen Seite des Winterportals begegnet sind (Bereich M). Nadja kennt das Schicksal ihrer Tochter aber nicht und glaubt, dass die Weiße Hexe Nazhena Wasilliowna Thora immer noch im Fahlen Turm festhalte. Die Lebensmittellieferung, welche Nadja gegenwärtig nach Waldsby bringt, ist eigentlich zur Besänftigung der Hexe und als Lösegeld für Thora gedacht. Wie Nadja reagiert, sollten die SC sie über das Schicksal ihrer Tochter in Kenntnis setzen, ist auf Seite 38 beschrieben. Ihre Spielwerte und weitere Informationen findest du auf Seite 56.

EREIGNIS 3: DIE PROBLEMATISCHE TROUBADOURIN (HG 3)

Dieses Ereignis tritt ein, sobald die SC das Lager aufgeschlagen haben und mit Nadja den Sturm aussitzen.

Kreaturen: Während des Abendessen nähert sich eine unerwartete Besucherin dem Lager, um Unterschlupf zu suchen: ein winterbeührte Forlarren namens Mierul Ardelain. Dieses Ergebnis einer unheiligen Vereinigung von einer Nymphe und einem Scheusal im angrenzenden Varisia hat einen haarlosen Leib, nackte Ziegenbeine und Hörner auf dem

SOMMERSCHNEE

Kopf. Nach ihrer Geburt wurde Mierul vom Volk ihrer Mutter verstoßen und aufgrund ihrer skrupellosen Taten vor vielen Jahren nach Irrisen verjagt. Nun lebt sie als wandernde Bardin und reist durch Irrisens abgelegene Ortschaften und Dörfer, wobei sie stets anhält, um der jeweils über eine Region herrschenden Weißen Hexe ihren Respekt zu erweisen. Dabei hat Mierul Königin Elvanna die Treue geschworen und einen Eissplitter im Herzen angenommen, wodurch sie zu einer Winterberührten wurde. Sie dient der Königin nun als Spionin und befindet sich auf dem Weg zum Fahlen Turm, um nach Radosek zu sehen, da Elvanna nicht auf die Genauigkeit der aus zweiter Hand stammenden Berichte Nazhenas zum Schwarzen Reiter vertraut. Wenn Mierul einer weiteren Gruppe Reisender im Wald gewahr wird, trinkt sie einen *Trank: Gesinnung verbergen* und sucht Nadjas Truppe schnell auf. Sie will in Erfahrung bringen, ob die Reisenden den Schwarzen Reiter getroffen haben und vielleicht wissen, wo er ist. Nadja ist durch Mieruls Eintreffen überrascht und reagiert sehr nervös. Die Bitte der Kalten Fee, sich ihnen im Lager anschließen zu können, gefällt ihr gar nicht, doch sie kann nicht ablehnen, ohne bei der Forlarren Zorn oder Misstrauen zu erregen. Mierul nimmt weitab vom Feuer Platz, während sie an der Mahlzeit teilnimmt, und liefert im Gegenzug den Abend lang Unterhaltung in Form von Liedern, Musik und Geschichten.

Bald richtet sich ihre Aufmerksamkeit aber auf die SC, da sie spürt, dass diese anders sind. Wenn Mierul die SC in eine Unterhaltung zu verwickeln versucht, springt Nadja ein und behauptet, sie seien zu Besuch weilende Verwandte aus einem anderen Dorf; dabei legt sie einen Fertigkeitswurf für Bluffen gegen Mieruls Wurf für Motiv erkennen ab (Nadja hat einen Modifikator von +2). Die SC können Nadjas Bluff mittels Jemand anderem helfen unterstützen.

Gelingt der Bluffenwurf, nimmt Mierul ihr die Geschichte ab und kümmert sich nicht weiter um die SC, solange diese nicht anderweitig ihr Misstrauen erwecken. Scheitert der Bluff, tut Mierul so, als würde sie die Geschichte glauben und verbirgt ihre Skepsis. Nach dem Essen bricht sie wieder auf und reist weiter zum Fahlen Turm (siehe unten, Entwicklung).

Mierul Ardelain HG 3

EP 800

Winterberührte Forlarrenbardin 2 (*MHB II*, S. 111 und Seite 72)
NB Mittelgroßes Feenwesen (Kälte)
INI +3; **Sinne** Dämmersicht; Wahrnehmung +12

VERTEIDIGUNG

RK 16, Berührung 13, auf dem falschen Fuß 13 (+3 GE, +3 natürlich)
TP 29 (6 TW; 4W6+2W8+6)
REF +10, **WIL** +7, **ZÄH** +2

DIE WINTERKÖNIGIN

Immunitäten Kälte; **SR** 5/Kaltes Eisen
Schwächen Empfindlichkeit gegen Feuer, Reue

ANGRIFF

Bewegungsrate 9 m
Nahkampf 2 Klauen +6 (1W6+2 plus Klirrende Kälte) oder *Flammenklinge* +5 (Berührungsangriff, 1W8+2 Feuer plus Klirrende Kälte)
Fernkampf Leichte Armbrust +6 (1W8/19–20 plus Klirrende Kälte)
Besondere Angriffe Bardenauftritt 7 Runden/Tag (Ablenkung, Bannlied, Faszinieren, Lied des Mutes +1), Klirrende Kälte (SG 13)
Zauberähnliche Fähigkeiten (ZS 4; Konzentration +5)
3/Tag — *Flammenklinge*
Bekannte Bardenzauber (ZS 2; Konzentration +3)
1. (3/Tag) — *Ohrenbetäubender Schrei*[ABR II] (SG 12), *Scherbenakkord*[ABR II] (SG 12), *Selbstverkleidung*
0. (beliebig oft) — *Geisterhaftes Geräusch* (SG 11), *Instrument herbeizaubern*, *Magie entdecken*, *Tanzende Lichter*, *Zaubertrick*

TAKTIK

Vor dem Kampf Mierul trinkt einen *Trank: Gesinnung verbergen*, ehe sie sich dem Lager der Gruppe nähert.
Im Kampf Sollte Mierul angegriffen werden, nutzt sie Bardenauftritt für Lied des Mutes und wirkt dann *Scherbenakkord*. Im Anschluss wirkt sie *Flammenklinge* oder setzt ihre natürlichen Klauen gemeinsam mit Klirrender Kälte ein, um ihre Gegner anzugreifen.
Moral Mierul ist im Grunde ihres Herzens ein Hasenfuß und keine Kriegerin. Sollte sie auf unter 11 TP reduziert werden, flieht sie hinaus in den Wintersturm.

SPIELWERTE

ST 14, **GE** 17, **KO** 12, **IN** 8, **WE** 10, **CH** 13
GAB +3; **KMB** +5; **KMV** 18
Talente Fertigkeitsfokus (Auftreten [Gesang]), Fertigkeitsfokus (Wahrnehmung), Waffenfinesse
Fertigkeiten Akrobatik +8, Auftreten (Gesang) +13, Auftreten (Saiteninstrument) +6, Auftreten (Tanz) +8, Bluffen +13, Diplomatie +13, Heimlichkeit +10, Motiv erkennen +13, Sprachenkunde +4, Verkleiden +5, Wahrnehmung +12, Wissen (Lokales) +5, Wissen (Natur) +5
Sprachen Gemeinsprache, Skald, Sylvanisch, Varisisch
Besondere Eigenschaften Bardenwissen +1, Vielseitiger Auftritt (Gesang)
Kampfausrüstung *Trank: Mittelschwere Wunden heilen*, *Trank: Gesinnung verbergen* (2x); **Sonstige Ausrüstung** Leichte Armbrust mit 10 Bolzen, *Eisfluss-Elixier* (siehe Seite 60), Kleidung eines Unterhalters, weißer Kapuzenumhang, Opalhalskette (Wert 500 GM), 14 GM

Entwicklung: Sollte Mierul diese Begegnung überleben, reist sie weiter zum Fahlen Turm, wo Radosek ihr ein Gästezimmer für die Dauer ihres Aufenthalts überlässt. Sollte sie den Bluff der SC durchschaut haben, setzt sie Radosek über die merkwürdigen Fremden in Waldsby in Kenntnis. Infolge dessen suchen die Soldaten des Fahlen Turmes im Besonderen nach SC, wenn sie die Dorfbewohner bezüglich des Schwarzen Reiters befragen (siehe **Ereignisse 6** und **7**). Mierul verbleibt für den Rest des Abenteuers im Fahlen Turm und tritt jeden Abend zur Unterhaltung von Personal und Wachen im Speisesaal (Bereich Q8) auf. Die SC werden ihr wahrscheinlich beim Überfall auf den Turm in Teil Vier wieder begegnen, egal ob sie um ihre wahren Identitäten weiß oder nicht.

Belohnung: Falls die SC ihre Identitäten vor Mierul verbergen können, dann belohne sie mit 600 EP.

MIERUL ARDELAIN

SOMMERSCHNEE

EREIGNIS 4: AUGEN AM HIMMEL (HG 3)

Diese Begegnung tritt am Tag nach **Ereignis 3** ein. Nachdem Nadja, ihre Begleiter und die SC den nächtlichen Sturm überstanden haben, führt sie die SC zurück auf den Pfad nach Waldsby.

Kreaturen: Weitere Diener der Weißen Hexen stellen den SC bald nach: Ein Rabenschwarm ist am Himmel unterwegs und hält nach Reisenden Ausschau. Diese Vögel dienen dem Fahlen Turm und werden von Radosek und seinen Dienern koordiniert bei ihren Bemühungen, den Schwarzen Reiter aufzuspüren. Da viele von Radoseks Verbündeten *Mit Tieren sprechen* beherrschen, erfährt dieser alles, was die Raben beobachten.

Nadja kennt die Aufgabe der Raben. Ihre Karawane würde normalerweise unbeachtet bleiben, doch sie weiß, dass die SC in ihrer südlichen Kleidung auffallen werden. Auf ihre Anweisung hin entfalten ihre Begleiter über den Hundeschlitten weiße Planen, welche die Karawane und SC verbergen, bis die Raben vorbeigeflogen sind. Jedem SC muss ein Fertigkeitswurf für Heimlichkeit gegen SG 20 gelingen, um die Raben auf diese Weise zu täuschen, wobei die weiße Plane einen Situationsbonus von +5 verleiht. Sollte jemandem dieser Fertigkeitswurf misslingen, landen die Raben und hacken auf die Planen ein, um hervorzulocken, was sich darunter verbirgt. Da die Planen recht leicht sind (Härte 0, 2 TP), verursachen die Raben automatisch ihren Schwarmschaden.

RABENSCHWARM HG 3

EP 800

N Sehr kleines Tier (Schwarm)
INI +2; **Sinne** Dämmersicht, Geruchssinn; Wahrnehmung +11

VERTEIDIGUNG

RK 14, Berührung 14, auf dem falschen Fuß 12 (+2 GE, +2 Größe)
TP 30 (4W8+12)
REF +6, **WIL** +3, **ZÄH** +6
Verteidigungsfähigkeiten Halber Schaden durch Hieb- und Stichwaffen, wie Schwärme

ANGRIFF

Bewegungsrate 3 m, Fliegen 12 m (durchschnittlich)
Nahkampf Schwarm (1W6 plus Augen aushacken)
Angriffsfläche 3 m; **Reichweite** 0 m
Besondere Angriffe Ablenkung (SG 14), Augen aushacken

TAKTIK

Im Kampf Die Raben umschwärmen möglichst viele Ziele und hacken nach ihren Augen, um sie zu blenden und zu verkrüppeln.
Moral Sollte der Rabenschwarm auf unter 16 TP reduziert werden, löst er sich auf.

SPIELWERTE

ST 2, **GE** 15, **KO** 14, **IN** 2, **WE** 15, **CH** 7
GAB +3; **KMB** —; **KMV** —
Talente Abhärtung, Fertigkeitsfokus (Wahrnehmung)
Fertigkeiten Fliegen +10, Wahrnehmung +11

BESONDERE FÄHIGKEITEN

Augen aushacken (AF) Eine lebende Kreatur, die durch einen Rabenschwarm Schaden erleidet, muss einen Reflexwurf gegen SG 14 bestehen, um nicht Blind zu werden, während der Schwarm nach ihren Augen hackt und an ihnen reißt. Die Blindheit hält 1W4 Tage lang an oder bis das Opfer mittels *Blind- oder Taubheit kurieren* geheilt wird oder bei ihm ein Fertigkeitswurf für Heilkunde gegen SG 20 gelingt. Der SG des Rettungswurfes basiert auf Konstitution.

Entwicklung: Falls die SC den Schwarm abwehren können, verteilen sich die übrigen Vögel und steigen in die Luft auf. Sie ziehen sich zum Fahlen Turm zurück und berichten Jairess Sonn (Bereich **Q17**). Nadja erklärt, dass aus dem Geschehen nichts Gutes erwachsen könne, und drängt zu Eile, um Waldsby zu erreichen. Sie hofft, die SC dort verstecken zu können, ehe die Raben die Soldaten des Turmes veranlassen, ins Dorf zu kommen.

Belohnung: Falls die SC sich vor dem Rabenschwarm verstecken können, dann belohne sie mit 400 EP.

WALDSBY

Nadja führt die SC schließlich zu ihrem am nordöstlichen Rand des Reifswaldforsts gelegenen Heimatdorf, Waldsby. Im Dorf angekommen, ziehen die SC die Aufmerksamkeit der Einheimischen auf sich. Nadja grüßt jene Dörfler, die sich in ihrer Abwesenheit um sie gesorgt haben, doch viele Dorfbewohner starren nur die SC an, deuten mit den Fingern auf sie und flüstern untereinander, ehe sie ihre Kinder wegführen. Andere sind neugierig und hoffen, dass die SC Handelsgüter aus dem Süden dabei haben, da sie noch nicht erkannt haben, dass es sich bei ihnen gar nicht um Händler handelt. Nadja tut ihr Bestes, um die SC an der Menge vorbei zu schleusen, und bringt sie zu ihrer wetterfesten, unauffälligen Hütte am Ortsrand. Sie stellt die SC ihren beiden verbliebenen Kindern, den Zwillingen Orm und Mjoli, sowie einer Frau namens Kaschka vor, welche die beiden Jungen während Nadjas Abwesenheit hütet. Die SC haben nun Gelegenheit, sich auszuruhen. Nadja versorgt sie mit einer heißen Mahlzeit und warmen Betten und bittet sie, es sich gemütlich zu machen, während sie ihre Lebensmittellieferung zum befestigten Lagerhaus am anderen Ende des Dorfes bringt und Vorbereitungen trifft, um die SC für ihre Reisen in Irrisen besser auszurüsten. Nadja kehrt schon bald mit Winterkleidung (Reisekleidung für jeden SC) zurück und drängt die SC, die weniger auffällige Bauernkleidung von Waldsby zu tragen, um nicht aufzufallen.

Im Anschluss daran können sich die SC ausruhen, von Verletzungen erholen und ihre Vorräte auffüllen, ehe sie sich wieder der vom Schwarzen Reiter erteilten Aufgabe widmen. Sie können sich im Dorf umsehen und mehr über die Bewohner und die Kultur von Irrisen erfahren. Beachte aber, dass so weit im Norden kaum jemand Taldanisch spricht, die „gemeine" Zunge des Bereiches des Inneren See. Die meisten Bauern in Irrisen sprechen stattdessen Skald. Sollte kein SC diese Sprache beherrschen, kann Nadja für sie gegenüber den Bewohnern des Dorfes übersetzen. Mehr zu Waldsby findest du ab Seite 66.

Die SC sollten bald erkennen, dass Waldsby und dessen Nähe zum Reifswaldforst ein unheimliches Spiegelbild des taldanischen Heldren ist; bis hin zum Standort vieler Gebäude. Sogar einige Dorfbewohner ähneln stark bekannten Gesichtern aus Heldren. Dies sollte leicht übernatürlich und für einen Zufall viel zu unwahrscheinlich wirken. Beide Dörfer liegen auf derselben Ley-Linie, die sich durch Avistan erstreckt und welche Königin Elvanna zur Verstärkung ihres Rituals nutzt, um die Winterportale auf Golarion anzutreiben.

DIE WINTERKÖNIGIN

Die SC erfahren auch, dass jeder in Waldsby Nazhena Wasilliowna fürchtet, die Weiße Hexe, die das Gebiet beherrscht und im Fahlen Turm lebt. Diese Festung liegt keinen Tagesritt nordwestlich des Dorfes. Die Dorfbewohner schwatzen von sich aus über die vielen Soldaten, die in letzter Zeit vom Turm aus in den Reifswaldforst aufgebrochen sind, als würden sie jemanden suchen. Die Dörfler wissen nicht, dass die Soldaten auf der Suche nach dem Schwarzen Reiter sind, so dass manche glauben, die SC könnten die Gesuchten sein, und sich fragen, wann die Soldaten in Waldsby eintreffen.

Trotz dieser Bedenken bemüht sich Nadja, dass die SC sich willkommen fühlen. Sie stellt sie den Einheimischen vor und empfiehlt ihnen, welche Ausrüstungsgegenstände sie erwerben sollen, um im winterlichen Irrisen besser überleben zu können. Einem der SC schenkt sie sogar ihre *Schneeschuhe der Verfolgung* (siehe Seite 61) in der Hoffnung, die Reise der SC so beschleunigen zu können, wo auch immer sie diese hinführen mag.

NADJAS TOCHTER

In Teil Zwei sind die SC höchstwahrscheinlich der Wachpuppe (Bereich M) begegnet und haben vielleicht erfahren, dass sie einst ein lebendes Mädchen namens Thora Petska gewesen ist. Thora ist Nadjas Tochter gewesen; ihre Mutter glaubt immer noch, das Mädchen sei eine Gefangene im Fahlen Turm, und weiß nicht, was ihm wirklich zugestoßen ist. Irgendwann erzählt Nadja von ihrer Tochter und berichtet von deren Gefangennahme und der Bedeutung der Lebensmittellieferung, welche sie an den Fahlen Turm übergeben will, um Thoras Freiheit zu erkaufen. Nadja denkt, dass sie vielleicht niemals dazu Gelegenheit gehabt hätte, wenn die SC nicht beim Angriff der Riesenmantis auf ihre Karawane eingegriffen hätten. Zugleich hofft sie insgeheim, dass die SC sich zum Fahlen Turm wenden und Thora befreien werden.

Falls die SC von Thoras tragischem Schicksal erfahren und Nadja mitteilen, was ihrer Tochter zugestoßen ist, reagiert die junge Mutter mit Entsetzen. Doch dann übermannt sie eiskalte Entschlossenheit und die absolute Bereitschaft, etwas gegen Nazhena und die Weißen Hexen zu unternehmen. Irgendwann wird sie um ihre verlorene Tochter trauern, doch gegenwärtig erklärt sie sich bereit, die SC und deren Ziele zu unterstützen.

Belohnung: Sollten die SC Nadja Gewissheit verschaffen, indem sie Thoras wahres Schicksal erkennen und Nadja darüber informieren, dann belohne sie mit 600 EP.

EREIGNIS 5: UNGASTLICHE GASTGEBER (HG 4)

Viele Bewohner von Waldsby sind nicht über die Ankunft der SC erfreut. Sie befürchten, dass solche Fremden den Zorn Nazhena Wasilliownas erwecken könnten, deren Diener dann das Dorf dafür bestrafen werden, den Ausländern Obdach gewährt zu haben. Emil und Katrina Goltjajewa, die Besitzer der einzigen Schenke im Dorf, dem Weißen Wiesel, vertreten diese Ansicht am stärksten von allen. Hinter ihrer Theke hängt ein großer Spiegel, von dem Katrina weiß, dass Radosek ihn zuweilen nutzt, um die Gäste der Schenke auszuspionieren. Die Wirtin sorgt dafür, dass der Spiegel stets unverhangen ist, um ihren Teil dazu beizutragen, Unruhestifter aus Waldsby fernzuhalten.

Kreaturen: Irgendwann während des Aufenthaltes der SC in Waldsby überzeugt Katrina ihren Gatten Emil, die SC zum Trinken ins Weiße Wiesel zu locken. Katrina serviert dem SC, der ihr der Anführer der Gruppe zu sein scheint, ein besonderes Gebräu, einen *Tee der Einflüsterung* (siehe Seite 61), und flüstert ihm zu, dass die SC Waldsby sofort verlassen sollten. Sie hofft, dass die Magie des Tees den SC dazu bringt, freiwillig das Dorf zu verlassen. Sollte der SC dem Zwang widerstehen, nimmt Emil die Sache selbst in die Hand, indem er die SC mit seiner Armbrust bedroht und ihnen befiehlt, das Dorf zu verlassen und nie wiederzukommen.

EMIL GOLTJAJEWA   HG 3
EP 800
Wirt (*SLHB*, S. 309)
TP 23
TAKTIK
Im Kampf Emil verlässt sich auf seine Schwere Armbrust, die er mit seinem *Bolzen des Verderbens* (Menschen) +1 geladen hat und auf den menschlichen SC richtet, den er für den gefährlichsten hält.
Moral Emil kämpft, bis Katrina ihn anweist innezuhalten. Sollte sie getötet werden, kämpft er bis zum Tod.

KATRINA GOLTJAJEWA   HG 1
EP 400
NB Unheilverkünderin (*SLHB*, S. 294)
TP 10
TAKTIK
Im Kampf Katrina verteidigt sich und Emil, indem sie *Furcht verursachen* oder *Befehl* von ihren Schriftrollen wirkt, um die SC aus der Schenke zu vertreiben. Sie wirkt *Segnen*, um die Angriffe ihres Gatten zu unterstützen. Sollte sie direkt bedroht werden, wirkt sie *Brennende Hände*.
Moral Sollte Katrina auf unter 4 TP reduziert werden, wirkt sie *Verhüllender Nebel*, in dem sie sich und Emil verbirgt, damit sie eine *Schriftrolle: Leichte Wunden heilen* nutzen kann. Sollte Emil getötet werden, bricht Katrina zusammen und ergibt sich sofort. Dabei verflucht sie die SC, das Verderben über sie und das ganze Dorf gebracht zu haben.

SOLDATEN DES FAHLEN TURMES

Sobald die SC Gelegenheit gehabt haben, das Dorf zu erkunden und sich in Irrisen einzugewöhnen, werden die Befürchtungen der weniger gastfreundlichen Dorfbewohner Waldsbys wahr: Eine Kontingent Wachen vom Fahlen Turm trifft mit Hundeschlitten im Dorf ein. Die Soldaten begeben sich sofort zum Weißen Wiesel, um mit Katrina und Emil Goltjajewa zu sprechen, sofern diese noch am Leben sind. Die Wachen suchen zwar in erster Linie nach dem Schwarzen Reiter, suchen aber auch die SC auf, sofern Mierul Ardelain (siehe **Ereignis 3**) oder der Rabenschwarm (siehe **Ereignis 4**) Radosek über die Anwesenheit der SC in Irrisen informiert hat – insbesondere, falls die Goltjajewas die SC den Wachen beschreiben können.

EREIGNIS 6: SUCHEN UND ERGREIFEN (HG 3)

Dieses Ereignis tritt ein, wenn die SC und Nadja sich in Nadjas Haus aufhalten. Die Soldaten des Fahlen Turmes gehen auf der Suche nach ihrer Beute in Waldsby von Tür zu Tür. Sie treiben die bekannten Führungspersönlichkeiten des Dorfes,

SOMMERSCHNEE

darunter Nadja, und jeden Ladenbesitzer zusammen, der den SC in den letzten Tagen etwas verkauft haben könnte. Wenn sie bei Nadjas Haus ankommen, befragen sie die junge Mutter in gemeinster Weise und verweisen auch darauf, dass sie ihr bereits eines ihrer Kinder genommen haben. Während des Verhörs deuten sie diesen Umstand immer wieder an.

Kreaturen: Sechs Wachen des Fahlen Turmes sollen Nadja zu ihrem Befehlshaber im Weißen Wiesel bringen. Die SC können sich entweder verstecken oder Nadja und ihre Familie verteidigen. Um sich zu verstecken oder unbemerkt Nadjas Haus zu verlassen, muss jedem SC ein Fertigkeitswurf für Heimlichkeit gegen die Würfe der Wachen für Wahrnehmung gelingen.

Sollte der Domowoi Luk (siehe den Kasten rechts) die SC belauscht und von Thora Petskas Schicksal erfahren haben, erweckt die Grausamkeit der Wachen seinen Zorn: Das Feenwesen schleudert mittels Telekinese Haushaltsgegenstände nach den Soldaten. Falls die SC diese Ablenkung nutzen, erhalten sie die Vorteile einer Überraschungsrunde gegenüber den Wachen.

WACHEN DES FAHLEN TURMES (6)   HG 1/3

EP je 135
Menschliche Krieger 1
RB Mittelgroße Humanoide (Mensch)
INI +1; **Sinne** Wahrnehmung +1

Verteidigung
RK 16, Berührung 11, auf dem falschen Fuß 15 (+1 GE, +4 Rüstung, +1 Schild)
TP je 9 (1W10+4)
REF +1, **WIL** +0, **ZÄH** +3

ANGRIFF
Bewegungsrate 9 m
Nahkampf Langschwert aus Kaltem Eisen +3 (1W8+1/19–20) oder Dolch +2 (1W4+1/19–20)
Fernkampf Leichte Armbrust +2 (1W8/19–20)

TAKTIK
Im Kampf Die Wachen tun sich zusammen, um einander Boni für In-die-Zange-nehmen zu verleihen oder nutzen Jemand anderem helfen, um die Angriffe oder die RK anderer Wachen zu verbessern.
Moral Die Wachen kämpfen bis zum Tod.

SPIELWERTE
ST 13, **GE** 12, **KO** 12, **IN** 8, **WE** 11, **CH** 9
GAB +1; **KMB** +2; **KMV** 13
Talente Abhärtung, Waffenfokus (Langschwert)
Fertigkeiten Beruf (Soldat) +4, Einschüchtern +3, Wahrnehmung +1
Sprachen Skald
Kampfausrüstung Trank: Elementen trotzen; **Sonstige Ausrüstung** Kettenhemd, Leichter Stahlschild, Langschwert aus Kaltem Eisen, Dolch, Leichte Armbrust mit 10 Bolzen, Kaltwetterkleidung, 15 GM

Entwicklung: Die Wachen sollen Nadja zum Verhör zu ihrem Vorgesetzten bringen. Sollten die SC nicht eingreifen, wird diese zum Weißen Wiesel fortgeführt. Wenn die SC freiwillig mit den Wachen gehen, sich ihnen ergeben oder besiegt

---

DER HAUSGEIST

Während die SC bei Nadja wohnen, werden sie von einem Paar misstrauischer Augen beobachtet. In Nadjas Heim lebt auch eine kleine Feenkreatur vom Volk der Domowoi namens Luk, die einst im Fahlen Turm hauste. Als Nazhena Wasilliowna und ihre Diener Luk nicht mit dem Respekt begegneten, den er meinte zu verdienen, schlug er mit recht harmlosen Späßen zurück, etwa indem er die Hexe im Schlaf kitzelte. Man muss wohl nicht erwähnen, dass Nazhena darauf alles andere als wohlwollend reagierte: Sie befahl ihren Wachen, das „dreckige Ungeziefer" zu verprügeln und zum Sterben in den Schnee hinauszubefördern. Nadja fand Luk, ehe ihn sich die Wölfe holen konnten, und pflegte das Feenwesen gesund. Entsprechend hat er sich mit den Angehörigen ihres Haushalts angefreundet und wacht unsichtbar über die Kinder und räumt die Hütte auf, wie er es im Fahlen Turm getan hat. Letzteres tut er in der Regel spätnachts. Mittels Zaubertrick macht er sauber und ordnet die Dinge – und dasselbe macht er aufgrund seines Ordnungszwanges mit der Ausrüstung der SC, sobald diese in die Hütte einziehen. Er versteckt ihre Sachen in diversen Schränken, Schubladen und Truhen, darunter auch die beiden Schlüssel, die sie vom Schwarzen Reiter erhalten haben. Luk betrachtet die SC als Fremde, die ungewünschte Aufmerksamkeit auf seine adoptierte Familie ziehen werden. Seine Anfangseinstellung ist Unfreundlich, die SC können diese aber verbessern, indem sie Nadja und ihre Familie gut behandeln. Sollten sie Essen als Geschenk für den Domowoi herausstellen, erhalten sie einen Situationsbonus von +5 auf Fertigkeitswürfe für Diplomatie gegenüber Luk.

Niemand weiß, dass Luk eine schwere Bürde hinsichtlich des Schicksals von Nadjas Tochter mit sich herumschleppt: Er scherzte mit Thora häufig über Nazhena, hätte aber nie gedacht, dass das Kind solche Beleidigungen in Gegenwart der Hexe wiederholen könnte. Luk ist ebenso wie Nadja um das Kind besorgt und fürchtet, was ihr im Fahlen Turm zustoßen könnte. Er hat aber auch Angst, dorthin zurückzukehren, um es herauszufinden. Wenn die SC im Gespräch mit Nadja Thoras Schicksal beschreiben, verspürt der Domowoi große Trauer und Bedauern, so dass er zum ersten Mal seit Monaten seinen Pflichten nicht nachgehen kann und das Haus nicht saubergemacht wird.

LUK   HG 3

EP 800
Domowoi (siehe Seite 86)
TP 27

werden, werden sie ebenfalls zum Weißen Wiesel gebracht (siehe **Ereignis 7**).

EREIGNIS 7: DER WACHTMEISTER (HG 4)

Dieses Ereignis folgt auf **Ereignis 6**, entweder weil die SC oder Nadja von den Wachen des Fahlen Turmes gefangengenommen wurden oder die SC zu Nadjas Rettung eilen.

Kreaturen: Wachtmeister Volan Sertane, der Anführer der nach Waldsby geschickten Wachen des Fahlen Turmes, wartet mit vier weiteren Wachen im Weißen Wiesel. Wenn Volan den SC erstmals begegnet, bezeichnet er sie frech als Schwächlinge und Nichtskönner, da er glaubt, sie ebenso leicht einschüchtern zu können wie die Dorfbewohner. Selbst wenn die SC keine Gefangenen sind und/oder zu Nadjas Rettung kommen, befiehlt er ihnen selbstgefällig, sich zu ergeben und der Hexe des Fahlen Turmes zu unterwerfen, da sie sonst ein weitaus schlimmeres Schicksal erwarte – und die Dorfbewohner ebenfalls. Volan hat aber nicht vor, die SC direkt zum Fahlen Turm zu bringen. Sollten sie ihre Waffen niederlegen, befiehlt er seinen Wachen, jeden zu fesseln, den er verdächtigt, ein Zauberkundiger zu sein. Dann nimmt er die Schenke als Verhörraum in Beschlag, um seine Gefangenen über den Verbleib des Schwarzen Reiters zu befragen. Sollte er glauben, die SC würden ihn belügen, nutzt er seinen *Trank: Verhör*. Sollten die SC angreifen, wehren Volan und seine Wachen sich.

WACHTMEISTER VOLAN SERTANE   **HG 2**

EP 600

Ulfenkämpfer 2/Waldläufer 1
NB Mittelgroßer Humanoider (Mensch)
INI +2; **Sinne** Wahrnehmung +6

VERTEIDIGUNG

RK 17, Berührung 12, auf dem falschen Fuß 15 (+2 GE, +4 Rüstung, +1 Schild)
TP 25 (3W10+5)
REF +4, **WIL** +2, **ZÄH** +6; +1 gegen Furcht
Verteidigungsfähigkeiten Tapferkeit +1

ANGRIFF

Bewegungsrate 9 m
Nahkampf Langschwert aus Kaltem Eisen [Meisterarbeit] +5 (1W8+2/19–20), Leichter Stachelschild +3 (1W4+1) oder Langschwert aus Kaltem Eisen [Meisterarbeit] +7 (1W8+3/19–20) oder Dolch +5 (1W4+3/19–20)
Fernkampf Leichte Armbrust [Meisterarbeit] +6 (1W8+3/19–20)
Besondere Angriffe Erzfeind (Menschen +2)

TAKTIK

Im Kampf Volan kämpft mit Schwert und stachelbesetztem Schild. Wenn möglich greift er Menschen an, um aus seinem Erzfeindbonus Nutzen zu ziehen. Bei schwergerüsteten Gegnern nutzt er stattdessen einzelne Angriffe mit seinem Langschwert. Er hält nur inne, um einen *Trank: Leichte Wunden* heilen zu sich zu nehmen.
Moral Sollte Volan auf unter 11 TP reduziert werden, erkennt er, dass sich das Kampfglück gegen ihn gewandt hat. Dann setzt er Volle Verteidigung ein und holt mit einer Bewegungsaktion seinen *Dienerspiegel* hervor, um Radosek vor den SC zu warnen, ehe diese ihn überwältigen können (siehe unten, **Entwicklung**).

SPIELWERTE

ST 14, **GE** 15, **KO** 12, **IN** 10, **WE** 10, **CH** 13
GAB +3; **KMB** +5; **KMV** 17
Talente Eiserner Wille, Kampf mit zwei Waffen, Verbesserter Schildstoß, Wachsamkeit, Waffenfokus (Langschwert)
Fertigkeiten Einschüchtern +7, Heimlichkeit +3, Mit Tieren umgehen +5, Motiv erkennen +4, Reiten +3, Überlebenskunst +4, Wissen (Lokales) +2, Wissen (Natur) +4
Sprachen Skald
Besondere Eigenschaften Spurenlesen +1, Tierempathie +2
Kampfausrüstung *Trank: Leichte Wunden heilen* (2x), *Trank: Elementen trotzen*, *Trank: Verhör*[ABR II], *Kreischende Bolzen* (2); **Sonstige Ausrüstung** Kettenhemd, Leichter stachelbesetzter Stahlschild, Dolch, Langschwert aus Kaltem Eisen [Meisterarbeit], Leichte Armbrust [Meisterarbeit] mit 10 Bolzen, *Dienerspiegel* (siehe Seite 60), Kaltwetterkleidung, 24 GM

WACHEN DES FAHLEN TURMES (4)   **HG 1/3**

EP je 135

TP je 9 (siehe Seite 39)

TAKTIK

Im Kampf Die Wachen unterstützen Volan, indem mindestens einer stets seine Flanke verteidigt. Die anderen versuchen, Zauberkundige einzukreisen und zu überwältigen.
Moral Die Wachen kämpfen bis zum Tod.

Entwicklung: Volan trägt einen *Dienerspiegel* (siehe Seite 60) bei sich, durch den er Radosek im Fahlen Turm Bericht erstattet. Dies tut er, sobald er den Schwarzen Reiter lokalisiert hat oder etwas erfährt, von dem sein Herr wissen sollte – z.B. die Anwesenheit der SC in Waldsby. Nachdem der Spiegel aktiviert wurde, benötigt Radosek mindestens 10 Minuten, um mit Volans Spiegel Kontakt aufzunehmen. Danach hält er aber die Verbindung aufrecht, um zu beobachten, wer den magischen Gegenstand an sich nimmt.

Sollten die SC Nadja nicht vor den Wachen retten, wird sie zum Fahlen Turm gebracht und dort in Bereich **Q21** festgehalten, bis Radosek entscheidet, was mit ihr geschehen soll.

BEREITE VERBÜNDETE

Nach dem Besuch der Wachen des Fahlen Turmes in Waldsby sind die Dorfbewohner in heller Aufregung. Allen ist klar, dass die Anwesenheit der SC (und ihre Taten, falls sie die Soldaten getötet haben) ganz sicher Folgen für das Dorf haben wird, sobald Nazhena und Radosek vom Geschehen erfahren. Falls die SC Nadja gerettet haben, bietet sie an, sie zum Fahlen Turm zu führen. Sie würde eher einen aggressiven Gegenschlag vorziehen, anstatt vor Angst am Boden zu zittern, wie die Dörfler normalerweise verfahren. Angesichts des kämpferischen Könnens der SC gegenüber der Riesenmantis und der Soldaten der Weißen Hexe ist Nadja sich sicher, dass sie Erfolg haben können. Sie bittet die SC auch, ihre Tochter Thora zu befreien – oder zu rächen, falls Nadja erfahren hat, was mit ihrer Tochter geschehen ist. Ebenso schlägt sie vor, sich mit Luk zu beraten, dem Domowoi, der in ihrem Haus lebt. Da Luk früher im Fahlen Turm gearbeitet hat, kann er den SC verraten, wie man am besten hineinkommt und nicht entdeckt wird.

Luk zu überzeugen, den SC zu helfen, ist jedoch eine komplizierte Angelegenheit: Der Domowoi liebt zwar Nadja und

SOMMERSCHNEE

ihre Familie, fürchtet zugleich aber Nazhena und Radosek. Sich gegen die Soldaten zu wehren, war etwas völlig anderes, als sich dem Zorn der Weißen Hexen zu stellen. Wenn die SC Luks Hilfe wollen, müssen sie ihn beeindrucken oder auf andere Weise dazu bringen, mit ihnen zu sprechen, indem ihnen ein Fertigkeitswurf für Diplomatie gelingt, um ihn freundlich zu stimmen. Selbst wenn ihnen dies bereits gelungen sein sollte, ist ein weiterer Fertigkeitswurf für Diplomatie gegen SG 12 nötig, um seine Unterstützung zu erlangen. Etwas warme Milch oder Nahrung als Geschenk an den Domowoi zu übergeben, verschafft ihnen einen Situationsbonus von +5 auf den Wurf. Im Anschluss unterstützt Luk ihre Vorstöße in den Fahlen Turm (siehe Kasten auf Seite 43). Sollte er sogar zu Hilfsbereit gestimmt werden, teilt er den SC eine weitere Information mit: Er hörte, wie Nazhena Radosek davon berichtete, dass einer der Gegenstände in der Schatzkammer verflucht sei, um Diebe zu strafen – die SC sollten also vorsichtig sein, wenn sie den Fahlen Turm plündern wollen.

Entwicklung: Sollten die Wachen Nadja gefangen genommen und zum Fahlen Turm geschleppt haben, wendet sich Luk von selbst an die SC. Er erscheint widerwillig und bittet sie, Nadja zu retten. Er weiß von Nazhenas Ritual zur Erschaffung des Winterportals und dass die SC zum Turm gehen und die Weiße Hexe besiegen müssen, wenn sie das Portal schließen wollen. Wenn sie zustimmen, Nadja zu retten, bietet er ihnen seine Hilfe an und begleitet sie sogar zum Turm.

Belohnung: Falls die SC Luk überzeugen können, ihnen beim Angriff auf den Fahlen Turm zu helfen, dann belohne sie mit 800 EP, als hätten sie ihn im Kampf besiegt.

TEIL VIER: DER FAHLE TURM

Die SC müssen irgendwann zum Fahlen Turm aufbrechen, um das Winterportal nach Taldor zu verschließen und ihre Lieben in der Heimat zu retten. Da die meisten Soldaten des Turmes immer noch nach dem Schwarzen Reiter suchen, ist der Turm zum Glück nur schwach bemannt und leichter zu infiltrieren. Doch auch unter diesen Umständen ist es nicht einfach, den Turm zu betreten und sich darin zurechtzufinden. Radosek Pawril hat in Abwesenheit seiner Herrin im Turm das Sagen und befehligt eine große Anzahl ihrer treuesten Diener. Er führt Nazhenas Werk fort und erhält das Winterportal aufrecht und beschützt es gegen Einmischungen von Fremden.

Für die SC sollte es höchste Priorität haben, den Fahlen Turm zu erreichen. Nadja oder Luk können sie leicht dorthin führen. Selbst Dorfbewohner aus Waldsby können ihnen den Weg weisen.

Sofern die SC über Schneeschuhe verfügen, können sie die 9 km zwischen Dorf und Turm in 3 bis 4 Stunden zurücklegen. Alternativ können sie Nadjas Hundeschlitten oder die Schlitten, mit denen die Wachen des Turmes nach Waldsby gekommen sind, benutzen und so die Reisezeit halbieren.

VOLAN SERTANE

Die Winterkönigin

EREIGNIS 8: UNTERWEGS (HG 3)

Kreaturen: Kurz nach ihrem Aufbruch aus Waldsby erregen die SC die Aufmerksamkeit einer Größeren Hexenkrähe, einer großen, intelligenten Krähe mit einer angeborenen Gabe für die Hexerei. Diese Hexenkrähe namens Lytil wurde von der machtvollen Magie des Winterportals angezogen. Seit ihrer Ankunft belästigten sie wiederholt Nazhena und Radosek, die immer wieder versuchten, sie vom Fahlen Turm fortzujagen.

Lytil kann dank ihrer Fähigkeit *Magie entdecken* die mächtige Magie in den Schlüsseln zu Baba Jagas Hütte spüren, welche die SC mit sich führen, und begehrt einen davon für ihr Nest. Sie folgt den SC in der Ferne, bis sie sich ihnen mittels *Verschwinden* unbemerkt nähern kann. Dann erscheint vor den SC und verwickelt sie in ein Gespräch, um sie in falsche Sicherheit zu wiegen. Der Vogel fragt die SC nach ihrem Ziel und spricht sie darauf an, dass sie sich recht mutig auf den Fahlen Turm zubewegen würden. Die Unterhaltung ist jedoch nicht von langer Dauer – Lytil täuscht vor, den SC Informationen anbieten zu wollen, mustert sie aber in Wirklichkeit mit Hilfe von *Magie entdecken*, bis sie die magischen Schlüssel identifiziert hat. Sobald sie ihre Beute lokalisiert hat, greift sie an.

LYTIL	HG 3

EP 800
Weibliche Größere Hexenkrähe (siehe Seite 88)
TP 32

TAKTIK
Im Kampf Lytil wirkt *Verschwinden*, um unbemerkt über ihrer Beute zu kreisen. Mittels *Bauchreden* lenkt sie ihre Gegner ab, während sie Angriffe im Vorbeifliegen ausführt und Kampfmanöver für Verbessertes Entreißen nutzt. Sollte sie ihre Beute ergreifen können, zieht sie sich sofort zurück. Andernfalls greift sie mit ihren Klauen an, wirkt Hexereien gegen Fernkämpfer und schützt sich selbst mittels *Spiegelbilder*.
Moral Lytil bleibt hartnäckig, bis sie auf unter 11 TP reduziert wird. Dann gibt sie auf und flieht in den Wald.

Entwicklung: Sollte es Lytil gelingen, einen der Schlüssel zur *Tanzenden Hütte* zu stehlen, sollten die SC die Hexenkrähe recht leicht aufspüren können. Ihr Nest ist in der Nähe, so dass ein einfacher Erkenntniszauber wie *Gegenstand aufspüren* oder *Weissagung* oder ein Fertigkeitswurf für Überlebenskunst gegen SG 11 genügen sollte, um es zu finden und den Schlüssel zu bergen. Natürlich betrachtet Lytil den Schlüssel nun als ihr Eigentum und verteidigt dieses entsprechend.

Q. DER FAHLE TURM

Der Fahle Turm steht auf einer flachen, schneebedeckten Ebene nordwestlich von Waldsby. Bei klarem Wetter kann man von den Zinnen ungefähr 9 km weit blicken. Wer den Turm öfters besucht, signalisiert in der Regel mittels Spiegeln den Wachen seine Ankunft. Alle anderen werden von einem spähenden Rabenschwarm des Turmes bemerkt. Die Vögel kreisen einen Augenblick über solchen Eindringlingen, ehe sie ihrer Wärterin, Jairess Sonn, Bericht erstatten. Diese warnt sodann Radosek und die Turmwachen. Wenn die SC erstmals den Turm erblicken, lies das Folgende vor oder gib es mit deinen eigenen Worten wieder.

Ein scharfer Wind pfeift über die grellweiße Ebene und sticht in den Augen, außerdem blenden die grellen, vom Schnee tausendfach reflektierten Sonnenstrahlen. In der Ferne erhebt sich ein gewaltiges Stück Eis, ein beeindruckender fahler Turm, der von in den Himmel ragenden Eiszapfen gekrönt ist. Ein durchgehender, ringförmiger Wall aus Eis umgibt den Fuß dieses, vom Land anscheinend selbst geborenen Turmes. Es gibt keine sichtbaren Eingänge. Hoch oben klafft eine Lücke in der schalenartigen Krone des Turmes, welche von eisigen Stacheln umgeben und von einer mächtigen Scheibe aus Eis geteilt wird, die einer umgekehrten Mondsichel ähnelt.

Der komplette Turm besteht aus festem Eis von der Stärke behauenen Steins (Härte 8, 540 TP, Zerschmettern SG 50). Er wurde auf magische Weise von Nazhena Wasilliownas Mutter, einer mächtigen Winterhexe, aus dem Boden emporgezogen und zu einer beeindruckenden Festung geformt. Um die glatten Wände zu erklimmen ist ein Fertigkeitswurf für Klettern gegen SG 30 erforderlich. Ein unterirdischer Wasserlauf und eine heiße Quelle versorgen den Turm mit Frischwasser.

Jede Etage des Fahlen Turmes wurde aus dem gewaltigen Eiszapfen heraus gehauen, um den es sich im Grunde beim Turm handelt. Die einzelnen Ebenen sind nicht mit Treppen verbunden, um die strukturelle Integrität des Eises nicht weiter zu gefährden. Stattdessen hat Nazhenas Mutter auf Grundlage von *Eiskristallteleport*[ABR] (ZS 11) ein System von Teleportern angelegt, um Kreaturen von einem Punkt des Turmes an einen anderen befördern zu können. Ein Teleporter kann immer nur eine Kreatur gleichzeitig transportieren: Das Ziel wird für 1 Runde in Eis gehüllt; während dieser Zeit ist es gelähmt und verblasst sodann. Am Ende der Runde wird das Ziel zum Zielort teleportiert und das Eis schmilzt augenblicklich. Zum Aktivieren dieser Teleporter ist ein Befehlswort oder ein magischer Schlüssel erforderlich. Der Domowoi Luk kennt die meisten Befehlsworte, allerdings haben Nazhena und Radosek einige geheim gehalten, um den Zugang zu bestimmten Ebenen zu beschränken. Die Befehlsworte und die Zielorte jedes Teleporters werden bei der Beschreibung der jeweiligen Standorte aufgeführt.

In den Räumen und Gängen des Turmes hängen zudem mehrere große Spiegel, welche Nazhena und Radosek benutzen können, um ihren Dienern und Gästen mittels *Irriser Spiegelsicht* nachzuspionieren. Radosek bereitet genau zu diesem Zweck diesen Zauber jeden Tag einmal vor.

Normalerweise halten sich im Fahlen Turm 35 Wachen und die Diener des Turmes auf. Radosek aber hat die meisten Soldaten auf die Jagd nach dem Schwarzen Reiter ausgeschickt, so dass sich nur eine Notbesatzung im Turm befindet.

Q1. Äußeres Tor (HG 1)

Ein von Fußabdrücken und Schlittenspuren gezeichneter Trampelpfad im Schnee endet abrupt vor einer undurchsichtigen Eiswand. Auf ihrer Oberfläche bilden Schnitzereien und uralte Glyphen das Bild eines Tores.

Die Außenmauer des Fahlen Turmes ist 7,50 m hoch. Zum Erklettern ist ein Fertigkeitswurf für Klettern gegen SG 30 nötig; sollte an der Mauerkrone ein Seil befestigt werden, senkt dies den SG auf 10. Eine dauerhafte *Eiswand* (ZS 9) von knapp 0,30 m Dicke bildet das Tor des Fahlen Turmes, das nahtlos mit den ansonsten gewöhnlichen Eismauern des Turmes abschließt (Härte 0, 27 TP, Zerschmettern SG 24). Wer durch die Wand bricht oder sich durch einen Spalt zwängt, erleidet 1W6+9 Punkte Kälteschaden (kein Rettungswurf). Gleich hinter der Wand befindet sich ein Fallgitter aus Eiszapfen. Die Wachen des Turmes können die magische Wand für bis zu 9 Runden lang öffnen und das Fallgitter anheben, um den Zugang zum Hof des Turmes zu öffnen. Dies tun sie aber nur für ihnen bekannte Wachen und Gäste, welche Nazhena oder Radosek erwarten.

Kreaturen: Auf dem Wehrgang über dem Tor sind gegenwärtig drei Wachen des Fahlen Turmes stationiert. Um sie davon zu überzeugen, dass die SC erwartet werden und sie dazu zu bringen, das Tor zu öffnen, ist ein Fertigkeitswurf für Bluffen gegen SG 20 ausreichend. Falls die SC sich mit Hilfe von Ausrüstungsgegenständen der in Waldsby angetroffenen Wachen verkleidet haben, erhalten sie einen Situationsbonus von +5 auf diesen Fertigkeitswurf. Andernfalls müssen sie sich einen anderen Weg in den Turm suchen. Natürlich schauen die Wachen nicht tatenlos zu, während die SC in den Turm eindringen – sie greifen jeden an, der die Wände zu erklettern oder zu durchbrechen versucht.

Wachen des Fahlen Turmes (3)	HG 1/3

EP je 135
TP je 9 (siehe Seite 39)

Belohnung: Falls die SC die Wachen täuschen können, so dass diese sie hineinlassen oder sie auf andere Weise umgehen können, dann belohne sie mit EP, als hätten sie die Wachen im Kampf besiegt.

Q2. Innenhof (HG 4)

Die massive Eisskulptur eines Drachen, der mit ausgestreckten Schwingen auf einem Podest aus Eis steht, dominiert diesen nach oben offenen Innenhof. An der Innenmauer stehen sieben gedrungene Schuppen, vor denen mehrere Hundeschlitten stehen. Zwischen den Schuppen enden vier Eisrutschen, die vom Wehrgang der Außenmauer herabführen. Im Westen führt eine mit Eiszapfen beschlagene, große Doppeltür in das Innere des eigentlichen Fahlen Turmes. Über der Tür hängen spitze Eiszapfen von einem Vordach herab.

Als Nazhenas Mutter den Fahlen Turm erbaute, besiegte sie einen mächtigen Weißen Drachen namens Auburphex, der dieses Gebiet als sein Revier beansprucht hatte. Die Eisskulptur im Hof ist ein Denkmal ihrer Schlacht. Als Nazhena den Turm übernahm, ließ sie die Skulptur an Ort und Stelle aufgrund ihres einschüchternden Effekts auf Besucher und potentielle Angreifer errichten. Die über der Tür hängenden Eiszapfen wirken zwar bedrohlich, stellen aber keine Gefahr dar.

Kreaturen: Die Hauptgefahr in diesem Innenhof geht von einer grässlichen Eistrollin namens Bordegga aus, die Radosek zur Unterstützung der Turmwachen in Nazhenas

STURM AUF DEN FAHLEN TURM

Wie die SC in den Turm eindringen wollen, bleibt ihnen überlassen. Der Domowoi Luk kann dabei jedoch vieles erleichtern. Er kennt jeden Winkel im Turm und die meisten seiner Bewohner. Er weiß auch, wie man die Eiskristallteleporter benutzt, um zwischen den Stockwerken zu wechseln, und kann den SC die Befehlsworte für die Teleporter in den Bereichen Q5, Q8, Q15 und Q17 verraten. Luk begleitet die SC bestenfalls bis ins Erdgeschoss des Turmes, bleibt dann aber zurück und sucht nach einem sicheren Rastplatz, falls die SC sich zurückziehen müssen.

Sollte Nadja die SC begleiten, dann vergiss nicht, dass sie im nächsten Teil des Abenteuerpfades eine wichtige Rolle spielt, wenn sie die SC von Waldsby nach Weißthron führt. Sollte ihr daher etwas zustoßen, musst du einen anderen NSC als Führer der SC ins Spiel einführen.

Möglicherweise müssen die SC mehrfach in den Fahlen Turm vorstoßen, um die Verteidiger zu überwinden und den Ursprung des Winterportals zu finden. Es kann daher sein, dass sie rasten und sich erholen müssen, ehe sie den Angriff fortsetzen. Das Erdgeschoss des Turmes kann nach oben hin verbarrikadiert werden, so dass Radosek nur schwer zurückschlagen kann. Dieser wird dadurch zunehmend paranoider und späht die SC mit Hilfe der Spiegel im Turm aus, während er sich in der Ritualkammer (Bereich Q20) isoliert und auf Nazhenas Rückkehr wartet – nur ist diese weiterhin in Weißthron beschäftigt.

Sollten die SC überlegen, Radosek zu belagern und auszuhungern, so hat dieser genug Nahrung für mehrere Wochen. Zudem stellen von der Suche nach dem Schwarzen Reiter zurückkehrende Wachen des Turmes eine Bedrohung dar (ihre Spielwerte findest du auf Seite 40). Ebenso könnten weitere Kalte Feen beim Turm eintreffen. Bis zu vier winterberührte Feengeister (siehe Bereich D) oder drei winterberührte Dornenfeen (siehe Bereich Q8) könnten die SC überraschen.

Abwesenheit angeheuert hat. Die Trollin ist zu groß, um bequem im Turm hausen zu können, so dass sie sich stattdessen zwischen den leeren Hundezwingern niedergelassen hat. Bordegga ist ihre Aufgabe im Grunde egal, da sie in Gold bezahlt wird und Gold nicht ihren Magen füllt. Ihr Hunger hat sie schon die letzten Hunde des Turmes fressen lassen, so dass sie nur zu gern jeden angreift, der so dumm ist, den Hof ungeladenen zu betreten.

Bordegga	HG 4

EP 1.200
Eistrollin (*MHB II*, S. 260)
TP 45

TAKTIK
Im Kampf Zu Beginn setzt Bordegga ihre Streitaxt sowie ihre Zähne und Klauen ein und konzentriert ihre Angriffe auf jeden,

der Zauber wirken kann, da sie Feuermagie fürchtet. Sollte sie durch Feuer oder Säure verletzt werden, verfällt sie in einen Kampfrausch und lässt ihre Streitaxt entweder fallen oder wirft sie nach dem Gegner (mit einem Malus von -4 auf den Angriffswurf), der ihr den Schaden zugefügt hat. Danach setzt sie nur noch ihre natürlichen Angriffe ein.
Moral Bordegga kämpft bis zum Tod.

Schätze: Bordegga hat ihre Entlohnung im südöstlichsten Zwinger gelagert – insgesamt sind es 500 GM.

Entwicklung: Die Statue im Innenhof ist eine gewöhnliche Eisskulptur, wenn die SC den Hof zum ersten Mal betreten. Wenn sie später Radosek in Bereich **Q20** treffen, zieht sich der Winterhexer in den Hof zurück, um seine Truppen zu sammeln und die Statue mittels einer *Schriftrolle: Gegenstände beleben* zu beleben. Er weist sie dann an, die SC anzugreifen (siehe Seite 53, **Entwicklung**).

Belebter Eisdrache	**HG 5**

EP 1.600
Belebter Gegenstand (*MHB*, S. 31)
N Großes Konstrukt
INI –1; **Sinne** Dämmersicht, Dunkelsicht 18 m; Wahrnehmung –5
VERTEIDIGUNG
RK 18, Berührung 8, auf dem falschen Fuß 18 (–1 GE, –1 Größe, +10 natürlich)
TP 52 (4W10+30)
REF +0, **WIL** –4, **ZÄH** +1
Immunitäten Kälte, wie Konstrukte; **Verteidigungsfähigkeiten** Härte 0
Schwächen Empfindlichkeit gegen Feuer
ANGRIFF
Bewegungsrate 9 m, Fliegen 9 m (unbeholfen)
Nahkampf 2 Hiebe +9 (1W8+6)
Angriffsfläche 3 m; **Reichweite** 3 m
TAKTIK
Im Kampf Die belebte Statue folgt den Anweisungen Radoseks. Sie führt einen Ansturm von oben aus, sofern ihr gestattet wird zu fliegen. Ansonsten setzt sie Hiebangriffe ein und versucht, jeden in einen Ringkampf zu verwickeln und in den Haltegriff zu nehmen, den Radosek als besonders gefährlich erachtet.
Moral Die Statue kämpft bis zur Zerstörung.
SPIELWERTE
ST 22, **GE** 8, **KO** —, **IN** —, **WE** 1, **CH** 1
GAB +4; **KMB** +11; **KMV** 20
Fertigkeiten Fliegen –11
Besondere Eigenschaften Konstruktionspunkte (Zusätzliche Angriffe, Zusätzliche Fortbewegungsart [Fliegen], Eis)
BESONDERE FÄHIGKEITEN
Konstruktionspunkte Eis (AF, 1 KP): Der Gegenstand besteht aus Eis. Seine Härte wird auf 0 reduziert und er erlangt Immunität gegen Kälte und Empfindlichkeit gegen Feuer.

Q3. Eingangshalle (HG 3)

Die Luft ist in dieser inneren Galerie von Dampfschwaden erfüllt, welche von einem blubbernden Becken aufsteigen. Diese Vertiefung im Boden befindet sich in einem Podest, das von sechs Eissäulen umgeben ist. Vier beschlagene Spiegel hängen an den Wänden in der Nähe von Eisskulpturen behelmter, Piken haltender Krieger.

Das Erdgeschoss des Fahlen Turmes wird von einer heißen Quelle gespeist, die der eisigen Ebene entspringt, auf der Nazhenas Mutter ihr Zuhause errichtet hat. Die Bewohner des Turmes nutzen das Wasser häufig zum Baden, da das umgebende Eis magisch behandelt ist, um bei der Wassertemperatur nicht zu schmelzen.

Kreaturen: Ein Wasserelementar lebt in der Quelle und fungiert als zusätzlicher Wächter und Pfleger der Wasserleitungen des Turmes. Er leitet regelmäßig frisches Wasser durch die hohlen Säulen rund um das Becken in andere Teile des Turmes wie die Aborte (Bereich **Q4**) und die Küche (Bereich **Q9**). Jeder Angehörige des Personals des Fahlen Turmes kann dem Elementar Befehle erteilen. Er greift aber jede Kreatur an, die sich mit brennendem Feuer dem Becken nähert, da er um die Gefahr weiß, die Feuer für die Turmbewohner darstellt. Sollte es hier zu einem Kampf kommen, sind die Wachen in den Bereichen **Q6** und **Q7** gewarnt – diese bewaffnen sich alsdann und planen einen Hinterhalt.

Mittelgrosser Wasserelementar	**HG 3**

EP 800
TP 30 (*MHB*, S. 102)
Taktik
Im Kampf Der Elementar setzt seine Fähigkeit Löschen ein, um offene Flammen zu ersticken oder magisches Feuer zu bannen. Sollte er angegriffen werden, verwickelt er Opfer in den Ringkampf, um sie mit sich in die heiße Quelle zu ziehen.
Moral Der Elementar kämpft bis zum Tod.

Q4. Aborte

Durch die offenen Latrinen läuft fließendes Wasser, welches Fäkalien aus dem Turm in einen unterirdischen Fluss transportiert. Die östlichen Türen führen zu einer Treppe, welche zum Wehrgang der Außenmauer hinaufführt.

Q5. Eiskristallteleporter

Der gefliese Boden dieser offenen Nische ist von einem an Glas erinnernden, gerifften Muster kristallinen Eises überzogen und von sanftem blauem Licht beleuchtet.

Die beiden Eiskristallteleporter hier im Erdgeschoss bringen Ziele in den Speisesaal (Bereich **Q8**) im ersten Stock. Um sie zu aktivieren muss man folgenden Satz aussprechen: „In der Halle kommen alle zusammen, bring mich dorthin." Falls Luk bei den SC ist, kennt er diesen Satz, andernfalls müssen die SC eine Wache lebend gefangen nehmen und befragen oder den Teleporter blind mittels eines Fertigkeitswurfes für Magischen Gegenstand benutzen gegen SG 25 aktivieren. Wachtmeisterin Jana Dulzewa in Bereich **Q7** verfügt ferner über einen Schlüssel, um die Teleporter zu aktivieren. Beachte, dass jeder der beiden Teleporter nur eine Kreatur pro Runde transportieren kann.

Die Winterkönigin

Q6. Nördliche Wachunterkünfte (HG 2)

Neun Doppelstockbetten, die eigentlich nur aus Strohmatratzen und dicken Decken auf Eisblöcken bestehen, füllen die abgeteilte Kammer überwiegend aus. Ansonsten befindet sich hier nur noch eine Holztruhe und ein Waffenschrank.

Kreaturen: Diese Unterkünfte fassen normalerweise 18 Wachen. Gegenwärtig erholen sich hier fünf Wachen des Fahlen Turmes von einer längeren Patrouille, bei der sie nach dem Schwarzen Reiter gesucht haben. Die fünf sind erst kürzlich zurückgekehrt und dementsprechend erschöpft. Sie haben Waffen und Rüstungen abgelegt und brauchen 6 Runden, um diese eilig wieder anzulegen und ihre Schilde zu ergreifen, sollten sie von Kämpfen anderswo im Turm hören. Sollten die Wachen überrascht werden, verbringen sie die erste Kampfrunde damit, ihre Waffen aus dem Schrank im Süden zu holen. Sollten sie diesen nicht erreichen können, fliehen sie durch den anderen Ausgang, um sich Jana Dulzewa in Bereich **Q7** anzuschließen oder durch die Eiskristallteleporter nach Bereich **Q8** zu fliehen. Sollten die SC den Wasserelementar in Bereich **Q3** noch nicht besiegt haben, befehlen die Wachen diesem, die Eindringlinge anzugreifen, ehe sie weiterhin die Flucht ergreifen.

Wachen des Fahlen Turmes (5)	HG 1/3

EP je 135
TP je 9 (siehe Seite 39)
Schwächen Erschöpft

Q7. Südliche Wachunterkünfte (HG 4)

Acht Doppelstockbetten füllen diesen engen Raum. Eine kleine Eiswand dient als Abtrennung im Raum. Mehrere Holzkisten und ein Waffenschrank dienen als sonstiges Mobiliar.

Kreaturen: Dieser Raum dient als Unterkunft für weitere 13 Wachen und die drei Wachtmeister, welche sie befehligen. Gegenwärtig halten sich hier nur eine Wachtmeisterin, Jana Dulzewa, und vier ihrer besten Kämpfer auf und trinken zusammen, nachdem sie von einer Patrouille zurückgekehrt sind. Im Gegensatz zu den Wachen in der nördlichen Unterkunft (Bereich **Q6**) konnten diese fünf sich bereits ausruhen und tragen ihre Ausrüstung. Sollten sie vom Eindringen der SC erfahren, bereiten sie einen Hinterhalt vor: An jeder Tür der Unterkunft wartet ein Gruppe, welche defensiv kämpft, um die SC zu beschäftigen, während die andere Gruppe sodann außen herum geht und von hinten angreift.

Wachen des Fahlen Turmes (4)	HG 1/3

EP je 135
TP je 9 (siehe Seite 39)

Wachtmeisterin Jana Dulzewa	HG 2

EP 600
TP 25 (verwende die Spielwerte für Volan Sertane; siehe Seite 39)

TAKTIK
Im Kampf Jana kämpft an vorderster Front, während die Wachen bei ihr über die Betten klettern, um Gegner einzukreisen oder ihre Armbrüste abzuschießen.
Moral Jana und ihre Wachen kämpfen bis zum Tod.

Schätze: Als Wachtmeisterin führt Jana einen speziellen Schlüssel mit sich, der auf die Eiskristallteleporter in Bereich **Q5** eingestimmt ist. Sobald jemand mit dem Schlüssel auf die Eiskristalle tritt, aktiviert dieser Schlüssel die Teleporter automatisch, ohne dass ein Kennwort notwendig ist. (Beachte, dass der Teleportationsvorgang 1 Runde dauert, ein Charakter kann in dieser Zeit seinen Schlüssel an einen anderen weitergeben.)

Q8. Speisesaal (HG 3)

Ein halbmondförmiger Esstisch belegt diese Y-förmige Kammer. Zwei Spiegel, einer im Norden, der andere im Süden, erzeugen die Illusion eines noch größeren Raumes. In sechs Metern Höhe hängt ein gewaltiger Kronleuchter aus Eiskristallen von der Decke. Im Osten führen abgerundete Stufen zu einem kurzen Gang. Die Treppe wird von zwei Eisskulpturen flankiert; dabei handelt es sich um Dryaden, die aus Eis geschnitzte Äste in die Höhe halten und so einen kunstvollen Torbogen bilden. In der Nord- und der Südwand befindet sich ferner jeweils eine glasartige Doppeltür. Im Westen gibt es zwei Nischen zwischen drei Fenstern, durch die man einen atemberaubenden Blick auf die Winterlandschaft außerhalb des Turmes hat.

Nazhena, Radosek, die Wachen und Bediensteten des Turmes sowie die Gäste nehmen in dieser Kammer ihre Mahlzeiten ein. Der höherliegende Gang im Osten fungiert zudem als Bühne für zu Besuch weilende Musiker und Darsteller. Die Nischen an der Westwand sind mit Bereich **Q5** verbundene Eiskristallteleporter. Sie können mit dem Satz „Wirbel mich hinab zum Grund, jedes Gramm und jedes Pfund" oder Janas Schlüssel (siehe Bereich **Q7**) aktiviert werden.

Kreaturen: Zwei winterberührte Dornenfeen namens Jir und Lask verbringen hier die Zeit und arbeiten an einer Akrobatiknummer für den Abend. Sollten sie Eindringlinge bemerken, machen sie sich unsichtbar, um den Turm zu verteidigen.

Jir und Lask (2)	HG 1

EP je 400
Winterberührte Dornenfeen (*MHB III*, S. 62 und Seite 72)
TP je 9
TAKTIK
Im Kampf Die Dornenfeen nutzten *Unsichtbarkeit*, um sich für Hinterhältige Angriffe in Position zu bringen. Dann wirken sie *Person verkleinern* auf ihre Gegner und setzen ihre Unsichtbarkeit erneut ein, um nochmals Hinterhältige Angriffe durchführen zu können.
Moral Die Dornenfeen kämpfen bis zum Tod.

Entwicklung: Sollte die Forlarrenbardin Mierul Ardelain (siehe Seite 35) ihre Begegnung mit den SC in Teil Drei überlebt haben, ist auch sie anwesend und begleitet die

SOMMERSCHNEE

Akrobatikdarbietung der Dornenfeen musikalisch. Sie erkennt die SC sofort wieder und greift sie an, sollte sie sie für eine Bedrohung des Turmes halten. Sollten die Dornenfeen getötet und Mierul auf unter 10 TP reduziert werden, ergibt sie sich herunter und spielt ihre freundschaftliche Beziehung zu Radosek herunter. Zugleich plant sie schon ihre Flucht aus dem Fahlen Turm. Sie ist zu einem Kuhhandel bereit und würde sich ihre Freiheit sogar mit ihrem *Eisfluss-Elixier* erkaufen. Mieruls Ausrüstung befindet sich in ihrer Gästekammer (Bereich **Q10**). Sollte Mierul zugegen sein, steigt der HG der Begegnung auf 5.

Q9. Küche (HG 3)

Mehrere Schränke stehen an den kurzen Wänden dieses seltsam verwinkelten Raumes. Ein Hackklotz, ein Wasserfass und ein Kessel befinden in der Nähe der einzigen Tür. In der Luft liegt der appetitanregende Geruch von frisch gebackenem Brot und Fleischeintopf.

Kreaturen: Als Koch steht in Nazhenas Diensten ein übellauniger Spriggan namens Mig Epsel. Gelegentlich hat er Hilfe von den Dornenfeen Jir und Lask (Bereich **Q8**), duldet ansonsten aber keine Unterbrechungen oder Störungen.

MIG EPSEL	HG 3

EP 800
Spriggan (*MHB II*, S. 240)
TP 22
TAKTIK
Im Kampf Mig wirkt *Erschrecken* auf Eindringlinge, um sie aus seiner Küche und damit in den Speisesaal zu treiben. Hat dies Erfolg, setzt er seine Fähigkeit der Größenveränderung ein, um Groß zu werden und weiterzukämpfen.
Moral Mig kämpft bis zum Tod.

Schätze: Zu Migs kulinarischen Kreationen gehört auch ein Blech mit Backwerk. Darunter ist ein *Rachsüchtiger Keks* (siehe Seite 61) in Form eines Weißen Drachen. Dieser Keks ist eigentlich für Hestrig Orlow (siehe Bereich **Q12**) gedacht als Rache für deren Kritik an den Lammkeulen, die der Spriggan vor drei Abenden serviert hat.

Q10. Leeres Schlafzimmer

Bett, Schreibpult und ein Schrank sind die Möbel dieser kleinen, runden Kammer. Gegenüber der Tür hängt ein 1,50 m hoher Spiegel.

Sollte Mierul Ardelain nach ihrer Begegnung mit den SC auf der Straße nach Waldsby (siehe **Ereignis 3**) noch am Leben sein, hat Radosek ihr diese Gästekammer während ihres Aufenthalts im Fahlen Turm angeboten. Sie verbringt ihre Zeit hauptsächlich im Speisesaal (Bereich **Q8**), verwahrt ihre Besitztümer aber hier im abschließbaren Schrank (Mechanismus ausschalten SG 25 zum Öffnen). Den Schlüssel hat sie bei sich.

Q11. Gästeschlafzimmer (HG 3)

In dieser kleinen Schlafkammer hängt der Geruch von Parfüm in der Luft. Auf dem Bett liegen ordentlich arrangiert mehrere Kleider im Stil einer taldanischen Adeligen. Neben einer Holztruhe steht ein Ankleidetisch mit einem Stuhl und einem Spiegel. Ein größerer Tisch befindet sich an der Wand zwischen den Fenstern.

Kreaturen: Dieser Schlafraum ist normalerweise für Besucher des Fahlen Turmes gedacht, wie etwa für aus Weißthron zu Besuch weilende Winterhexen. Gegenwärtig ist hier ein Doppelgänger namens Gardhek untergebracht, den Nazhena angeworben hat, um die Edle Argentea Malassene zu verkörpern. Radosek plant, die falsche Adelige nach Oppara zu schicken, um dort zu spionieren und die Gegenmaßnahmen auf das Winterportal im Grenzwald zu verzögern.

Gardhek ist eine unhöfliche Kreatur. Er versucht, Argenteas Auftreten und Verhalten perfekt nachzuahmen und experimentiert mit Kleidungsstücken und Gegenständen, die aus ihrer Kutsche geraubt wurden. Dank Radoseks Zauber *Irriser Spiegelsicht* konnte Gardhek Argenteas Aussehen erfahren und ihre Verhaltensweisen ein wenig beobachten. Zudem studiert der Doppelgänger die taldanische Etikette, um sich besser in deren Gesellschaft einfügen zu können. Er weiß nichts von den SC, versucht sie aber sofort zu täuschen, damit diese ihn für die echte Edle halten – er behauptet, die Argentea, die sie in der Jagdhütte getroffen hätten, sei eine Schwindlerin. Sollte die „Edle Argentea" befragt werden, behauptet der Doppelgänger, aufgrund der traumatischen Erfahrungen ihrer Entführung ihr Gedächtnis verloren zu haben, um so sein Nichtwissen über ihr Leben zu verbergen. Die SC können die Täuschung mittels eines Fertigkeitswurfes für Motiv erkennen gegen SG 23 durchschauen; sollten sie die echte Argentea getroffen und gerettet haben, erhalten sie einen Bonus von +10 auf diesen Wurf. Gardhek zögert in diesem Fall nicht anzugreifen. Er hat eine Gabe zu überleben und weiß, dass Radosek und Nazhena ihn für ihre Pläne in Taldor brauchen. Sollte er auf unter 11 TP reduziert werden, flieht er zum Eiskristallteleporter in Bereich **Q15**, um sich Jairess Sonn im Rabennest (Bereich **Q17**) anzuschließen.

GARDHEK	HG 3

EP 800
Doppelgänger (*MHB*, S. 59)
TP 26

Q12. Bibliothek (HG 4)

Vom Boden bis zur Decke reichende Bücherregale ziehen sich entlang der Wände dieser großen Kammer. Ein kunstvoll gearbeiteter Holztisch mit sechs Stühlen steht in der Raummitte. Auf ihm befinden sich aufgeschlagene Bücher und Schriftrollen sowie brennende Kerzen.

Dem Beispiel ihrer Mutter folgend unterhält Nazhena eine umfangreiche Bibliothek. Die Bücher decken unterschiedliche Themen wie die Geschichte Golarions, das Große

Die Winterkönigin

Jenseits und Bestiarien zu Drachen, Feenwesen und magischen Bestien des Nordens ab. Jede Sammlung verleiht einen Situationsbonus von +2 auf Fertigkeitswürfe für Wissen (Die Ebenen), Wissen (Geschichte) und entsprechende Würfe für Monsterkunde. Die aufgeschlagenen Bücher befassen sich allesamt mit Taldor, damit Gardhek (Bereich **Q11**) weiteres Wissen erhält.

Kreaturen: Gegenwärtig hält sich in der Bibliothek Hestrig Orlow, die Kommandantin der Wachen des Fahlen Turmes, auf. Die Veteranin stammt von Ulfen ab, hat unter ihren Vorfahren aber auch einen Weißen Drachen aus der nördlichen Gletscherregion. Die Weißen Hexen hatten sofort den Wert ihrer drakonischen Blutlinie erkannt und sie in ihre Dienste aufgenommen.

Hestrig hat vor kurzem herausgefunden, dass der Weiße Drache Auburphex, den Nazhenas Mutter tötete und als Eisskulptur im Hof des Turmes (Bereich **Q2**) aufstellen ließ, der Ahnherr gewesen ist, dessen Blut in ihren Adern fließt. Hestrig ist sich noch nicht im Klaren darüber, was sie mit diesem Wissen anfangen soll – soll sie ihren Vorfahren rächen oder das Geheimnis für sich behalten?! Aktuell studiert sie die geschichtlichen Aufzeichnungen, um herauszufinden, warum der Drache sich gegen die Weißen Hexen gestellt hat. Die Kommandantin greift jeden Eindringling, der hereinkommt, aggressiv an.

HAUPTMANN HESTRIG ORLOW **HG 4**

EP 1.200
Ulfenkämpferin 2/Hexenmeisterin 3
NB Mittelgroße Humanoide (Mensch)
INI +1; **Sinne** Wahrnehmung +7

VERTEIDIGUNG
RK 17, Berührung 12, auf dem falschen Fuß 15 (+1 Ausweichen, +1 GE, +1 natürlich, +4 Rüstung)
TP 38 (5 TW; 2W10+3W6+13)
REF +3, **WIL** +3; **ZÄH** +7; (+1 gegen Furcht)
Resistenzen Kälte 5 **Verteidigungsfähigkeiten** Tapferkeit +1

ANGRIFF
Bewegungsrate 9 m
Nahkampf Zweihänder +1*, +8 (2W6+5/19–20) oder 2 Klauen +6 (1W4+3)
Fernkampf Wurfaxt [Meisterarbeit] +5 (1W6+3)
Besondere Angriffe Klauen (2x, 1W4+3, 5 Runden/Tag)
Bekannte Hexenmeisterzauber (ZS 3; Konzentration +5)
1. (6/Tag) — *Magierrüstung, Magisches Geschoss, Person vergrößern* (SG 13), *Schneeball*** (SG 13)
0. (beliebig oft) — *Kältestrahl, Licht, Magie entdecken, Magie lesen, Magierhand*
Blutlinie Drakonisch (Weiß)
* Durch *Magische Waffe*.
** Siehe Seite 73.

TAKTIK
Vor dem Kampf Sollte Hestrig von der Anwesenheit der SC erfahren, wirkt sie *Magierrüstung* und *Magische Waffe* von ihrer Schriftrolle, um sich auf den Kampf vorzubereiten.
Im Kampf Sollte Hestrig über genug Platz verfügen, wirkt sie *Person vergrößern* und führt ihren Zweihänder in gewaltigen Kreisschlägen dank ihrer erhöhten Reichweite. Sie setzt Heftiger Angriff und Doppelschlag abwechselnd zu Zaubern wie *Schneeball* oder *Magisches Geschoss* ein. Falls sie sich einem ernsthaften Gegner gegenübersieht, wechselt sie die Taktik und setzt ihr Talent Wirbelnder Schild ein, um ihre RK zu erhöhen.
Ihr *Elixier des Feueroderms* will sie nur ungern einsetzen, da dies ihre Lebensversicherung gegen einen möglichen Verrat durch die Eistrollin Bordegga (siehe Bereich **Q2**) oder die Kalten Feenwesen im Turm ist.
Moral Hestrig fehlt die Weisheit zu fliehen oder sich zu ergeben – sie kämpft daher bis zum Tod.
Grundwerte Ohne Zauber hat Hestrig folgende Spielwerte: **RK** 13, Berührung 12, auf dem falschen Fuß 11; **Nahkampf** Zweihänder [Meisterarbeit] +8 (2W6+4/19–20).

SPIELWERTE
ST 16, **GE** 13, **KO** 14, **IN** 10, **WE** 8, **CH** 14
GAB +3; **KMB** +6; **KMV** 18
Talente Ausweichen, Doppelschlag, Heftiger Angriff, Im Kampf zaubern, Materialkomponentenlos zaubern, Waffenfokus (Zweihänder), Wirbelnder Schild[EXP]
Fertigkeiten Beruf (Soldat) +5, Einschüchtern +8, Magischen Gegenstand benutzen +6, Reiten +5, Wahrnehmung +7, Wissen (Arkanes) +4, Zauberkunde +4
Sprachen Skald
Besondere Eigenschaften Geheimnisse des Blutes (Zauber der Kategorie Kälte verursachen pro Schadenswürfel +1 Schadenspunkte)
Kampfausrüstung *Elixier des Feueroderms, Trank: Mittelschwere Wunden heilen* (2x), *Schriftrolle: Magie Waffe*; **Sonstige Ausrüstung** Dolch, Zweihänder [Meisterarbeit], Wurfaxt [Meisterarbeit], *Resistenzumhang* +1, Schlüssel für die Kiste in Bereich **Q16**, Schlüssel für den Teleporter in Bereich **Q15**, 65 GM

Schätze: Hestrig trägt den Schlüssel zum Eiskristallteleporter in Bereich **Q15** bei sich. Der Schlüssel aktiviert den Teleporter automatisch, wenn jemand mit ihm auf die Eiskristalle tritt, so dass keine Befehlsworte erforderlich sind.

Q13. Spiegelsaal (HG 5)

Ein langer roter Teppich erstreckt sich von der westlichen Tür aus, führt zwischen zwei Eisskulpturen identischer Dryaden hindurch und endet in einer offenen Nische im Osten. Nach Norden und Süden führt jeweils ein Gang, der der Windung der Außenmauer folgt. Durch Fenster kann man in den Hof hinabblicken.

In der östlichen Nische befindet sich ein Eiskristallteleporter, der mit der Ritualkammer (Bereich **Q20**) verbunden ist. Die Befehlsworte lauten: „Vorwärts, aufwärts, nicht verweile. Sei rasch in Windeseile". Sollte Radosek wissen, dass die SC sich im Turm befinden, schaltet er den Teleporter ab, so dass die Befehlsworte keine Wirkung mehr haben. Vor einiger Zeit übergab Radosek allerdings einen Schlüssel für diesen Teleporter an Jairess Sonn (Bereich **Q17**), da er die attraktive Sylphe in Nazhenas Abwesenheit in sein Bett locken wollte. Bisher konnte er sein Vorhaben noch nicht umsetzen, weswegen Jairess immer noch den Schlüssel besitzt, welcher den Teleporter aktivieren kann. Nur mit diesem Schlüssel kann man in die oberen Turmkammern gelangen, um sich Radosek zu stellen und das Portal nach Taldor zu schließen.

SOMMERSCHNEE

Kreaturen: Bei den Eisskulpturen der Nymphen handelt es sich um belebte Gegenstände, welche diesen Saal und den Eiskristallteleporter in der östlichen Nische bewachen. Diese sind inaktiv, bis sie angegriffen werden oder eine Kreatur die falschen Befehlsworte für den Teleporter nennt. Die Statuen kämpfen bis zur Zerstörung.

Belebte Eisnymphen (2)   HG 3
EP je 800
Belebte Gegenstände (*MHB*, S. 31)
N Mittelgroße Konstrukte
INI +0; **Sinne** Dämmersicht, Dunkelsicht 18 m; Wahrnehmung −5
VERTEIDIGUNG
RK 14, Berührung 10, auf dem falschen Fuß 14 (+4 natürlich)
TP je 36 (3W10+20)
REF +1, **WIL** −4, **ZÄH** +1
Immunitäten Kälte, wie Konstrukte;
Verteidigungsfähigkeiten Härte 0
Schwächen Empfindlichkeit gegen Feuer
ANGRIFF
Bewegungsrate 9 m
Nahkampf 2 Hiebe +5 (1W6+2)
SPIELWERTE
ST 14, **GE** 10, **KO** —, **IN** —, **WE** 1, **CH** 1
GAB +3; **KMB** +5; **KMV** 15
Besondere Eigenschaften Konstruktionspunkte (Eis, Zusätzliche Angriffe)
Besondere Fähigkeiten
Konstruktionspunkte Eis (AF, 1 KP): Der Gegenstand besteht aus Eis. Er hat Härte 0, Immunität gegen Kälte und Empfindlichkeit gegen Feuer.

Q14. Wintergarten (HG 4)

In den Ecken dieses hellerleuchteten Raumes stehen mehrere Tisch mit blühenden Pflanzen und schmückenden Figuren in unterschiedlichen Größen. An der Nordwestwand hängt ein großer Spiegel. Nach Norden und Süden führt jeweils eine Doppeltür.

Das Eis in den Wänden und der Decke ist so geformt, dass es das Sonnenlicht direkt in diesen Raum reflektiert, um die Pflanzen zu nähren.

Kreaturen: Unter den vielen Pflanzen befindet sich auch ein Alraun, den Nazhena mit Hilfe von Dämonenblut erschaffen hat. Da die Pflanze selbst ihrer Schöpferin gegenüber feindselig auftritt, hat Nazhena sie angekettet, wird aber selbst noch Opfer des Alraunenkreischens. Sie nutzt die Alraune um sich vor anderen Zauberkundigen zu profilieren und verfüttert jene Diener an das Wesen, welche ihr Missfallen erwecken. Die Alraun ist an die Ostwand gekettet; da sie sich schon seit langer Zeit gegen die Fesseln wehrt, ist das Eis dort nicht sehr geschwächt. Die Alraun zerrt an ihren Ketten in jeder Runde, die die SC im Gewächshaus verweilen. Gelingt ihr ein Stärkewurf gegen SG 13, reißen die Ketten schließlich aus der Wand. Dann greift die ausgehungerte Alraun jeden innerhalb ihrer Reichweite an.

Alraun   HG 4
EP 1.200
TP 37 (*MHB II*, S. 24)
TAKTIK
Im Kampf Die Alraun kreischt sofort. Dann ergreift sie einen Gegner innerhalb ihrer Reichweite an, verwickelt ihn in einen Ringkampf und nährt sich mittels der Fähigkeit Blut saugen. Sie saugt so lange, bis der Gegner ausbrechen kann – in diesem Fall verfolgt sie ihn und greift weiterhin an.
Moral Die Alraun kämpft bis zum Tod.

HESTRIG ORLOW

Die Winterkönigin

Q15. Eiskristallteleporter

Fliesen aus Eis bedecken den Boden in dieser Nische unterhalb eines großen Fensters nach Norden.

Dieser Eiskristallteleporter ist mit dem Rabennest in Bereich **Q17** verbunden. Er kann mittels der Befehlsworte „Bekomm' Flügel, steig auf in die Lüfte, bis ich riech' die Himmelsdüfte" oder Hestrig Orlows Schlüssel (siehe Bereich **Q12**) aktiviert werden.

Q16. Hestrigs Schlafraum

Ein Bett, Schreibpult, Schubkastenschrank und eine Truhe möblieren diesen kleinen Schlafraum. Gegenüber der Tür hängt ein großer Spiegel. Durch zwei Fenster kann man in den Hof hinab blicken.

Dieser Raum dient der Kommandantin der Wachen des Fahlen Turmes, Hestrig Orlow (siehe Bereich **Q12**), als Schlafkammer. Hestrig ist eine Eigenbrödlerin, wenn sie nicht gerade damit beschäftigt ist ihre Untergebenen zu züchtigen, da sie den Schwarzen Reiter immer noch nicht gefunden haben. In ruhigen Momenten übt sie sich hier in der Zauberkunst.

Schätze: Hestrig hortet ihre Ersparnisse und andere abgepresste Tribute in einer Truhe neben ihrem Bett – vielleicht ist dies ein Ausdruck ihres drakonischen Erbes, vielleicht ist sie aber auch einfach von Natur aus gierig. Die Truhe ist stets verschlossen (Mechanismus ausschalten SG 25, Hestrig hat den einzigen Schlüssel). In der Truhe lagern ein *Elixier der Wahrheit*, drei *Tränke: Federfall*, ein Paar silberner Armschienen mit Drachenmotiven (Wert 250 GM), ein juwelengeschmücktes Zepter (Wert 175 GM), ein Achat (Wert 50 GM) und drei blaue Quarzkristalle (Wert je 100 GM), sowie 256 GM, 473 SM und 894 KM.

Q17. Rabennest (HG 4)

In diesem halbmondförmigen Raum riecht es stark nach Vogelkot. Zwischen drei Holzpfosten ist Stahldraht so gespannt, dass er ein Dreieck bildet. An der Südwand erlauben offene Fenster einen schwindelerregenden Blick aus der Höhe und lassen scharfen, kalten Wind herein. Neben einem großen Spiegel im Westen führt eine Tür hinaus. Eine weitere Tür befindet sich zwischen zwei Holzkisten im Nordosten.

Die Hexen von Irrisen besitzen eine starke Affinität zu Raben. Diese nehmen sie oft als Vertraute an oder nutzen sie als Boten und Diener. Auch Nazhena unterhält ein Nest für einen Rabenschwarm. Die Decke ist 9 m hoch, das Nest liegt in 18 m Höhe über dem Boden. Man kann ihn nur fliegend oder über den Eiskristallteleporter in Bereich **Q15** erreichen, der die Besucher in die Nische in der Nordwand bringt. Um wieder zurückzureisen, sind Hestrig Orlows Schlüssel (siehe Bereich **Q12**) oder folgende Befehlsworte nötig: „Zurück nach unten, in das Zimmer, weg aus diesem Vogelzwinger".

Kreaturen: Eine junge Sylphenklerikerin namens Jairess Sonn kümmert sich um die Raben des Turmes, die Nazhana und Radosek voller Stolz als Spione dienen. Jairess kann dank ihres Glaubens an Gozreh mit den Raben sprechen und sie beim Ausspähen der Umgebung anweisen. Sie übersetzt deren Berichte, um Radosek zu informieren, und macht ihn auf unerwünschte Besucher in Nazhenas Reich aufmerksam. Jairess ist ein Neuzugang im Fahlen Turm; ihr exotisches Wesen und ihre Schönheit haben die Aufmerksamkeit mehrerer Wachen erweckt und auch Radosek gelüstet nach ihr. Letzterer hat ihr sogar einen besonderen Schlüssel angefertigt, damit sie die oberen Bereiche des Turmes betreten kann, wenn sie möchte. Bisher hat Jairess von dieser Möglichkeit keinen Gebrauch gemacht, trägt den Schlüssel für den Eiskristallteleporter in Bereich **Q13** aber bei sich. Sollten Fremde in das Rabennest eindringen, befiehlt sie den Raben, diese als Schwarm anzugreifen.

JAIRESS SONN — HG 2
EP 600
Sylphenklerikerin Gozrehs 3 (*MHB II, S. 242*)
CN Mittelgroße Externare (Einheimische)
INI +2; **Sinne** Dunkelsicht 18 m; Wahrnehmung +3

VERTEIDIGUNG
RK 15, Berührung 12, auf dem falschen Fuß 13 (+2 GE, +2 Rüstung, +1 Schild)
TP 20 (3W8+3)
REF +3, **WIL** +5, **ZÄH** +3
Resistenzen Elektrizität 5

ANGRIFF
Bewegungsrate 9 m
Nahkampf Kurzspeer [Meisterarbeit] +3 (1W6–1) oder Dolch +1 (1W4–1/19–20)
Fernkampf Kurzspeer [Meisterarbeit] +6 (1W6–1)
Besondere Angriffe Positive Energie fokussieren 5/Tag (SG 13, 2W6)
Zauberähnliche Fähigkeiten (ZS 3; Konzentration +5)
1/Tag — *Federfall*
Zauberähnliche Domänenfähigkeiten (ZS 3; Konzentration +5)
5/Tag — *Blitzbogen* (1W6+1 Elektrizität)
Beliebig oft — *Mit Tieren sprechen* (6 Runden/Tag)
Vorbereitete Klerikerzauber (ZS 3; Konzentration +5)
2. — *Geräuschexplosion* (SG 14), *Person festhalten* (SG 14), *Windwand*[D]
1. — *Elementen trotzen*, *Göttliche Gunst*, *Unheil* (SG 13), *Verhüllender Nebel*[D]
0. (beliebig oft) — *Göttliche Führung*, *Magie entdecken*, *Tugend*, *Resistenz*
[D] Domänenzauber; **Domänen** Luft, Tiere

TAKTIK
Vor dem Kampf Im Gegensatz zu vielen anderen Bewohnern des Fahlen Turmes, ist die Kälte kein Verbündeter von Jairess. Daher wirkt sie jeden Tag *Elementen trotzen* auf sich selbst.
Im Kampf Jairess befiehlt ihren Raben in der ersten Kampfrunde, Gegner zu umschwärmen, während sie selbst ihren *Trank: Fliegen* zu sich nimmt (dies erhöht ihren Bonus auf Fertigkeitswürfe für Fliegen auf +9) und sich in die Luft erhebt. Als nächstes wirkt sie *Windwand*, um sich gegen Fernkampfangriffe zu verteidigen, gefolgt von *Person festhalten* und *Geräuschexplosion*, um

zu verhindern, dass Gegner dem Rabenschwarm aus dem Weg gehen. Sollte Jairess selbst kämpfen müssen, wirkt sie von ihrer Schriftrolle *Zurückkehrende Waffe*[ABR II] auf ihren Kurzspeer. Sollten sie oder die Raben schwer verletzt werden, wirkt sie *Verhüllender Nebel* und nutzt Positive Energie fokussieren in Verbindung mit dem Talent Gezieltes Fokussieren.

Moral Sobald Jairess ihre offensiven Zauber und heilenden Kräfte verbraucht hat, ergibt sie sich und ruft überlebende Vögel zu sich. Sollte der Rabenschwarm jedoch ausgelöscht worden sein, rächt Jairess die Vögel, indem sie bis zum Tod kämpft.

Spielwerte
ST 8, **GE** 15, **KO** 10, **IN** 12, **WE** 15, **CH** 14
GAB +2; **KMB** +1; **KMV** 13
Talente Gezieltes Fokussieren, Waffenfokus(-Kurzspeer)
Fertigkeiten Akrobatik +3, Diplomatie +6, Fliegen +3, Motiv erkennen +6, Wahrnehmung +3, Wissen (Natur) +5, Wissen (Religion) +5
Sprachen Aural, Gemeinsprache, Skald
Besondere Eigenschaft Elementare Affinität (Luft)
Kampfausrüstung *Trank: Fliegen, Schriftrolle: Zurückkehrende Waffe*[ABR II]; **Sonstige Ausrüstung** Lederrüstung, Leichter Holzschild, Dolch, Kurzspeer [Meisterarbeit], Teleporterschlüssel (für Bereich **Q13**), hölzernes Heiliges Symbol Gozrehs, Silberkette mit sternförmigen Eisdiamantenanhänger (Wert 500 GM), 84 GM

RABENSCHWARM	HG 3

EP 800
TP 30 (siehe Seite 37)

TAKTIK
Im Kampf Die Raben befolgen Jairess' Instruktionen, beschützen sie mit ihren umherschwärmenden Körpern und bewegen sich sogar mit ihr, ohne sie zu gefährden.
Moral Die Raben kämpfen nur so lange, wie Jairess sie dazu anleitet. Sollte sie getötet werden, löst sich der Schwarm auf.

Q18. Jairess' Schlafzimmer

Zwei Bücherregale, eine Truhe und ein bequem wirkendes Bett mit einem Berg dicker Decken möblieren diese Schlafkammer. Ein Mobile aus geschnitzten Eiskristallen in Vogelform hängt von der Decke und glitzert im Licht, das durch reifbedeckte Fenster hereinfällt.

Jairess Sonn hat diesen Raum für sich beansprucht, als sie als Krähenmeisterin in den Turm gezogen ist. Das Mobile ist ein Geschenk von Radosek, um ihre Zuneigung zu erlangen. Jairess weiß diese Geste zwar zu schätzen, behält es aber eigentlich nur zum Schmuck und um ihn nicht zu verärgern.

Q19. Lagerraum

Dutzende aufeinandergestapelter Kisten füllen diesen Lagerraum. Auf hohen Regalbrettern stehen mehrere Miniaturpuppenhäuser.

JAIRESS SONN

DIE WINTERKÖNIGIN

Jairess Sonn lagert in diesem Raum Korn als Futter für die Raben in Bereich **Q17**. Die winterberührten Dornenfeen und Feengeister des Fahlen Turmes leben in den Puppenhäusern auf den Regalen. Die Dornenfeen Jir und Lask (siehe Bereich **Q8**) nutzen ihre Fähigkeit *Mit Tieren sprechen* zuweilen, um Jairess beim Instruieren des Krähenschwarms zu helfen.

Schätze: Jir und Lask haben viele teure Schmuckstücken beiseite geschafft, die sie im Laufe der Jahre Gästen des Fahlen Turmes gestohlen haben. In den Puppenhäusern kann man einen juwelenbesetzten *Silberdolch +1* finden, dessen Knauf dem Kopf eines blauäugigen Winterwolfes ähnelt, eine Jadearmreifen in Form eines tianischen Herrscherdrachen (Wert 175 GM), zwei Porzellanpuppen (Wert je 40 GM), ein saphirgeschmücktes Silbermedaillon (Wert 300 GM), einen goldenen Siegelring mit dem Siegel der Jadwiga Taschanna aus der Zeit des Hexenkrieges vor 500 Jahren (Wert 250 GM) sowie drei blaue Quarzkristalle (Wert je 100 GM).

Q20. Ritualkammer (HG 5)

In der Luft hängt ein durchscheinendes Abbild einer langsam rotierenden Weltkugel über einem Beschwörungskreis im blau gefliesten Boden dieser großen Kammer. Auf der Oberfläche des Globus leuchten arkane Kraftlinien, die energiegeladen vor sich hinsummen. Sie verbinden mehrere Punkte mit einem hellen Leuchten, das ausreicht, die Kuppeldecke darüber zu erhellen. Viele Tische und Regale voller Bücher, Karten und großer Schriftrollen ziehen sich an den Wänden der runden Kammer entlang. Zwischen zwei offenen Fenstern im Westen hängt ein großer, verzierter Spiegel. Zwei identische Eisskulpturen dämonischer Scheusale flankieren einen blubbernden Kessel in einem Durchgang, der zu einer tiefen Nische in der Südwand führt.

Die Kuppeldecke der Kammer ist 9 m hoch. Dieses Stockwerk liegt gut 30 m über dem Boden. In dieser Kammer vollführen Nazhena und ihr Lehrling Radosek ihre mächtigste Magie – sie beschwören Elementare und infernalische Verbündete, während sie umfangreiche Rituale durchführen, um das Böse Königin Elvannas über Irrisen und darüber hinaus zu verbreiten. Der sich drehende Globus stellt Golarion dar. Die Ley-Linien auf der Oberfläche sind physikalische Manifestationen der arkanen Hexenkraft, die Irrisens ewigen Winter durch diverse Portale in andere Bereiche der Welt übertragen. Die Bücher und Karten in diesem Raum befassen sich mit dem Ritual und der Magie der Winterportale. Details zum Beenden des Rituals und zum Schließen des Winterportals nach Taldor findest du auf Seite 54.

Der Eiskristallteleporter in Bereich **Q13** bringt Reisende in die Nische in der nordöstlichen Wand. Dieser Teleporter ist mit allen anderen Teleportern im Fahlen Turm verbunden. Er hat keine eigenen Befehlsworte, sondern wird aktiviert, indem man das Ziel benennt („Eingangshalle" [Bereich **Q5**], „Speisesaal" [Bereich **Q8**], „Spiegelsaal" [Bereich **Q13**], „Gewächshaus" [Bereich **Q15**] oder „Rabennest" [Bereich **Q17**]).

Die tiefe Nische im Süden dient Nazhena und Radosek als Labor. Dort steht auch Nazhenas *Kessel der zahlreichen Verbündeten* (siehe Seite 60).

RADOSEK PAWRIL

Kreaturen: Radosek Pawril ist die einzige Person in diesem Raum. Sobald er erfährt, dass die SC in den Turm eingedrungen sind, deaktiviert er den Eiskristallteleporter und schließt sich auf diese Weise hier ein. Er hat bereits den *Kessel der zahlreichen Verbündeten* mit den nötigen Zutaten vorbereitet, um *Monster herbeizaubern* wirken zu können und ihn zu nutzen, um jeden zu überraschen, der dennoch durch den Eiskristallteleporter kommt. Radoseks Vertraute, eine Ziege namens Walstoi, wacht über die Nische mit dem Labor. Die Ziege stürmt in den Raum, um ihrem Meister zu helfen, sollten Eindringe über den Eiskristallteleporter hereinkommen.

RADOSEK PAWRIL	HG 5
EP 1.600	
TP 50 (siehe Seite 58)	

WALSTOI	HG -
TP 20 (siehe Seite 58)	

Schätze: Neben Nazhenas *Kessel der zahlreichen Verbündeten* (siehe Seite 60) befinden sich in der Labornische genug Ingredienzen und Stoffe für ein vollständiges Alchemistenlabor. In den Regalen lagern mehrere fertiggestellte alchemistische Gegenstände, darunter zwei Säureflaschen, drei

SOMMERSCHNEE

Flaschen mit Alchemistenfeuer, zwei Fingerkuppen Blitzpulver[ARK], drei Flaschen *Flüssiges Eis*[ARK], drei Rauchstäbe unterschiedlicher Farben, ein Sonnenzepter, zwei Verstrickungsbeutel, drei Donnersteine, 15 Zündhölzer in einem Silberkästchen (Wert 50 GM) und drei Anwendungen Waffenbeschichtung (Kaltes Eisen)[ARK].

Entwicklung: Sollte Radosek entkommen können, will er sich verzweifelt beweisen indem er die SC im Fahlen Turm festsetzt und den Turm zurückerobert, ehe Nazhena von seinem Versagen erfährt. Als mächtiger Hexer stellt Radosek sich im Hof des Turmes (Bereich **Q2**) zum letzten Gefecht. Er trinkt seine *Tränke: Mittelschwere Wunden heilen* und nutzt seine *Schriftrolle: Gegenstände beleben*, um die Eisstatue des Drachen im Hof zu beleben. Diese schickt er gegen die SC und befiehlt ihr, notfalls sogar die Wände des Turmes zu durchbrechen, um sie zu erreichen.

Q21. Leeres Schlafzimmer

Diesen kleinen Schlafraum hat Nazhena genutzt, ehe sie und Radosek den Fahlen Turm übernahmen. Nun nutzt sie das frühere Schlafzimmer ihrer Mutter (Bereich **Q23**). Radosek hat bisher erfolglos versucht, Jairess Sonn (siehe Seite **Q17**) zu überreden, in diesen Raum überzuwechseln. Sollte Nadja gefangen genommen und zum Fahlen Turm gebracht worden sein, wird sie hier festgehalten, bis Radosek sich entschieden hat, was mit ihr geschehen soll.

Q22. Radoseks Schlafzimmer

Ein großes Bett, ein Lesepult, ein gepolsterter Stuhl, ein Bücherregal und eine Truhe dienen in diesem langgestreckten Raum als Zimmereinrichtung. Durch zwei Fenster fällt viel Licht herein und an den Wänden hängen mehrere Gemälde mit Wintermotiven.

In diesem Raum schläft Radosek. Er ist ein Kunstliebhaber und sammelt seltene Gemälde. Die Truhe enthält weitere Naturgemälde, die Motive aller Jahreszeiten zeigen. Er hält alles, was kein Wintermotiv zeigt, versteckt, bewundert insgeheim aber die kraftvollen Farben, wenn er dazu Zeit hat.

Schätze: Die Meisterstücke in diesem Raum haben einen Gesamtwert von 500 GM.

Q23. Nazhenas Schlafzimmer

Dieses runde Schlafkammer wird fast völlig von einem großen Bett, Kleiderschrank, Lesepult und Bücherregal ausgefüllt. Neben einer Nische mit kristallinen Fliesen steht die Eisstatue einer atemberaubenden, Roben tragenden Frau mit einer Eule auf der Schulter. Im Süden hängt ein weißer Vorhang in einem Durchgang.

Nazhena hat diesen großen Schlafraum und die Möbel übernommen. Die einzige Änderung ist die lebensgroße Eisstatue ihrer selbst. Nazhena will die Statue auf dem Dorfplatz von Waldsby aufstellen und die dortige Statue ersetzen, um alle daran zu erinnern, dass sie nun die Herrin des Fahlen Turmes ist. Der Eiskristallteleporter hier in der Nische ist auf die Kristallfliesen eingestimmt, welche die Drachenskulptur im Hof des Turmes (Bereich **Q2**) umgeben. Nur Nazhena und Radosek kennen die Befehlsworte des Teleporters: „Eile, eile, fort von hier."

Q24. Schatzkammer (HG 4)

Mehrere Kisten, Urnen, Karaffen und Lagertruhen füllen diesen kleinen Raum aus. Neben dem östlichen Fenster stehen ein Schminktisch mit Spiegel und einem Stuhl. In der Mitte des Raumes steht eine Eisstatue einer hochgewachsenen, herrschaftlichen Frau.

Die Tür dieser Kammer ist verschlossen (Mechanismus ausschalten SG 30). Nazhena hat den einzigen Schlüssel, doch die Tür besteht aus Eis und kann leicht eingetreten werden (Härte 0, 9 TP, Zerschmettern SG 15).

Falle: Nazhenas Mutter hat in dieser Kammer jene Dinge und all das Wissen verwahrt, welches sie von den neugierigen Augen ihrer Schülerin fernhalten wollte. Nazhena nutzt die Schatzkammer nun zum selben Zweck – sie hat Radosek angewiesen, sich in ihrer Abwesenheit vom Raum fernzuhalten, und hat ihn sogar gegen sein Eindringen geschützt. Wie die Statue in Nazhenas Schlafraum stellt die Eisstatue Nazhena selbst dar, ist aber in Wirklichkeit eine Falle: Wenn jemand eintritt, aktiviert sich ein *Magischer Mund* auf der Statue und verkündet: „Die Uneingeladenen sollen vertrocknen und sterben wie die frostbedeckten Blüten. Du hättest niemals hierherkommen sollen – und du solltest besser verschwinden, ehe ich zurückkehre." Dann zielt eine *Glyphe der Abwehr* mit *Fluch* auf die erste Kreatur, welche die Türschwelle überschritten hat.

GLYPHE DER ABWEHR	**HG 4**
EP 1.200	
Art Magisch; **Wahrnehmung** SG 28; **Mechanismus ausschalten** SG 28	
EFFEKTE	
Auslöser Nähe (*Glyphe der Abwehr*); **Rücksetzer** Keiner	
Effekt Zaubereffekt (*Fluch*, Malus von -6 auf KO [Minimum 1], Willen SG 17, keine Wirkung)	

Schätze: Nazhena bewahrt hier ihre gesammelten Schätze auf. In den Lagerbehältern befindet sich eine beeindruckende Ansammlung arkaner Schriftrollen: eine *Schriftrolle: Dreigestalt*[EXP], eine *Schriftrolle: Gift verzögern*, eine *Schriftrolle: Irriser Spiegelsicht* (siehe Seite 73), eine *Schriftrolle: Jugendliche Erscheinung*[ABR], eine *Schriftrolle: Krankheit kurieren*, eine *Schriftrolle: Magie bannen*, zwei *Schriftrollen Mittelschwere Wunden heilen*, zwei *Schriftrollen: Sprachen verstehen* und zwei *Schriftrollen: Übelkeit bannen*[ABR]. Die Karaffen enthalten verschiedene Gebräue und Tränke, die noch nicht in Phiolen abgefüllt wurden; dabei handelt es sich um die Gegenstücke zu zwei *Tränken: Leichte Wunden heilen*, zwei *Tränken: Person vergrößern*, zwei *Tränken: Person verkleinern* und drei *Ölen: Zauber verbergen*[EXP]. Die Kisten enthalten 50 Barren reinen Silbers (je 10 Pfund Gewicht, Wert 50 GM). Eine verschlossene Kiste (Mechanismus ausschalten SG 25) enthält einen Beutel, ein kleines Eisenkästchen und eine schwere blaue Robe. Der Beutel ist ein *Nimmervoller Beutel (Typ II)*, in dem

DIE WINTERKÖNIGIN

sich 1.290 GM, 2.198 SM und 2.787 KM befinden. Die Robe ist eine *Robe der nützlichen Dinge* (mit zusätzlichen Aufnähern für einen Beutel mit 100 GM, drei Flaschen Alchemistenfeuer, eine Leiter, eine offene Grube, einen *Trank: Schwere Wunden heilen*, ein Ruderboot, zwei Kriegshunde und ein Fenster). Im Kästchen liegen zwei *Federn* (Baum und Vogel), ein *Zauberstab: Sprühende Farben* (23 Anwendungen) und ein Ring aus Weißgold mit einem großen, grünen Saphir. Dieser Ring ist magisch und kann als *Regenerationsring* identifiziert werden, ist in Wahrheit aber ein verfluchter Gegenstand: ein *Schadensring* (Ausrüstungskompendium). Nazhena hat diesen Ring hier als Falle hinterlassen, damit Diebe auch noch lange nach dem Verlassen des Fahlen Turmes mit ihren Schätzen leiden.

Das Schliessen des Winterportals

Sobald die SC Radosek und die Bewohner des Fahlen Turmes besiegt haben, können die SC sich der Frage zuwenden, wie sie das Winterportal zwischen Irrisen und Taldor schließen sollen. Leider kann dies nur von der Ritualkammer des Weißen Turmes aus erfolgen, so dass die SC auf dieser Seite des Portals stranden, sobald es sich schließt. Zum Beenden des Rituals, welches das Portal geöffnet hält, müssen zuerst die Ley-Linen auf dem projizierten Abbild Golarions im Beschwörungskreis der Ritualkammer (Bereich **Q20**) sorgfältig studiert werden. Ein SC kann mit einem Fertigkeitswurf für Wissen (Geographie) den Standort des Portals im taldanischen Grenzwald entdecken und die Verbindung zwischen dem Fahlen Turm und dem Portal in Taldor nachvollziehen. Dasselbe gelingt, indem man eine Stunde lang die Aufzeichnungen auf den Tischen in der Ritualkammer studiert.

Als nächstes muss den SC ein Fertigkeitswurf für Zauberkunde gegen SG 22 gelingen, um herauszufinden, mit welchen Hexenkünsten Nazhena die Magie des Portals antreibt; Hexen erhalten einen Situationsbonus von +2 auf diesen Wurf, Hexen mit dem Archetypen der Winterhexe sogar einen Situationsbonus von +4. Weiteres Studium der Bücher und anderer Hilfsmittel in der Ritualkammer gewährt ebenfalls einen Situationsbonus von +2 auf den Wurf. Ebenso können die SC die Aktion Jemand-anderem-helfen nutzen, um ihre Anstrengungen zu bündeln. Sollte der Fertigkeitswurf scheitern, müssen sie eine Stunde lang das Referenzmaterial in der Ritualkammer sichten, ehe sie einen neuen Wurf wagen können. Während dieser Zeit können sie von Wachen des Fahlen Turmes,

SOMMERSCHNEE

zu Besuch kommenden, winterberührten Feenwesen oder auch Radosek (sofern er entkommen konnte) gestört werden.

Sobald die SC das Winterritual komplett verstehen, können sie versuchen, das Portal zu schließen. Hierzu müssen sie einen Beschwörungszauber wirken und einen Konzentrationswurf gegen SG 15 ablegen. Alternativ kann ein SC das Portal mittels einem Fertigkeitswurf für Magischen Gegenstand benutzen gegen SG 20 schließen. Sollte der Wurf scheitern, kann er wiederholt werden, allerdings ist dann jeweils eine weitere Stunde ungestörter Arbeit erforderlich.

Bei Erfolg werden die arkanen Bande zwischen Irrisen und Taldor durchtrennt. Das Portal im Grenzwald verschwindet ebenso wie sein Gegenstück im Reifswaldforst. Die übrigen, über ganz Golarion verteilten Portale sind aber nicht betroffen und lassen sich vom Fahlen Turm aus nicht beeinflussen, egal was die SC tun. – Sie müssen dazu Baba Jaga finden und sich Königin Elvanna stellen.

Belohnung: Wenn die SC erfolgreich das Winterportal nach Taldor geschlossen haben, belohne sie mit 1.200 EP.

ABSCHLUSS DES ABENTEUERS

Sobald die SC das Winterportal geschlossen haben, endet die unmittelbare Bedrohung für Heldren und Taldor. Sie können nach Waldsby zurückkehren oder im Fahlen Turm bleiben und sich ausruhen. Nazhena Wasilliowna lauert als künftiger Gegner auf die SC und wird irgendwann zu ihrem Turm zurückkehren. Außerdem werden die SC von der Pflicht des Schwarzen Reiters getrieben, nach Weißthron zu reisen, wo Baba Jagas *Tanzende Hütte* in Ketten liegt. Nadja erklärt sich bereit, die SC zur Hauptstadt von Irrisen zu führen, wo sie sich letztendlich der wahren Herrin des Fahlen Turmes stellen müssen, der Weißen Hexe Nazhena. Nazhena ist erzürnt über die Taten der SC im Fahlen Turm. Dies bekommen die SC zu spüren, sobald sie im nächsten Teil des Abenteuerpfades „Die Winterkönigin" auf sie treffen – *Baba Jagas Hütte* wartet auf die Helden!

DIE WINTERKÖNIGIN

NADJA PETSKA

Nadja Petska ist eine junge, verwitwete Mutter dreier Kinder. Sie ist rebellisch und kennt sich hervorragend in der Wildnis aus. Nadja bemüht sich darum, allgemein benötigte Nahrungsmittel und wichtige Versorgungsgüter nach Waldsby zu bringen, während sie zugleich ihren Hass auf die Weißen Hexen von Irrisen nährt.

NADJA PETSKA — HG 2
EP 600
Ulfenwaldläuferin 3
CG Mittelgroße Humanoide (Mensch)
INI +2; **Sinne** Wahrnehmung +5

VERTEIDIGUNG
RK 15, Berührung 12, auf dem falschen Fuß 13 (+2 GE, +3 Rüstung)
TP 24 (3W10+3)
REF +5, **WIL** +0, **ZÄH** +4

ANGRIFF
Bewegungsrate 9 m
Nahkampf Beil +3 (1W6+1/x3) und Leichter Streithammer +3 (1W4+1/x4) oder Beil +5 (1W6+1/x3) oder Leichter Streithammer +5 (1W4+1/x4)
Fernkampf Kompositbogen (lang) +5 (1W8+1/x3)
Besondere Angriffe Erzfeind (Tiere +2)

TAKTIK
Im Kampf Nadja versucht, Gegner auf Distanz zu halten. Sie schießt mit ihrem Bogen auf Feinde, ehe diese ihr näher kommen können. Gegen gefährlichere Gegner, besonders solche die an Kälte angepasst sind, nutzt sie Alchemistenfeuer.
Moral Nadja kämpft mit voller Überzeugung, erkennt aber, wenn sie deutlich unterlegen ist und ergibt sich falls nötig. Unerbittlich Böses jedoch bekämpft sie bis zum Tod.

SPIELWERTE
ST 12, **GE** 15, **KO** 13, **IN** 12, **WE** 8, **CH** 14
GAB +3; **KMB** +4; **KMV** 16
Talente Ausdauer, Fertigkeitsfokus (Überlebenskunst), Kampf mit zwei Waffen, Kernschuss, Waffenfinesse
Fertigkeiten Akrobatik +5, Heilkunde +5, Heimlichkeit +8, Klettern +5, Mit Tieren umgehen +6, Reiten +6, Überlebenskunst +8, Wahrnehmung +5, Wissen (Geographie) +7, Wissen (Lokales) +4, Wissen (Natur) +7
Sprachen Gemeinsprache, Skald
Besondere Eigenschaften Bevorzugtes Gelände (Kälte+2), Spurenlesen +1, Tierempathie +5
Kampfausrüstung *Trank: Mittelschwere Wunden heilen*, Alchemistenfeuer (2x); **Sonstige Ausrüstung** Beschlagene Lederrüstung [Meisterarbeit], Kompositbogen (lang, +1 ST) mit 20 Pfeilen, Dolch, Beil, Leichter Streithammer, *Schneeschuhe der Verfolgung* (siehe Seite 61), Rucksack, Schlafsack, Kleidung für kaltes Wetter, Feuerstein und Stahl, Blendlaterne, Öl (2x), Rationen (10 Tage), Zündhölzer (3x), Reisekleidung, Wasserschlauch, Winterdecke, 36 GM, 27 SM, 41 KM

Mit nur 26 Jahren hat Nadja Petska bereits genug Tragödien und Nöte für ein ganzes Leben erfahren. Vor zwei Jahren starb ihr Gatte Hjalnek durch die Hand eines gierigen Eistrolls im Reifswaldforst. Seitdem hegt sie einen tiefen Groll gegen die Weißen Hexen und ihre monströsen Verbündeten und bemüht sich, allein für ihre drei Kinder zu sorgen, die siebenjährige Thora und die fünf Jahre alten Zwillinge Orm und Mjoli. Diese Aufgabe ist umso schwieriger, da sie allein für den Unterhalt ihrer Familie sorgt und sich so auf Freunde verlassen muss, welche sich während ihrer Reisen um die Kinder kümmern. Nach dem Tod ihres Mannes übernahm Nadja dessen Beruf als Lebensmittelhändler und Zulieferer für den östlichen Teil des Reifswaldes, darunter auch ihr Heimatdorf Waldsby. Hjalnek hatte ihr vieles zum Überleben und Reisen in der Wildnis beigebracht, so dass sie an seiner Statt weitermachen konnte, trotz der Herausforderungen, die sich ihr stellen. Als Folge sind viele Bewohner des Reifswaldes von ihr abhängig, darunter der örtliche Jadwiga-Adel, der mit Nadjas Lieferungen die Nahrungsmittel streckt, die er selbst aus Weißthron und von außerhalb des Landes importiert.

Vor einem guten Jahr konnte Nadja friedlichen Kontakt mit einem freundlichen Kellidenstamm im Land der Mammutherren nahe der irrisischen Grenze aufnehmen. Mit diesen treibt sie nun Handel mit diversen Gütern: Getreide, rohes Fleisch, Nutzvieh, Lederwaren und Felle. Mit ihrem Hundeschlitten ist sie oft wochenlang durch den Wald und der Tundra östlich des Reifswalds unterwegs, um mit den Kelliden zu handeln und die Lagerhäuser der Dörfer aufzufüllen. Ihr Mut und die unschätzbaren Dienste, die sie leistet, sorgen dafür, dass man in Waldsby auf ihr Wort vertraut.

Leider ist es ihr noch nicht gelungen, an Einfluß bei der Weißen Hexe Nazhena Wasiliowna zu gewinnen, welche die Region von ihrem Fahlen Turm aus beherrscht. Neben Waldsby versorgt Nadja auch den Fahlen Turm mit Lebensmitteln, allerdings beschlagnahmen die Wachen der Hexe ihre Lieferungen lieber, als dafür zu bezahlen. Andererseits belästigen die Soldaten die Dorfbewohner Waldsbys im Gegenzug dafür weniger, wenn sie einmal das Dorf aufsuchen. Obwohl Nadja Nazhenas Glauben, alles gehöre ihr, verabscheut, betrachtet sie das Ganze mittlerweile als notwendige "Lebensmittelsteuer", welche ihr die Freiheit verschafft, sich um das Wohlergehen ihrer Familie und Freunde zu kümmern.

Zudem ist eine weitere Tragödie über Nadja hereingebrochen: Während sie unterwegs war, besuchten Nazhena und ihre Wachen Waldsby. Dabei beleidigte Nadjas Tochter Thora die Weiße Hexe unabsichtlich, weshalb diese Thora in den Fahlen Turm verschleppte, um sie zu bestrafen. Als Nadja

NSC GALERIE

zurückkehrte und von der Gefangennahme ihrer Tochter erfuhr, eilte sie zum Turm, um Thoras Freilassung zu erbitten. Nazhena knüpfte die Freilassung des Mädchens an die Bedingung, dass Nadja ihr eine Nahrungslieferung brachte, welche größer ausfallen sollte, als jemals zuvor – mit diesen Gütern will die Weiße Hexe ihre Truppen auf der anderen Seite des Winterportals versorgen. Nadja beeilte sich, der Forderung nachzukommen. Sie tauschte fast ihren gesamten Besitz bei den Kelliden gegen Nahrung ein, um Nazhenas Bedingungen zu erfüllen. Die SC begegnen Nadja auf dem Rückweg zum Fahlen Turm. Sie weiß nicht, dass ihr Unterfangen nutzlos ist: Nazhena hat Thora bereits ermordet und ihre Seele benutzt, um eine Wachpuppe zu erschaffen, die Irrisens neue Grenze auf der anderen Seite des Portals beobachtet (siehe Seite 26).

Nadja ist nur 1,65 m groß. Sie trägt ihr leuchtend rotes Haar zu drei Zöpfen geflochten – zwei kurze Zöpfe umrahmen ihr blasses Gesicht, während der dritte im Nacken herabhängt. Ihre schmale Gestalt verbirgt die innere Stärke, mit der sie ihren Langbogen spannt und sich den harschen Wetterbedingungen Irrisens stellt. In der Regel kleidet sie sich in fell- und pelzbesetztes weiches Leder, um die Kälte fernzuhalten. Auf Reisen legt sie ihre Rüstung an und einen weißen Mantel mit passender Mütze, um im Schnee weniger aufzufallen. Ihr Köcher ist stets voll und sie führt ein Beil und einen Streithammer mit sich, um sich gegen die vielen Gefahren der Wildnis verteidigen zu können.

Rolle in der Kampagne

Nadja spielt in "Sommerschnee" und im Folgeabenteuer eine wichtige Rolle: Sie unterstützt die Aktivitäten der SC in Irrisen mehr als jeder andere und ist zugleich die fähigste Helferin, auf die die SC zurückgreifen können. Ihr Hass auf die Weißen Hexen und ihre Kenntnisse im Umgang mit ausländischen Händlern machen sie zu einer idealen Verbündeten. Ebenso dürften ihre Erfahrungen hinsichtlich der Kälte, des Wetters und der Überlandreisestrecken in Irrisen äußerst wertvoll sein, wenn die SC den Norden bereisen. Da Nadja nun Ehemann und Tochter durch die Schandtaten der Weiße Hexe Nazhena Wasiliowna und ihrer Diener verloren hat, hegt sie besonderen Groll gegen die Jadwiga Elvanna.

In diesem Abenteuer können die SC Nadjas Dankbarkeit und wachsende Bewunderung gewinnen. Sie bietet ihnen Unterschlupf in ihrem Heimatdorf Waldsby, während sie sich an die harten, winterlichen Bedingungen vor Ort gewöhnen. Zudem gibt ihnen der Domowoi Luk, welcher einst im Fahlen Turm gedient hat (siehe Seite 39) eine einzigartige Gelegenheit, in den Turm einzudringen und die für das Winterportal Verantwortlichen zu stellen. Und sie können Nadja über den Verlust ihrer Tochter hinweghelfen, indem sie ihr von der Wachpuppe berichten, der sie im Grenzwald begegnet sind (siehe Seite 38).

Im nächsten Teil der Kampagne, *Baba Jagas Hütte*, wird Nadja die SC nach Weißthron führen und dort den Kontakt mit einem Verwandten herstellen, der den SC in der Hauptstadt weiterhilft.

Die entschlossene Witwe könnte sich aber auch unerwartet in einen gutherzigen SC verlieben, der sich um sie und ihre übrigen Kinder kümmert. Sie könnte auch zu einem Gefolgsmann werden oder die SC während der restlichen Kampagne begleiten, sobald diese die *Tanzende Hütte der Baba Jaga* gefunden haben.

DIE WINTERKÖNIGIN

RADOSEK PAWRIL

Der als Kind aus Taldor entführte Radosek Pawril hat sich als ein Anwender der irriser Winterhexenkunst profiliert. Er dient der Weißen Hexe Nazhena Wasilliowna als Lehrling und Haushofmeister des Fahlen Turmes.

Radosek Pawril — HG 5
EP 1.600
Taldanischer Hexer (Frosthexe) 5 (EXP, Spielerleitfaden „Die Winterkönigin")
NB Mittelgroßer Humanoider (Mensch)
INI +2; **Sinne** Wahrnehmung +3

Verteidigung
RK 18, Berührung 13, auf dem falschen Fuß 16 (+1 Ablenkung, +2 GE, +1 natürlich, +4 Rüstung)
TP 50 (5W6+30)
REF +4, **WIL** +8, **ZÄH** +4
Resistenzen Kälte 5

ANGRIFF
Bewegungsrate 9 m
Nahkampf Eiszapfenstab +3 (1W4/19–20 plus 1 Kälteschaden)
Besondere Angriffe Hexereien (Hexenflug [*Federfall* beliebig oft, *Schweben* 1/Tag, *Fliegen* 5 Minuten/Tag], Steifgefrorener Kadaver[AMG]), Eismagie[AMG]
Zauberähnliche Fähigkeiten (ZS 5; Konzentration +8)
Immer — *Elementen trotzen* (nur Kälte)
Vorbereitete Hexenzauber (ZS 5; Konzentration +8)
3. —*Irriser Spiegelsicht**, *Monster herbeizaubern III*
2. — *Blindheit/Taubheit verursachen* (SG 15), *Falsches Leben*, *Schneeballhagel** (SG 16)
1. — *Erfrierung*[ABR], *Kalte Hand* (SG 14), *Magierrüstung*, *Schlechtes Vorzeichen*[EXP]
0. (beliebig oft) — *Benommenheit* (SG 13), *Erschöpfende Berührung* (SG 13), *Kältestrahl*, *Magie entdecken*
Schirmherr Winter[ABR]
* Siehe Seite 73.

TAKTIK
Vor dem Kampf Radosek wirkt vor einem Kampf stets *Falsches Leben* und *Magierrüstung*.
Im Kampf Radosek wirkt in der ersten Kampfrunde *Monster herbeizaubern III* unter Nutzung seines *Kessels der zahlreichen Verbündeten* in Bereich **Q20**, um 2W3 Kleine Eiselementare herbeizuzaubern, die ihn umgeben und beschützen sollen. Dann setzt er seine Hexerei Hexenflug ein, um sich über das Getümmel zu erheben. Mit seinem *Eiszapfenstab* wirkt er *Eisspeere* oder er wirkt *Blindheit/Taubheit verursachen* auf einen Fernkämpfer, der ihn angreift. Im Anschluss nutzt er seine Berührungszauber; er wendet eine Schnelle Aktion auf, um sie mit der Hexerei Steifgefrorener Kadaver aufzuladen, und überbringt sie entweder selbst oder mittels seines Vertrauten, Walstoi.
Moral: Sollte Radosek unter 16 TP reduziert werden, flieht er entweder mittels Hexenflug aus dem Fenster oder nach Bereich **Q23**,

um dort den Eiskristallteleporter zu nutzen. In beiden Fällen zieht er sich in den Innenhof (Bereich **Q2**) zurück, um die übrigen Verteidiger des Turmes zu sammeln (siehe Entwicklung auf Seite 45). Im Anschluss kämpft er bis zum Tod.

SPIELWERTE
ST 10, **GE** 14, **KO** 14, **IN** 17, **WE** 12, **CH** 8
GAB +2; **KMB** +2; **KMV** 15
Talente Abhärtung, Eiserner Wille, Magische Waffen und Rüstungen herstellen, Wachsamkeit[B], Zauberstab herstellen

FERTIGKEITEN
Einschüchtern +7, Fliegen +8, Handwerk (Alchemie) +1, Magischen Gegenstand benutzen 6, Motiv erkennen +3, Schwimmen +4, Überlebenskunst +4, Wahrnehmung +3, Wissen (Adel) +5, Wissen (Arkanes) +10, Wissen (Die Ebenen) +7, Wissen (Lokales) +5, Wissen (Natur) +7, Zauberkunde +10
Sprachen Gemeinsprache, Riesisch, Skald, Sylvanisch
Besondere Eigenschaften Außergewöhnliche Ausrüstung, Eiskalte Haut[AMAG], Hexenvertrauter (Ziege namens Walstoi)
Kampfausrüstung *Eiszapfenstab* (42 Ladungen, siehe Seite 60), *Trank: Mittelschwere Wunden heilen* (2x), *Schriftrolle: Gegenstände beleben*; **Sonstige Ausrüstung** *Amulett der natürlichen Rüstung +1*, *Resistenzumhang +1*, *Schutzring +1*, Beutel für Materialkomponenten

BESONDERE FÄHIGKEITEN
Außergewöhnliche Ausrüstung (AF) Als Nazhena Wasilliownas Lehrling hat Radosek Zugriff auf alle Ressourcen des Fahlen Turmes. Dies verleiht ihm Reichtum wie einem SC seiner Charakterstufe und erhöht seinen HG um +1.

Walstoi — HG —
Ziegenvertraute (MHB III, S. 279)
N Kleine magische Bestie (Verbessertes Tier)
INI +1; **Sinne** Dämmersicht; Wahrnehmung +0

VERTEIDIGUNG
RK 16, Berührung 12, auf dem falschen Fuß 15 (+1 GE, +1 Größe, +4 natürlich)
TP 20 (5 TW)
REF +3, **WIL** +4, **ZÄH** +3
Verteidigungsfähigkeiten Verbessertes Entrinnen

ANGRIFF
Bewegungsrate 9 m
Nahkampf Durchbohren +4 (1W4+1)
Besondere Angriffe Berührungsangriffe übermitteln

SPIELWERTE
ST 12, **GE** 13, **KO** 12, **IN** 8, **WE** 11, **CH** 5
GAB +2; **KMB** +2; **KMV** 13 (17 gegen Zu-Fall-bringen)

NSC GALERIE

Talente Behände Bewegung
Fertigkeiten Akrobatik +1 (Springen +5), Einschüchtern +2, Fliegen +9, Handwerk (Alchemie) +3, Klettern +5, Magischen Gegenstand benutzen +1, Überlebenskunst +0 (Nahrung finden +4), Wissen (Adel) +1, Wissen (Arkanes) +3, Wissen (Die Ebenen) +0, Wissen (Lokales) +1, Wissen (Natur) +0, Zauberkunde +3
Besondere Eigenschaften Empathische Verbindung, Mit Meister sprechen, Wachsamkeit, Zauber speichern, Zauber teilen

BESONDERE FÄHIGKEITEN

Gespeicherte Zauber Alle Zaubertricks und vorbereiteten Zauber plus.

1. — *Eisdolch*[ABR], *Furcht auslösen*, *Leichte Wunden heilen*, *Monster herbeizaubern I*, *Person bezaubern*, *Schlaf*, *Schüttelfrost*[ABR]
2. — *Energien widerstehen* (nur Kälte), *Erschrecken*, *Mittelschwere Wunden heilen*
3. — *Eisspeere*[AMAG], *Fluch*

Im Gegensatz zu den meisten Winterhexen in Irrisen ist Radosek Pawril kein Blutsverwandter der von Baba Jaga abstammenden Jadwiga. Mit vier Jahren wurde er seiner Familie von einer irriser Weißen Hexe in Taldor geraubt und auf magische Weise in den eisigen Norden gebracht. Er war die Bezahlung für einen Dienst, die diese seinem mittlerweile verstorbenen Vater geleistet hatte – einem närrischen taldanischen Adeligen, dessen Ambitionen in Oppara in blutiger Schande endeten, trotz seines Paktes mit der Weißen Hexe.

Eigentlich wollte die Weiße Hexe Radosek in einem dämonischen Ritual opfern, welches nach einer unschuldigen Seele verlangte, doch ihre Tochter, ein junges Mädchen namens Nazhena Wassiliowna, entdeckte seine magische Begabung und flehte sie an, sein Leben zu verschonen. In der Folge unterwies und trainierte Nazhena den Jungen in der Tradition der Winterhexen. Er wurde schließlich zu ihrem Schüler und Liebhaber. Mit seiner Hilfe verdrängte Nazhena ihre Mutter und beanspruchte den Fahlen Turm für sich selbst.

Radosek ist Nazhena gegenüber brennend loyal (zumindest gegenwärtig) und ist dabei, seinen eigenen Ruf aufzubauen. Nazhena bewundert insgeheim seine Entschlossenheit und sein Können, auch da sie es sich zu Nutzen macht, indem sie seine Erfolge für sich beansprucht und ihre Fehlschläge ihrem „missratenem taldanischen Lehrling" in die Schuhe schiebt. Allerdings macht sie sich immer mehr Sorgen darüber, dass Königin Elvanna ihre misslungenen Versuche, den Schwarzen Reiter zu fangen und zu töten, missgünstig betrachtet. Radosek spürt ihre Unsicherheit und will nun selbst diese Aufgabe vollenden, während Nazhena in Weißthron Rechenschaft ablegt. Bisher hat er die Diener des Fahlen Turmes beauftragt, ihre Anstrengungen zu verdoppeln, und hofft, Nazhena alsbald eine Erfolgsnachricht überbringen zu können.

ROLLE IN DER KAMPAGNE

Radosek ist der Hauptbösewicht in *Sommerschnee*. Er befehligt in Nazhena Wasilliownas Abwesenheit den Fahlen Turm. Zwar soll er nur das Winterportal nach Taldor erhalten, hofft aber, den Schwarzen Reiter einfangen zu können und sich so dem Vertrauen und Lob seiner Herrin als würdig zu erweisen. Diese Motivation lässt ihn wachsam das Portal im Auge behalten. Mittels Spiegeln spioniert er in Taldor und Irrisen den SC nach, um mehr über diese und ihre Ziele zu erfahren. Auf diese Weise könnte es vor dem Endkampf zu einer Interaktion zwischen den SC und Radosek kommen. Und wenn die SC Radosek besiegen und das Portal nach Taldor schließen können, können sie seinen Aufzeichnungen entnehmen, dass noch eine größere Bedrohung auf sie wartet: Nazhena wird kaum hinnehmen, dass sie ihren Turm gestürmt und ihren Schüler getötet haben – und obendrein noch eine Gefahr für Königin Elvannas Pläne für Golarion darstellen!

DIE WINTERKÖNIGIN

SCHÄTZE DER WINTERKÖNIGIN

Die folgenden, einzigartigen Schätze können im Rahmen von "Sommerschnee" gefunden werden:

DIENERSPIEGEL		PREIS 1.800 GM	
AUSRÜSTUNGSPLATZ Keiner	ZS 5	GEWICHT ½ Pfd.	
AURA Schwache Bann- und Erkenntnismagie			

Dieser kleine, verzierte Spiegel ist in einem verschließbaren Behälter angebracht, z.B. einer Brosche, einer kleinen Schmuckschatulle oder auch nur einer Ledertasche. Um einen *Dienerspiegel* zu benutzen, muss der Eigentümer im Rahmen eines einstündigen Rituals in den Spiegel starren und ihn so auf sich einstimmen. Im Anschluss kann er ihn an eine andere Kreatur weitergeben. Diese Kreatur kann fortan den Spiegel benutzen, um im Notfall mit dem Eigentümer des Spiegels zu kommunizieren. Der Besitzer des Spiegels kann diesen bis zu drei Mal am Tag öffnen, um den darauf eingestimmten Eigentümer zu alarmieren. Dies funktioniert wie ein mentaler Alarm mit einer Reichweite von 150 km. Die Weißen Hexen von Irrisen übergeben oft *Dienerspiegel* an ihre treuen Gefolgsleute und monströsen Verbündeten, so dass diese die Hexen alarmieren können, wenn sie wichtige Neuigkeiten haben. Eine so alarmierte, auf den Spiegel eingestimmte Hexe kann dann Unterstützung aussenden oder den Zauber *Irriser Spiegelsicht* nutzen, um durch den Spiegel zu blicken und sich den Bericht ihres Untergebenen direkt einzuholen.

ERSCHAFFUNG
Voraussetzungen Wundersamen Gegenstand herstellen, *Irriser Spiegelsicht* (siehe Seite 73), *Zustand*
Kosten 900 GM

EISFLUSS-ELIXIER		PREIS 2.250 GM	
AUSRÜSTUNGSPLATZ Keiner	ZS 6	GEWICHT -	
AURA Durchschnittliche Verwandlung			

Dieses eiskalte Elixier ist in der Regel eine blassblaue Flüssigkeit in einer kleinen Glasphiole, die von Eis überzogen ist. Wird das Elixier getrunken, erhält der Benutzer Kälteresistenz 10 und die Fähigkeit, mit festem Eis zu verschmelzen. Dies funktioniert wie *Mit Stein verschmelzen*, ist aber auf Eis beschränkt. Diese Effekte halten 1 Stunde an.
Alternativ kann die Phiole nach dem Entkorken nicht getrunken werden. Ihr Inhalt entströmt dann als kalter, leuchtender Dunst, welcher sich um alle lebenden Kreaturen innerhalb von 9 m Entfernung legt. Diese Kreaturen erleiden einen Malus von -20 auf Fertigkeitswürfe für Heimlichkeit und können nicht von *Standort vortäuschen*, *Unsichtbarkeit* oder *Verschwimmen* oder ähnlichen Effekten profitieren, solange sie sich im betroffenen Wirkungsbereich aufhalten. Der Dunst enthüllt auch Illusionen der Unterschule der Einbildung, *Spiegelbilder* und *Projizierte Ebenbilder* und zeigt, was sich wirklich dahinter verbirgt. Der Effekt hält 5 Runden an, dann löst sich der Dunst auf. Der Effekt funktioniert nicht in einem Bereich, der bereits von Nebel oder wolkenartigen Effekten betroffen ist.

ERSCHAFFUNG
Voraussetzungen Wundersamen Gegenstand herstellen, *Energien widerstehen*, *Feenfeuer*, *Mit Stein verschmelzen*
Kosten 1.125 GM

EISZAPFENSTAB		PREIS 12.250 GM	
AUSRÜSTUNGSPLATZ Keiner	ZS 5	GEWICHT 1 Pfd.	
AURA Schwache Beschwörung (Kälte)			

Dieser zerbrechlich wirkende Stab scheint lediglich ein geschärfter, knapp 0,30 m langer Eiszapfen zu sein, ist aber so widerstandsfähig wie jeder Zauberstab. Das Eis schmilzt niemals. *Eiszapfenstäbe* sind zugleich Waffen und arkane Werkzeuge, die von den Winterhexen Irrisens häufig genutzt werden. Mittlerweile haben sie sich bis in die andoranischen, chelischen und taldanischen Berge verbreitet. Ein *Eiszapfenstab* funktioniert in erster Linie wie ein *Zauberstab*: *Eisspeere* (siehe Seite 72) und verleiht seinem Benutzer die Fähigkeit, eisiges Gelände zu erschaffen und gegen seine Feinde einzusetzen. Zudem kann er wie ein Dolch [Meisterarbeit] geführt werden, der zusätzlich 1 Punkt Kälteschaden verursacht. Ein *Eiszapfenstab* mit ZS 7 oder höher funktioniert stattdessen wie ein *Eisdolch+1*.

ERSCHAFFUNG
Voraussetzungen Magische Waffen und Rüstungen herstellen, Zauberstab herstellen, *Eisdolch*[ABR], *Eisspeere*
Kosten 6.125 GM

KESSEL DER ZAHLREICHEN VERBÜNDETEN		PREIS 4.500 GM	
AUSRÜSTUNGSPLATZ Keiner	ZS 8	GEWICHT 5 Pfd.	
AURA Durchschnittliche Beschwörung			

Die künstlerischen Kritzeleien auf der dunklen Oberfläche dieses kleinen Bronzekessels stellen exotische Tiere, legendäre Bestien, grinsende Scheusale und Elementarwesen dar. Einmal am Tag, wenn der Kessel als Fokus oder Göttlicher Fokus für *Monster herbeizaubern* oder *Verbündeten der Natur herbeizaubern* genutzt wird, beschwört der Kessel zusätzliche 1W3

SCHÄTZE DER WINTERKÖNIGIN

Kreaturen derselben Art von der um einen Grad niedrigeren Liste herbei. Sollte z.B. der Benutzer *Monster herbeizaubern III* wirken, um 1W3 Wölfe herbeizuzaubern, könnte er mit dem Kessel weitere 1W3 Wölfe oder andere Kreaturen von der Liste für *Monster herbeizaubern II* herbeizaubern.

ERSCHAFFUNG

Voraussetzungen Wundersamen Gegenstand herstellen, Zauberfokus (Beschwörung), *Monster herbeizaubern IV* oder *Verbündeten der Natur herbeizaubern IV*
Kosten 2.250 GM

MENSCHENJÄGERSPEER		PREIS 3.925 GM
AUSRÜSTUNGSPLATZ Keiner	**ZS** 3	**GEWICHT** 8 Pfd..
AURA Schwache Verzauberung		

Aus der schweren Kreuzstange dieser *Saufeder +1*[ARK] ragt eine 0,60 m lange Klinge. Ein *Menschenjägerspeer* soll humanoide Beute einfangen und festhalten. Er passt sich automatisch der Größe seines Benutzers an. Einmal am Tag kann der Benutzer bei einem erfolgreichen Kritischen Treffer als Augenblickliche Aktion *Person festhalten* auf das Ziel des Angriffes wirken (Willen SG 13, keine Wirkung). Der Zaubereffekt endet, wenn der Speer fallengelassen oder entfernt wird, z.B. weil man mit der Waffe weitere Angriffe ausführt.

ERSCHAFFUNG

Voraussetzungen Magische Waffen und Rüstungen herstellen, *Gegenstand verkleinern, Person festhalten*
Kosten 2.115 GM

RACHSÜCHTIGER KEKS		PREIS 750 GM
AUSRÜSTUNGSPLATZ Keiner	**ZS** 3	**GEWICHT** -.
AURA Schwache Verwandlung		

Diese Leckerei ist meisten in Wachspapier eingewickelt, welches mit einem Tropfen roten Wachs versiegelt ist, der mit einem lächelnden Kindergesicht gesiegelt wurde. *Rachsüchtige Kekse* werden aus Zucker und Knochenmehl gefertigt und können alle möglichen Formen besitzen z.B. humanoide Kreaturen, Drachen oder auch andere legendäre Bestien. Wird das Siegel gebrochen und der Keks ausgewickelt, muss der auswickelnden Kreatur ein Willenswurf gegen SG 12 gelingen, um nicht dazu veranlasst zu werden, den Keks zu essen. Der Keks ist zu Beginn recht lecker, schmeckt dann aber nur noch nach Asche und verflucht das Opfer, die nächsten 6 Tage unter Hunger zu leiden wie durch den Zauber *Unstillbarer Hunger*.

ERSCHAFFUNG

Voraussetzungen Wundersamen Gegenstand herstellen, *Unstillbarer Hunger*[EXP], *Verführerisches Geschenk*[EXP]
Kosten 375 GM

SCHNEESCHUHE DER VERFOLGUNG		PREIS 4.300 GM
AUSRÜSTUNGSPLATZ Keiner	**ZS** 3	**GEWICHT** 4 Pfd..
AURA Schwache Verwandlung		

Diese Schneeschuhe [Meisterarbeit] (*Ausrüstungskompendium*) verlei-

hen bessere Standfestigkeit und Gewichtsverteilung auf Schnee. Sie heben die Effekte von normalem Schnee auf die Bewegung vollständig auf und halbieren den Malus auf die Bewegungsrate bei starkem Schnee (d.h. um ein von starkem Schnee bedecktes Feld zu betreten, sind nur 2 Felder an Bewegung erforderlich statt 4).

Ferner kann der Träger seine Bewegungsrate: Land in verschneitem Gelände pro Tag für bis zu 10 Runden um +3 m erhöhen. Dies ist ein Verbesserungsbonus, der Effekt muss nicht in zusammenhängenden Runden genutzt werden. Schlussendlich können die Schneeschuhe einmal am Tag als Standard-Aktion einen Welleneffekt erzeugen, der alle Spuren im Schnee in einem Radius von 18 m auslöscht.

ERSCHAFFUNG

Voraussetzungen Wundersamen Gegenstand herstellen, *Federleicht*[EXP], *Lange Schritte, Spurloses Gehen*
Kosten 2.150 GM

TEE DER EINFLÜSTERUNG		PREIS 1.500 GM
AUSRÜSTUNGSPLATZ Keiner	**ZS** 5	**GEWICHT** -.
AURA Schwache Verzauberung (Zwang)		

Eine einzelne Anwendung dieser getrockneten Teeblätter reicht für eine Tasse schmackhaften Tees. Die Kreatur, welche diese Tasse trinkt, ist für die folgende Stunde besonders empfänglich für Einflüsterungen. Wird ihr eine Tätigkeit vorgeschlagen, versucht sie, diese nach besten Kräften auszuführen, als wäre *Einflüsterung* auf sie gewirkt worden (Willen SG 14, keine Wirkung). Zudem hat sie keine Erinnerung an die Zeit, in der sie der Einflüsterung Folge geleistet hat.

ERSCHAFFUNG

Voraussetzungen Wundersamen Gegenstand herstellen, *Einflüsterung, Erinnerung verändern*
Kosten 750 GM

YETIUMHANG		PREIS 5.000 GM
AUSRÜSTUNGSPLATZ Keiner	**ZS** 3	**GEWICHT** 5 Pfd.
AURA Schwache Bannmagie		

Dieser schwere Umhang wird aus zotteligem weißem Yetifell gefertigt. Wenn der Träger die Kapuze überzieht, erlangt er Ähnlichkeit mit dem entsetzlichen Antlitz eines Yetis. Krieger des Nordens schätzen diesen Gegenstand, da er vor der Kälte des Winters schützt und zudem Schutz im Kampf gewährt. Der Träger unterliegt bei kaltem Wetter einem ständigen *Elementen trotzen* (der Gegenstand wirkt nicht bei warmem Wetter). Im Kampf verleiht der Umhang einen natürlichen Rüstungsbonus von +1. Wird die Kapuze übergezogen, verleiht der Umhang seinem Träger einen Kompetenzbonus von +2 auf Fertigkeitswürfe für Einschüchtern.

ERSCHAFFUNG

Voraussetzungen Wundersamen Gegenstand herstellen, *Elementen trotzen, Furcht auslösen, Rindenhaut*
Kosten 2.000 GM

DIE WINTERKÖNIGIN

HELDREN

WIE BEI DEN MEISTEN BAUERNDÖRFERN IM SÜDLICHEN TALDOR BLEIBEN DIE BEWOHNER HELDRENS GRÖSSTENTEILS UNTER SICH. SIE SIND WEIT ENTFERNT VON DEN MACHTSPIELEN OPPARAS UND STETS WACHSAM HINSICHTLICH QADIRISCHER AGGRESSIONEN. HELDREN WAR EIGENTLICH SCHON IMMER EIN RECHT KLEINER, UNBEDEUTENDER WEILER, IN DEM BAUERN, HIRTEN UND HOLZFÄLLER LEBEN. ZUGLEICH GIBT ES HIER ABER AUCH EIN GEHEIMNIS, VON DEM DIE BÜRGER NICHTS WISSEN: EINE GEHEIMNISVOLLE KRAFTLINIE VERBINDET DIESES DORF MIT EINEM ANDEREN WEIT WEG IM HOHEN NORDEN. KÖNNTE DAS JAHRESZEITLICH VÖLLIG UNPASSENDE WINTERWETTER IM GRENZWALD VORBOTE VON SCHLIMMEREM SEIN?

HELDREN

Heldren
NG Ansiedlung
Gesellschaft +4, **Gesetz** -3, **Korruption** -1, **Verbrechen** -1, **Wirtschaft** -1, **Wissen** +0
Eigenschaften Aufgeschlossen, Gerüchteküche
Gefahr +0
BEVÖLKERUNG
Regierungsform Rat
Einwohner 171 (152 Menschen, 6 Zwerge, 5 Halblinge, 4 Gnome, 3 Elfen, 1 Halb-Elf)
WICHTIGE PERSÖNLICHKEITEN
Ratherrin Ionnia Teppen (NG Menschliche Bürgerliche 7 mittleren Alters)
Ältester Nathare Safander (RG Halb-Elfischer Erastil-Kleriker 6)
Wahrsagerin Mütterchen Theodora (N Ehrwürdige menschliche Adeptin 5)
MARKTPLATZ
Verfügbarkeit 500 GM; **Kaufkraft** 2.500 GM; **Zauberei** 3. Grad
Gegenstände, Schwache *Schleuderkugeln aus Kaltem Eisen* +1(10), *Trank: Energien widerstehen (Kälte)*, *Schriftrolle: Beistand*, *Schriftrolle: Schlaf*, *Stab: Magische Waffe (24 Ladungen)*, *Stab: Sengender Strahl (42 Ladungen)*, Bänderpanzer [Meisterarbeit]; **Durchschnittliche** *Geschossmagnet*[ARK], *Energieschildring*; **Mächtige** -
ANMERKUNGEN
Aufgeschlossen Die Bewohner von Heldren sind offen, freundlich und tolerant und reagieren positiv auf Besucher (Gesellschaft +1, Wissen +1).

ORTSFÜHRER

Im Folgenden werden mehrere der wichtigen Örtlichkeiten in Heldren beschrieben. Die meisten Gebäude bestehen aufgrund der Nähe zum Grenzwald aus Holz. Es gibt mehrere außerhalb des Ortes liegende Gehöfte, welche die Bewohner mit Nahrung versorgen und Handelsgüter für den Handel mit den umliegenden Dörfern produzieren.

1. Rüstkammer: Ein Trampelpfad führt einen kleinen Hügel hinauf westlich des Ortes. Er endet vor der einzigen Tür dieses quadratischen Steinturmes. Der Turm ist 9 m hoch. Auf seiner Spitze sind Zinnen angebracht. Schießscharten decken rundherum alle Richtungen ab. Die Innenseite weist nur eine hölzerne Treppe auf, welche auf das Dach hinaufführt. Es gibt keine Zwischendecken. Der Turm dient als Heldrens Rüstkammer und Zuflucht für die Dorfbewohner, sollte der Ort angegriffen werden. In Friedenszeiten ist er meistens unbesetzt. Für die Miliz werden hier aber einfache Waffen und Rüstungen gelagert – Armbrüste, Bolzen, Speere, Wurfspeere und ein paar Lederrüstungen, Waffenröcke und leichte Holzschilde.

2. Iskers Schmiede: Obwohl Heldrens Grobschmied seine Zeit hauptsächlich mit dem Beschlagen von Pferden und der Reparatur von Ackergerät verbringt, ist **Isker Euphram** (RN Menschlicher Experte 4/Krieger 4 mittleren Alters) recht kampferfahren. Als Veteran der taldanischen Armee war er jahrelang in Zimar an der qadirischen Grenze stationiert, ehe er sich in Heldren zur Ruhe gesetzt hat.

Sein Kettenhemd, seine Pike und sein Kurzschwert sind noch in bestem Zustand. Er verwahrt sie eingeölt in einer Kiste in seinem Haus hinter der Schmiede auf. Isker bildet die Dorfmiliz aus und hat einige Waffen zum Verkauf in seinem Laden, darunter 10 *Schleuderkugeln aus Kaltem Eisen* +1. Aus seiner Armeezeit hat er noch einen Bänderpanzer [Meisterarbeit] vorrätig. Wenn erforderlich, kann er weitere Rüstungen anfertigen. Seine Tochter **Xanthippe** (CG Menschliche Expertin 2) geht bei ihm in die Lehre. Wenn sie nicht in der Schmiede ist, kann man sie meistens im Silbernen Hermelin antreffen, wo sie unter ihren zahlreichen Verehrern Hof hält. Xanthippe wird weithin als die Dorfschönheit beschrieben, ist aber im Umgang mit den Fäusten ebenso bewandert wie mit dem Hammer. Jene Jünglinge des Ortes, die sie zu sehr bedrängen, handeln sich dafür nur Prellungen und blaue Augen ein.

3. Gemischtwarenladen: Heldens Gemischtwarenladen führt alles, was ein Dorfbewohner benötigt, sowie die meiste Ausrüstung, an der ein Abenteurer interessiert sein könnte. Heldren liegt an der Straße nach Zimar und viele Händler kommen durch das Dorf. Die Ladenbetreiberin **Vivialle Steranus** (N Menschliche Bürgerliche 3) nutzt diesen Umstand, um ihre Regale gefüllt zu halten. In der Regel kann man bei ihr die meisten gewöhnlichen Ausrüstungsgegenstände erwerben, die im *Grundregelwerk* aufgeführt werden. Darunter sind auch fünf Sätze Kaltwetterkleidung, die hier seit einem besonders harten Winter vor ein paar Jahren lagern. Vivialla verkauft keine Waffen oder Rüstungen, hat aber zwei magische Gegenstände vorrätig: einen *Geschossmagneten*[ARK] und einen *Energieschildring*.

4. Rathaus: Heldrens Rathaus ist recht groß für einen so kleinen Ort. Der Glockenturm ragt stolz über den Dorfplatz. Seine Uhr wurde vor einiger Zeit aus Qadira importiert und wird von **Orillus Davigen** (NG Alter menschlicher Experte 3) in Schuss gehalten. Meistens findet man ihn, wie er im Uhrturm an der Mechanik herumbastelt.

Die Glocke der Uhr läutet stündlich von 6 Uhr morgens bis 6 Uhr abends, denn nachts wollen die Dorfbewohner ihre Ruhe haben. Ferner dient sie als Alarmsignal, sollte ein Feuer ausbrechen oder das Dorf angegriffen werden, um die Miliz zusammenzurufen. Der Dorfrat tagt jede Woche am Sterntag im Rathaus, auch wenn es kaum etwas zu diskutieren gibt, sieht man von kleineren Streitigkeiten unter Nachbarn ab. Das Gebäude ist groß genug um fast alle Dorfbewohner während der monatlichen Dorfversammlung und anderen gesellschaftlichen Anlässen, wie des jährlichen Langnachttanzes, zu fassen.

An der Wand neben der Vordertür befindet sich ein Brett für Aushänge, an dem Flugblätter mit Neuigkeiten, Verkaufsofferten und Stellenanzeigen befestigt werden.

5. Weidenrinde-Apotheke: Vor dem ordentlichen Haus befindet sich ein gut gepflegter Garten. Hier wohnt **Tessarea**

RATSHERRIN IONNIA TEPPEN

DIE WINTERKÖNIGIN

Weidenrinde (NG Elfische Alchemistin 3), die hiesige Apothekerin. Tessarea lebt noch nicht sonderlich lange im Dorf – sie ist vor 25 Jahren nach einer gescheiterten Abenteuerkarriere in den nördlich gelegenen Flusskönigreichen zugezogen. Sie ist still und ernst, so dass die meisten Dorfbewohner von einer großen Tragödie ausgehen, die ihr widerfahren sein könnte - vielleicht den Tod ihrer wahren Liebe. Tatsächlich war es Tessareas Bruder, der bei einem unglücklichen Abenteuer durch die Hand von Trollen ums Leben gekommen ist. Dieses Erlebnis hat sie so am Boden zerstört, dass sie das Abenteurerleben aufgegeben und sich in Heldren angesiedelt hat. Dort nahm sie dann einen menschlich klingenden Nachnamen an, als sie ihre Apotheke eröffnete. Tessarea verkauft eine Vielzahl an Kräutern und alle besonderen Substanzen und Gegenstände, die im *Grundregelwerk* aufgeführt sind. Dazu kommen ein *Trank: Energien widerstehen (Kälte)* und ein überraschend großer Vorrat an Alchemistenfeuer – seit dem Tod ihres Bruders leidet Tessarea unter einer unbegründeten Furcht vor Trollen und stellt die Substanz wie besessen für den Tag her, an dem ihr wieder Trolle begegnen werden.

6. Barbier: Argus Goldzahn (RG Zwergischer Experte 5) ist ein Künstler mit Rasiermessern und Scheren. Er bietet Rasieren, Haareschneiden und Zahnbehandlungen an, aber auch „Aderlass und andere chirurgische Tätigkeiten". Argus ist ein fähiger Heiler, neigt aber dazu, für die meisten Leiden – egal ob Bauchschmerzen oder Knochenbrüche Aderlässe mittels Blutegeln zu behandeln, von denen er mehrere Gläser voll auf hohen Regalen in seinem Laden aufbewahrt. Er bietet auch Zahnersatz in Form von Goldzähnen für jene Zähne an, die er ziehen muss. Dabei ist er selbst sein bester Kunde – sein häufiges Lächeln offenbart mehr Goldzähne in seinem Mund als Echte. Er würde dies zwar niemals zugeben, doch Argus ist ein wenig in seine Nachbarin, die Apothekerin Tessarea Weidenrinde, verliebt. Er hat diesen Gefühlen bisher nie nachgegeben, aber dennoch mit der Elfe eine ungewöhnliche Freundschaft geschlossen. Daher ist es kein ungewöhnlicher Anblick, wenn der Zwerg Tessarea sonntags bei der Gartenarbeit hilft oder am Abend im Silbernen Hermelin mit ihr ein Bier trinkt.

7. Zum Silbernen Hermelin: Heldrens einzige Schenke steht am Dorfplatz gegenüber vom Rathaus. Als Mittelpunkt im Leben der Dorfbewohner füllt sie sich abends mit Gästen welche schwatzen, einander Neues berichten und sich für das harte Tagwerk mit einem Bierchen - oder Zweien - belohnen. Wenn es interessante Dinge zu berichten gibt, dann wird im Hermelin darüber gesprochen. Und sollte jemand gefragt werden, woher er von einer bestimmten Sache weiß, lautet die Antwort wahrscheinlich: „Das habe ich im Hermelin aufgeschnappt." Das Ehepaar **Menander** (RG Menschliche Bürgerliche 2) und **Kelli Garimos** (NG Menschliche Expertin 3) betreiben den Silbernen Hermelin als wäre es ihre heimische Küche: Es gibt für Gäste stets einen Platz am Tisch oder am Feuer. Für die Hungrigen wird eine warme Schale von Menanders herzhaftem Eintopfangeboten. . Menander arbeitet in der Küche und kocht dort sein berühmtes Hirschflankensteak und backt seinen Beerenkuchen. Kelli kümmert sich um die Theke und serviert das Hausbier der Schenke, das Drei-Teufel-Starkbier, welches sie selber mit aus Cheliax importiertem Hopfen braut. Heldren hat nur wenige Besucher, daher gibt es keinen Gasthof. Reisende können die Nacht aber im Schankraum in der Nähe des Feuers verbringen, sofern sie sich in aller Frühe wieder auf den Weg machen. Wer länger bleibt riskiert von Menanders nassem Mopp im Gesicht geweckt zu werden.

8. Mietstall: In den Stallungen neben dem Silbernen Hermelin vermietet oder verkauft **Sophia Imirras** (NG Menschliche Bürgerliche 1/Expertin 1) Pferde (und ein Pony). Sie bietet ferner Pferdepflege und –versorgung an. Königliche Botenreiter auf dem Weg von oder nach den Städten Demgazi und Zimar wechseln hier oft die Pferde. Sophias Pferde sind keine Streitrösser. Sie vermietet aber zwei Karren, einen Wagen und eine Kutsche. Ein reisender Adeliger schenkte ihr die Kutsche als Belohnung, als sie es schaffte, seinen frisch gezähmten Hengst zu besänftigen, ehe dieser ihn niedertrampeln konnte. Die Kutsche ist zugleich luxuriös und prahlerisch – meistens kommt sie bei Dorfhochzeiten zum Einsatz.

9. Dorfplatz: Das Auffälligste an Heldrens Dorfplatz ist die große Statue einer schönen Frau, welche meistens nur als „Die Dame" bezeichnet wird. Niemand kann sich an eine Zeit erinnern, in der die Statue nicht auf dem Platz gestanden hat, und niemand weiß, wen sie darstellen soll. Manche halten sie für die Gründerin des Dorfes, eine längst vergessene taldanische Adelige oder vielleicht auch eine geheimnisvolle Göttin der Waldfeen. Andere hegen dunklere Theorien: Es sei eine böse Hexe, die als Strafe versteinert wurde oder eine magische Statue, mittels der der Satrap von Qadira Taldor ausspioniert. Tagsüber verkaufen Bauern und Händler ihre Güter und Erzeugnisse auf dem Platz. Am letzten Feuertag des Monats ist Markttag. Der Älteste Natharen Safander veranstaltet hier zudem das alljährliche Erntefest; dann errichten die Dorfbewohner ein riesiges Freudenfeuer auf dem Platz und behängen die Dame mit Blumengirlanden.

10. Ionnia Teppens Haus: Die Vorsitzende des Dorfrats wohnt in diesem einfachen zweigeschossigen Haus gleich beim Dorfplatz. Ihre Familie ist in der Dorfpolitik seit Generationen tätig, so dass sie ihren Platz im Rat beinahe schon geerbt hat. Sie hat im Rat den größten Einfluss und wird von den meisten Dorfbewohnern quasi als Bürgermeisterin erachtet.

11. Erastiltempel: Der Älteste Natharen Safander ist zwar ein Kleriker Erastils, kümmert sich aber unabhängig von der Religionszugehörigkeit des Einzelnen um seine ganze Gemeinde. Die meisten sind zwar Anhänger des Meisterschützen, dennoch existieren im Tempel Schreine zu Ehren Abadars, Gozrehs, Pharasmas und sogar Sarenraes.

Natharen kümmert sich nicht sonderlich um die intolerante Haltung der taldanischen Regierung gegenüber dem Glauben an die Dämmerblume und glaubt, dass für ein Dorf wie Heldren die Sonnengöttin ebenso wichtig sei wie der Gott der Landwirtschaft. Natharens Ehefrau **Zaarida** (NG Menschliche Bürgerliche 2) ist eine qadirische Einwanderin und gläubige Anhängerin Sarenraes, welche ihm bei Gottesdiensten und der Erhaltung des Tempels hilft. Der Tempel verkauft ferner ein paar schwächere magische Gegenstände, darunter eine *Schriftrolle: Beistand* und einen *Stab: Magische Waffe* (24 Ladungen).

12. Tischler: Heldrens bester Holzverarbeiter ist **Tengezil Frimbocket** (N Gnomischer Experte 7), ein Gnom mit wild zu Berge stehendem, blitzblauem Haar. Er verleiht seinen Schöpfungen eine kunstvolle, feine Beschichtung, welche er als „Lebkuchenwerk" bezeichnet. Dieser Stil ist in den wohlhabenden Städten des südlichen Taldor recht beliebt. Tengezil

HELDREN

behauptet, aus Wispil zu stammen, ist tatsächlich aber ein Exilant aus Irrisen weit im Norden. Er hat einen Zwillingsbruder namens Arbagazor, von dem er aber als Kind getrennt wurde und er für tot hält. Arbagazor lebt allerdings und arbeitet als Schreiner im Dorf Waldsby in Irrisen (siehe Seite 68).

13. Sägemühle: Heldrens Sägemühle ist Tag und Nacht dabei, das von den Holzfällern des Dorfes angelieferte Holz zu Bretter und Planken zu verarbeiten, die nach Zimar und andere Orte weitergeschickt werden. Neben dem Gebäude lagern stets Berge an Bauholz. Die Partner **Alexius Demetri** (CG Menschlicher Bürgerlicher 1/Experte 2) und **Lykio Vallant** (RG Menschlicher Bürgerlicher 4) überwachen die Sägemühle, die sie zu zwei der reichsten Dorfbewohner gemacht hat. Ihr großes Haus an der Nordseite des Dorfes ist wohl Heldrens größtes Wohnhaus und hat den Spitznamen „Sägemühlen-Herrenhaus".

14. Der Schlachter von Jalrune: Der Name dieser Schlachterei bezieht sich auf den angeblichen Spitznamen seines Betreibers **Perkin Tarimm** (CN Halblingexperte 2/-krieger 1), der behauptet, ein Korsar aus Zimar im Ruhestand zu sein. In Wahrheit war er aber nur ein Flussräuber, der beinahe von den echten Korsaren gefasst worden wäre und sich deshalb einem sichereren Beruf zugewandt hat. Außer den Hühnern und Schweinen, die im Hof hinter seinem Geschäft leben, hat er noch keine anderen Lebewesen abgeschlachtet. Kunden können von den in dem großen Glas auf dem Tresen eingelegten Schweineohren naschen, während sie darauf warten, dass Perkin ihre Bestellungen fertigmacht.

15. Mütterchen Theodora: Jedes Dorf besitzt eine weise Frau und Heldren macht dabei keine Ausnahme. Niemand im Dorf weiß genau, wie alt die uralte Theodora eigentlich ist, die von allen nur Mütterchen Theodora genannt wird. Allerdings lebt sie schon so lange im Ort, wie alle anderen sich erinnern können. Sie ist Heldrens fähigste Hebamme und hat quasi allen anderen Bewohnern des Dorfes auf die Welt geholfen. Zudem ist sie eine Wahrsagerin und Kräuterhexe, zu der die Dorfbewohner kommen, um sich die Zukunft deuten zu lassen oder um Liebestränke und Kräutermedizin zu kaufen. Zwischen den Gläsern mit getrockneten Kräutern und seltsamen Zutaten verwahrt Mütterchen Theodora in ihrer Hütte eine *Schriftrolle: Schlaf* und einen *Stab: Sengender Strahl* (42 Ladungen) auf, welche sie vielleicht für den richtigen Preis verkauft.

DIE WINTERKÖNIGIN

WALDSBY

Im Gegensatz zu den meisten Ortschaften im ewig winterlichen Irrisen befindet sich das Dorf Waldsby nicht in der Nähe eines der lebenswichtigen Flüsse oder Seen des Landes. Stattdessen kratzen die Bauern von Waldsby sich ihren Lebensunterhalt im Reifswaldforst zusammen, unter dessen Wipfel sich das winzige Dörfchen schmiegt. Waldsby gehört zum Lehen der weißen Hexe Nazhena Wassiliowna, die das Gebiet von ihrem aus Eis errichteten Fahlen Turm heraus beherrscht. Die Dorfbewohner bilden eine verschworene Gemeinschaft, die Fremden gegenüber Misstrauen hegt und voller Furcht vor Hexenkunst ist. Daher haben sie auch ein begründetes Interesse daran, die Aufmerksamkeit der weißen Hexen von ihren Häusern und Familien fernzuhalten.

WALDSBY

WALDSBY
N Ansiedlung
Gesellschaft -1, **Gesetz** +4, **Korruption** +1, **Verbrechen** -8, **Wirtschaft** -1, **Wissen** +1
Eigenschaften Abergläubisch, Isoliert
Gefahr +0

BEVÖLKERUNG
Regierungsform Herrscher
Einwohner 167 (162 Menschen, 4 Gnome, 1 Zwerg)
Wichtige Persönlichkeiten
Schankwirt **Emil Goltiaewa** (N Menschlicher Experte 4/Krieger 1)
Unheilsprophetin **Katrina Goltiaewa** (NB Menschliche Adeptin 3)
Vogtin **Birgit Holorowa** (NB Menschliche Bürgerliche 3)
Händlerin und Ortskundige **Nadja Petska** (CG Menschliche Waldläuferin 3)
Dorfpriester **Rolf Halzberg** (N Menschlicher Pharasma-Kleriker 1)

MARKTPLATZ
Verfügbarkeit 500 GM; **Kaufkraft** 2.500 GM; **Zauberei** 1. Grad
Gegenstände, **Schwache** *Beschlagene Lederrüstung +2*, *Schwarzholzkampfstab +1*, *Kurzbogen [Meisterarbeit]*, *Öl: Schutz vor Bösem*, *Trank: Federleicht*^{EXP}, *Schriftrolle: Gute Beeren*; **Durchschnittliche** *Geschosse anziehender leichter Holzschild +1*, *Gürtel der Großen Körperkraft +2*, **Mächtige** -

ORTSFÜHRER

Im Folgenden werden mehrere der wichtigen Örtlichkeiten in Waldsby beschrieben. Die meisten Gebäude bestehen aus Holz, welches aus dem Reifswald stammt. Angesichts des ewigen Winters gibt es keine abseits liegenden Gehöfte. Die Dorfbewohner sind vom Getreideimport abhängig, da es im Wald kaum Nahrung gibt.

1. Lagerhaus: Dieser 9 m hohe, befestigte Turm steht auf einem kleinen Hügel westlich des Ortes. Er ist von einem Eisenzaun mit Spitzen umgeben. In diesem Turm lagern das importierte Getreide und andere Nahrungsmittel, welche die Bewohner von Waldsby zum Überleben brauchen. Birgit Holorowa dient Nazhena Wassiliowna als Vogt vor Ort. Diese selbstverliebte Frau wohnt in einem kleinen Haus am Fuß des Hügels, sie besitzt den einzigen Schlüssel zum Lagerhaus und ist für die Verteilung der Lebensmittel an die Dorfbewohner verantwortlich. Ferner besitzt sie einen *Dienerspiegel* (siehe Seite 60), mit dem sie den Kontakt zu ihrer Herrin im Fahlen Turm hält. Es ist kein sonderliches Geheimnis, dass Birgit von ihrem Liebhaber, Garthur Kalinin (siehe Bereich 13) verlassen wurde – und das nachdem sie gerade erst mit großer Begeisterung im Dorf die Kunde von ihrer baldigen Hochzeit verkündet hatte!

2. Grobschmied: Waldsbys Grobschmied, **Isiamir Polowar** (RN Menschlicher Bürgerlicher 1/Experte 3) ist in der Regel damit beschäftigt, Pfeilspitzen herzustellen, Axtklingen zu schärfen und Schlittenkufen für die Bewohner des Dorfes zu reparieren. Die Soldaten des Fahlen Turmes bringen ihm aber auch Waffen und Rüstungen zum Ausbessern.

Isiamir und seine Frau **Tula** (RG Menschliche Bürgerliche 1) haben keine Kinder. Der Holzschild über der Tür von Isiamirs Schmiede ist ein *Geschosse anziehender leichter Holzschild +1*, für den der Schmied keine Verwendung hat. Es handelt sich um ein altes Erbstück, welches er gern an jemanden verkaufen würde, der damit mehr anfangen kann als er selbst.

3. Weranas Waren: Waldsbys Gemischtwarenladen hat zwar bei weitem nicht das Angebot, das man in einem Dorf im Süden findet, bemüht sich aber nach Kräften, die Dorfbewohner mit dem Nötigsten zu versorgen. Die Ladenbetreiberin, **Werana Stolja** (NG Menschliche Bürgerliche 4), führt die meisten gewöhnlichen Ausrüstungsgegenstände, die im *Grundregelwerk* aufgeführt werden. Diese Gegenstände liegen irgendwo unter all den Dingen verstreut, die Werana im Laufe der Jahre gesammelt und gehortet hat. Sie verfügt über viele Ausrüstungsgegenstände für den Winter, darunter Kleidung für kaltes Wetter, Felle, Skier, Schneeschuhe und Winterdecken. Zudem stehen eine *Beschlagene Lederrüstung+2*, ein *Gürtel der Großen Körperkraft +2*, ein *Trank: Federleicht*^{EXP} und ein *Kurzbogen [Meisterarbeit]* zum Verkauf. Ihre Tochter **Miliwsa** (CN Menschliche Bürgerliche 1) ist gegenwärtig mit einer der Wachen des Fahlen Turmes liiert und wird

EMIL GOLTJAJEWA

ihren Geliebten wahrscheinlich über Gerüchte hinsichtlich Fremder informieren und andere Informationen weitergeben, um ihn zu beeindrucken.

4. Rathaus: Das größte Gebäude im Dorf ist das Rathaus. Es verfügt über einen Glockenturm am Dorfplatz empor. Da Waldsby weder Bürgermeister noch Dorfrat besitzt, wird das Rathaus kaum genutzt, sieht man von den seltenen Gelegenheiten ab, wenn Nazhena Wassiliowna oder ihre Diener sich an die Dorfbevölkerung wenden, um Bestrafungen zu vollziehen oder die Steuern zu erhöhen. Die Uhr des Glockenturmes steht auf 10 nach 12 – manche behaupten, dass um diese Zeit der Winterkrieg begonnen hätte, auch wenn die Uhr gar nicht so alt sein kann. Leider ist niemand im Dorf imstande, das Uhrwerk zu reparieren, und Nazhena wird kaum einen Experten aus Reifswald oder Weißthron dafür bezahlen. So ist die Gerätschaft, die eigentlich ein Quell des Bürgerstolzes für das Dorf sein könnte, eine deutliche Erinnerung an die achtlose Herrschaft der Weißen Hexen.

5. Das Rasierte Kinn: Das Schild dieses Barbiers zeigt einen definitiv unglücklichen, sauber rasierten Zwerg. Die fröhliche Dorfbarbierin, **Rusilka Sigjalmsdottir** (N Zwergische Expertin 3), behauptet, das Schild zeige ihren Ex-Mann, und die über der Tür hängende Haarlocke sei der letzte Rest seines Bartes, den sie abgeschnitten hätte, nachdem er sie mit einer jüngeren Zwergin betrogen hat. Rusilka wurde für diese Tat wahrscheinlich aus der Festung ihres Klans ausgestoßen, versichert aber, dies sei das Beste, das ihr jemals geschehen sei. Sie bietet alle üblichen Dienste eines Barbiers, darunter

DIE WINTERKÖNIGIN

Rasieren, Haareschneiden und Frisieren, sowie Zähne ziehen und Chirurgie. Der Anblick ihrer blutbefleckten Schürze und ihres kumpelhaften Grinsens, selbst wenn sie gerade einen Patienten zusammennäht, kann recht beunruhigend sein.

6. Zum Weißen Wiesel: Emil und Katrina Goltjajewa sind die Besitzer und Betreiber des Weißen Wiesels, der einzigen Schenke im Ort. Neben heißem Tee serviert man hier hauptsächlich verwässerten Schnaps, der Wintereibenbräu genannt wird. Der Schnaps wird aus der Rinde der Wintereibe destilliert. Emil hat aber auch Zugang zu geschmuggeltem Eiswein aus Reifswald. Die Gäste der Schenke kommen definitiv nicht wegen des Essens hierher, da dieses ebenso geschmacklos ist wie Emils Humor und so kalt wie Katrinas Worte. Waldsby verfügt über kein Gasthaus. Sollten Besucher durch den Ort kommen, können sie auf dem Boden des Schankraumes schlafen, sofern sie dafür bezahlen können und an der Kälte keinen Anstoß nehmen. – Die Goltjajewas sind nicht bereit, gutes Feuerholz zu verschwenden, um die ganze Nacht das Feuer am Brennen zu halten. Emil und Katrina leben in ständiger Furcht vor einer Bestrafung durch die Weiße Hexe Nazhena Wassiliowna und ihre Soldaten. Daher treten sie als Waldsbys „Aufpasser" auf, welche Unruhestifter drängen, das Dorf zu verlassen, und diese melden, sollten sie nicht freiwillig gehen. Hinter der Theke des Weißen Wiesels hängt sogar ein großer Spiegel, den Katrina dort angebracht hat, damit die Hexenherrscherinnen auf magische Weise den Schankraum im Auge behalten können. Katrina ist ständig dabei, Unheil und Verderben zu prophezeien, und hortet schwächere Schriftrollen für den Tag von Waldsbys unvermeidbarem Untergang. Sie ist bereit, diese mit einem Aufschlag von 20% zu verkaufen. Emil steht vollkommen unter der Fuchtel seiner übellaunigen Frau und versucht, ihr aus dem Weg zu gehen. Das geht soweit, dass er sogar ihr zunehmend offenkundiges Flirten mit dem Besitzer der Sägemühle, Garthur Kalinin (siehe Bereich 13), übersieht.

7. Scheune: In dieser Gemeinschaftsscheune steht das wenige Nutzvieh, über das die Dorfbewohner verfügen. Gegenwärtig handelt es sich dabei um eine einzelne alte Kuh, welche gerade genug Milch für den Tee im Weißen Wiesel gibt. Der Hausgeist der Scheune, ein Dworowoi (siehe Seite 86) namens Polrusk hat alle Hände voll zu tun, die Kuh am Leben zu erhalten, kann aber längst nicht mehr garantieren, dass sie auch Milch gibt.

8. Dorfplatz: In der Mitte des Dorfplatzes von Waldsby steht eine große Statue einer schönen Frau, welche seltsamerweise große Ähnlichkeit zu der Statue auf Heldrens Dorfplatz aufweist. Wenn es sich nicht um dieselbe Frau handelt, so ist doch zumindest derselbe Bildhauer am Werk gewesen. Niemand in Waldsby weiß, wen die Statue darstellen soll, oder woher sie kommt. Man nennt sie nur „Die Kalte Frau". Viele nehmen an, es sei eine Darstellung der Königin Elvanna, allerdings stand die Statue schon hier, ehe die gegenwärtige

KATRINA GOLTJAJEWA

Königin den Thron bestiegen hat. Manche Dorfbewohner halten sie für ein Abbild der ersten Weißen Hexe, die zur Zeit Königin Jadwigas die Region beherrscht hat. Andere glauben, es handle sich um ein Ulfenheldin, die in der Stunde der größten Not zum Leben erwachen und die Unterdrückung durch die Weißen Hexen beenden würde – natürlich spricht niemand diese Hoffnung laut aus. Die Statue der Unbekannten dient gegenwärtig in erster Linie als Ruheplatz für Raben.

9. Friedhof: Auf dem Friedhof südlich des Dorfes ruhen Generationen verstorbener Dorfbewohner. Der dort stehende tote Baum stammt angeblich noch aus der Zeit des Winterkrieges. Ein Zaun, auf dem bleiche Totenschädel ruhen, umschließt das Gelände. Bei näherer Betrachtung kann man aber erkennen, dass es sich um weiß bemalte Schädel aus Holz handelt. Waldsbys Pharasmapriester Rolf Halzberg ist Friedhofswächter und Totengräber in einer Person. Er kümmert sich darum, dass alle Dorfbewohner ein richtiges Begräbnis und Pharasmas Segen erhalten, auch wenn es Schwerstarbeit ist, im gefrorenen Boden Gräber auszuheben.

10. Hausruine: Ein verbranntes Gerüst und bröcklige Fundamente sind alles, was vom Haus des letzten Hetmanns des Dorfes, Tjorvar Leikovich, übrig geblieben ist. Vor drei Jahren geriet dieser in Verdacht, der Widerstandsbewegung der Sommerbringer anzugehören. Nazhena Wassiliownas Reaktion auf dieses Gerücht erfolgte ebenso schnell wie brutal: Ihre Wachen brannten Tjorvars Haus mitsamt dessen Frau und Kind darin nieder und Tjorvar selbst wurde vom Glockenturm des Rathauses gehängt, bis er in der Kälte starb und die Raben ihm das Fleisch von den Knochen gepickt hatten. Seitdem besitzt das Dorf kein Oberhaupt mehr. Die Dorfbewohner machen vor dem Bösen schützende Handzeichen, wenn sie an den Ruinen vorbeikommen, damit die Geister von Tjorvars Frau und Tochter ihnen nicht nach Hause folgen.

11. Dorfkapelle: Waldsbys winzige Dorfkapelle ist Pharasma geweiht. Der Dorfpriester, Rolf Halzberg, gibt den leidenden Dorfbewohnern so viel Trost wie er kann. Offiziell halten die Weißen Hexen nichts von organisierter Religion, sieht man von den Kirchen der Lamaschtu und des Zon-Kuthon ab. Tatsächlich werden solche kleinen Dorftempel aber in ganz Irrisen toleriert. Rolf wird immer wieder von den Soldaten des Fahlen Turmes belästigt, verlässt seine Gemeinde aber nicht, im Wissen, dass die Dorfbewohner sonst niemanden haben, der ihn ersetzen könnte. Er bringt ihre Kinder zur Welt und begräbt ihre Toten, führt Aufzeichnungen über Geburten und Todesfälle und hält Trauungszeremonien ab. In der Kapelle kann man keine magischen Gegenstände erwerben, allerdings würde Rolf ein *Öl: Schutz vor Bösem* und eine *Schriftrolle: Gute Beeren* verkaufen, die ihm ein umherziehender Druide geschenkt hat. Ferner kann man bei ihm Geweihtes Wasser erwerben.

12. Tischler: In Waldsby lebt ein Schreiner. **Arbagazor Frimbocket** (N Gnomischer Experte 6) wurde im Schiefen

WALDSBY

Haus in Weißthron ausgebildet und übertrifft mit seinem Können jeden anderen Holzbearbeiter im Dorf. Angeblich hat sogar Herzog Ghrathis eine seiner Schnitzereien als Geschenk für seine Schwester, Herzogin Anelischa von Reifswald erworben – Arbagazor bestätigt diese Gerüchte aber ebenso wenig wie er sie verneint. Neben Schnitzereien und Holzschmuck hätte Arbagazor noch einen *Schwarzholzkampfstab +1* zum Verkauf. Arbagazor hat einen Zwillingsbruder namens Tengezil, allerdings wurden sie als Kinder getrennt. Arbagazor glaubt, dass sein Bruder längst tot ist und ahnt nicht, dass er noch lebt und sogar dasselbe Handwerk weit im Süden, im taldanischen Dörflein Heldren, ausübt.

13. Sägemühle: Wer im Reifswaldforst Holz schlagen darf und wie viel, unterliegt strengen Regeln. **Garthur Kalinin** (NB Menschlicher Bürgerlicher 4/Experte 1) besitzt die wenigen Genehmigungen zum Holzschlagen, welche das Dorf von den Behörden in Reifswald erlangen konnte. Diese verteilt er an die örtlichen Holzfäller weiter, wofür er gutes Geld verlangt. Wer seine Unzufriedenheit mit diesem Vorgehen auszusprechen wagt, muss feststellen, dass Garthurs Zorn ein sicherer Weg zu Armut und Hungertod darstellt. Daher bezahlen die meisten Holzfäller ihm nicht nur eine „Lizenzgebühr", sondern auch eine „Unterhaltungsgebühr", welche ihnen vom Verkaufspreis des Holzes abgezogen wird, das sie an Garthurs Sägemühle verkaufen. Dieses Erpressungsgeschäft hat Garthur zu einem der reichsten Männer im Ort gemacht. Bis vor kurzem unterhielt er eine romantische Beziehung zu Birgit Holorowa (siehe Bereich **1**), hat sein Auge nun aber auf Katrina Goltjajewa (siehe Bereich **6**) geworfen und verbringt viele Abende im Weißen Wiesel, um sie quasi unter den Augen ihres Gatten herumzukriegen.

14. Nadja Petskas Hütte: Nadja Petska (siehe Seite 56) lebt in dieser wetterfesten Hütte am Ortsrand mit ihren Zwillingssöhnen Orm und Mjoli. Ihre Nachbarin Kaschka ist auch häufig hier und passt auf die Jungen auf, wenn Nadja unterwegs ist. Das Haus wurde von Nadjas verstorbenem Gatten Hjalnek erbaut; es ist klein und einfach, aber warm und gemütlich. In einem kleinen Zwinger an der Hausseite sind die Hunde untergebracht, welche Nadjas Schlitten ziehen, wenn sie zu Handelsunternehmungen aufbricht. Die Anwesenheit eines weiteren Bewohners wird manchmal gespürt, doch er wird nur selten gesehen – es handelt sich um den Domowoi Luk (siehe Seite 39).

Die Winterkönigin

Werkzeuge für die Kampagne

Im Abenteuerpfad „Die Winterkönigin" spielen zwei zentrale Themen eine wichtige Rolle: der Winter und finstere Märchen um Feen und andere Wesen. Die Kampagne führt die SC in die eisigen Weiten Golarions und anderer Welten. Zur Unterstützung der Zentralthemen greifen wir auf viele unterschiedliche Regelelemente aus den verschiedensten Quellen zurück. Dieser Werkzeugkasten soll nicht nur allgemeine Hintergrundinformationen liefern, mit denen ein SL seiner Kampagne Leben einhauchen kann, sondern auch eine Reihe wichtiger Regelelemente vorstellen, auf die wir im Laufe der Kampagne immer wieder zurückgreifen werden.

WERKZEUGE FÜR DIE KAMPAGNE

BABA JAGA

Baba Jaga spielt im Abenteuerpfad „Die Winterkönigin" eine wichtige Rolle, auch wenn die SC die selbsternannte Hexenkönigin erst im letzten Abenteuer treffen. Ihre Präsenz ist jedoch während der ganzen Kampagne spürbar.

Als fast unsterbliche, auf vielen Welten und auch anderen Ebenen bekannte Hexe verkörpert Baba Jaga uralte Geheimnisse, über die Grenzen der Ebenen hinweg reichende Intrigen und magische Meisterschaft. Sie besitzt mit der *Tanzenden Hütte der Baba Jaga* ein einzigartiges, machtvolles magisches Artefakt. Ihre Hexenkunst kommt der Zaubermacht eines Halbgottes gleich, glaubt man den Geschichten. Auf Golarion hat sie vor 1.400 Jahren den östlichen Teil der Lindwurmkönigreiche erobert und dort die Nation Irrisen begründet. Seitdem kehrt sie alle 100 Jahre zurück, um eine neue Tochter auf den Thron zu setzen und jene zu strafen, die ihre Kronen nicht freiwillig abgeben. Kaum jemand konnte sich der alten Hexe bisher entgegenstellen und davon berichten – oder gar siegen. Baba Jagas Schläue, Geduld und Gabe für ironische Bösartigkeit lassen die weisen Bewohner zahlloser Welten selbst den kleinsten Hinweis ihrer Nähe fürchten. Allerdings lässt sich Baba Jaga nur selten dazu herab, sich in die Affären der gewöhnlichen Sterblichen einzumischen. Wer es aber schafft, ihre Aufmerksamkeit zu erlangen, mag einige ihrer arkanen Geheimnisse erfahren – oder zum Opfer ihrer verbitterten, weitreichenden Flüche werden. Weitere Einzelheiten zu Baba Jaga inklusive ihrer Spielwerte findest du im sechsten Teil der Kampagne, *Die Rache der Hexenkönigin*.

BABA JAGAS REITER

Alle einhundert Jahre kommen ihre Herolde im Jahr vor der Rückkehr der Hexenkönigin nach Golarion nach Irrisen.

Der Weiße Reiter, von Baba Jaga als „Mein Heller Morgen" bezeichnet, wird nur in den Stunden kurz nach Sonnenaufgang gesichtet. Er reitet einen schlanken Schimmel. Der Rote Reiter, auch bekannt als „Meine Rote Sonne", ist nach der Mittagsstunde auf einem rot-goldenem Hengst unterwegs. Der dritte ist der Schwarze Reiter, der von Baba Jaga „Meine Dunkle Mitternacht" genannt wird. Dieser reitet ein temperamentvolles schwarzes Streitross und wird nur in der Nacht angetroffen.

JADWIGA, WEISSE HEXEN UND WINTERHEXEN

Im Rahmen dieses Abenteuerpfades treten mehrere in Irrisen aktive Gruppierungen auf: die Jadwiga, die Weißen Hexen und Winterhexen. Folgendes sei zu diesen Gruppen und ihren Angehörigen kurz gesagt:

Jadwiga: Die Jadwiga sind eine eigene Bevölkerungsgruppe Golarions wie die Taldaner, Ulfen oder Varisischen Wanderer. Sie sind die menschlichen Abkömmlinge der Königinnen Irrisens und gehören somit Baba Jagas Blutlinie an. Ihr Name stammt von Irrisens erster Königin. Die Jadwiga bilden die Mittel- und Oberschicht Irrisens. Die Nachkommen der gegenwärtigen Königin, auch bekannt als Jadwiga Elvanna, stellen die höchste Schicht des irrisischen Adels und belegen die wichtigsten und einflussreichsten Positionen in der Landesregierung und beim Militär. Jadwiga, die von früheren Königinnen abstammen und somit zu wahrlich alten Familien gehören können, sind in der sozialen Rangordnung niedriger angesiedelt als die Jadwiga Elvanna, stehen aber immer noch weit über den Ulfen, welche die Landbevölkerung Irrisens stellen.

Weiße Hexen: Die Weißen Hexen sind der landbesitzende Adel Irrisens – Prinzessinnen, Fürstinnen, Gräfinnen, Baroninnen usw. – und halten daher den Gutteil der Macht im Land in Händen. Alle sind weibliche Jadwiga Winterhexen. Die ranghöchsten und mächtigsten unter ihnen sind die Jadwiga Elvanna. Weiße Hexen bilden die Landesregierung Irrisens. Männliche Jadwiga befehligen zwar das Militär, werden aber nicht als Angehörige der Weißen Hexen betrachtet. Nazhena Wassilliowna (siehe „Die Winterkönigin" Band 2: *Baba Jagas Hütte*) ist eine Weiße Hexe.

Winterhexen: Winterhexen sind Charaktere mit Stufen als Hexe und dem Archetypen der Winterhexe. Manche haben zudem Stufen in der Prestigeklasse der Frosthexe. Viele Jadwiga und alle Weißen Hexen sind Winterhexen – die Zugehörigkeit zu einer dieser Gruppierungen ist aber keine Voraussetzung für den Archetypen. Eine Winterhexe kann männlich oder weiblich sein und von einem beliebigen Ort stammen – sie ist schlicht und einfach eine Hexe mit Kräften, die auf den Mächten des Winters und des eisigen Nordens basieren. Den Archetypen der Winterhexe und die Prestigeklasse der Frosthexe findest du im *Pathfinder-Spielerleitfaden „Die Winterkönigin"* gemeinsam abgedruckt. Nazhena Wassilliowna und Radosek Pawril (siehe Seite 58) sind beides Winterhexen.

WINTERKREATUREN

Unter den vielen Monstern, die im Abenteuerpfad „Die Winterkönigin" in Erscheinung treten, sind auch Kreaturen, die eine oder zwei neuen Schablonen besitzen: die Schablone für Arktische Kreaturen oder die Schablone für Winterberührte Feenwesen. Beide Schablonen sind im Folgenden abgedruckt. Im zweiten Band der Kampagne folgt noch die Schablone für Winterfeen.

SCHABLONE FÜR ARKTISCHE KREATUREN

In Gebieten, die nur selten (oder nie) aus dem eisigen Griff des Winters entlassen werden, entwickeln sich besonders abgehärtete Kreaturen, die besser geeignet sind, in dieser lebensfeindlichen Umgebung zu überleben. Diese Wesen werden stärker und gefährlicher.

Solche arktischen Kreaturen ähneln größtenteils jenen Artgenossen, die in gemäßigten Gebieten leben, haben aber

> ## WEITERE LEKTÜRE
> Die folgenden Artikel und Pathfinder-Bände liefern zusätzliches Material zum Abenteuerpfad „Die Winterkönigin":
> **Iobaria:** Band 3 des Abenteuerpfades „Königsmacher"
> **Irrisen:** *Almanach zu Irrisen* und *Handbuch: Völker des Eises & des Sandes*
> **Triaxus:** *Almanach der Fernen Welten*
> **Weißthron:** Web-Erweiterung zum Abenteuerpfad „Die Winterkönigin".

DIE WINTERKÖNIGIN

viel hellere Haut und helleres Fell. Es ist auch nicht ungewöhnlich, wenn sie teilweise frostbedeckt sind.

Die Erschaffung einer Arktischen Kreatur

„Arktisch" ist eine angeborene Schablone, welche jede körperliche Kreatur der Größenkategorie Riesig oder kleiner erhalten kann. Eine Kreatur der Unterart Feuer kann nicht zugleich eine arktische Kreatur sein.

Herausforderungsgrad: Wie Basiskreatur +1.

Art: Die Kreatur erhält die Unterart Kälte. Sollte es sich um ein Tier oder Ungeziefer handeln, verändert sich die Kreaturenart zudem zu Magischer Bestie. Berechne TW, GAB, RW oder Fertigkeitsränge nicht neu!

Angriffe: Eine Arktische Kreatur verursacht mit ihren natürlichen Angriffen zusätzliche 1W6 Punkte Kälteschaden.

Attribute: ST +2, KO +2.

Fertigkeiten: Die Kreatur erhält einen Bonus von +4 auf Fertigkeitswürfe für Heimlichkeit und Überlebenskunst im Schnee. Eine aquatische Arktische Kreatur erhält stattdessen diesen Bonus, wenn sie sich in eiskaltem Wasser (ihrem natürlichen Lebensraum) aufhält.

Umgebung: Die natürliche Umgebung einer Arktischen Kreatur ist eine kalte Klimazone.

Besondere Eigenschaften: Eine Arktische Kreatur erhält die folgenden besonderen Eigenschaften:

Spurloser Schritt (AF): Eine Arktische Kreatur hinterlässt im Schnee normalerweise keine Spuren und kann daher auch nicht mittels Spurenlesen verfolgt werden. Wenn sie es wünscht, kann sie eine Spur hinterlassen. Aquatische Arktische Kreaturen besitzen diese Eigenschaft nicht.

Schablone für Winterberührte Feenwesen

Zu den wichtigsten Verbündeten Baba Jagas und der Weißen Hexen von Irrisen gehören die Winterberührten. Diese besondere Seitenlinie des Feenvolkes ist immun gegen die harten Wetterbedingungen und niedrigen Temperaturen des eisigen Nordens. Es sind Kreaturen, die ihr Leben dem Bösen widmen und sich einem komplexen Ritual unterziehen, dem sogenannten Winterritus. Dabei nehmen sie Eissplitter in ihre Herzen auf, die ihre Leiber mit demselben übernatürlichen Winter aufladen, den die Weißen Hexen von Irrisen verbreiten. Die folgende Verwandlung verleiht der Haut des Feenwesens einen kränklich bläulichen Schimmer, der von spinnennetzartigen, weißen Venen, vergleichbar mit Frost auf Glas, durchzogen ist. Diese bösen Feenwesen können bei ihren Angriffen die Macht des Winters nutzen und ihre Opfer mit betäubender Kälte verlangsamen. Die Winterberührten lieben es allesamt, den Einfluss der Weißen Hexen zu verbreiten. Sie führen den Willen der Hexen aus, die ihre Winterriten vollzogen haben. Dabei zeigen sie eine fast schon fanatische Treue – dieser Treue sind sich die Hexen auch aufgrund des Umstandes sicher, da sie die Herzen der Winterberührten mit denselben Eissplittern durchbohren und die Feen töten könnten, die diese im Rahmen des Ritus erhalten haben.

Winterberührtes Feenwesen (HG +0)

Die einfache Schablone für Winterberührte Feenwesen kann auf jede Kreatur der Kreaturenart Feenwesen angewendet werden, nicht aber bei Kreaturen der Unterart Feuer. Die Schnellen Regeln und die Schöpfungsregeln sind bei Winterberührten Feenwesen identisch.

Schöpfungsregeln: Die Gesinnung der Kreatur verändert sich zu Böse. Sie erhält die Unterart Kälte; **Besondere Angriffe:** *Klirrende Kälte (ÜF)* Eine Kreatur, die von den Angriffen eines Winterberührten Feenwesen getroffen wird, muss einen Zähigkeitswurf ablegen oder ist für 1 Runde wankend. Der SG des Rettungswurfes basiert auf Konstitution.

Wintermagie

Die Weißen Hexen von Irrisen haben ihre eigene Art der Magie entwickelt, welche außerweltlichen Blutlinien und dem Praktizieren der Winterhexenkunst entspringt. Manche der von ihnen entwickelten Zauber sind mittlerweile auch außerhalb ihrer winterlichen Heimat verbreitet. Ebenso haben Zauberkundige anderer eisiger Gebiete eigene Zauber entwickelt, die auf die Kälte des Winters zurückgreifen. Diese aus anderen Quellen stammenden Zauber werden der Einfachheit halber hier gemeinsam präsentiert:

Eisspeere

Schule Beschwörung [Kälte]; **Grad** DRU 3, HEX 3, HXM/MAG 3
Zeitaufwand 1 Standard-Aktion
Komponenten V, G, M (ein kleiner, zapfenförmiger Kristall)
Reichweite Nah (7,50 m + 1,50 m/2 Stufen)
Effekt 1 Eisspeer/4 Stufen
Wirkungsdauer Sofort
Rettungswurf Reflex, halbiert (s.u.); **Zauberresistenz** Nein

Dieser von irrisischen Zauberkundigen bevorzugte Zauber kann Zauberkundige unterbrechen, Gegner zu Fall bringen und sogar scheinbar unaufhaltsame Sturmangriffe aufhalten.

Wenn du diesen Zauber wirkst, stoßen eine oder mehrere gigantische Eislanzen aus dem Boden. Jeder dieser Eiszapfen belegt ein Feld 1,50 m x 1,50 m und ist 3 m hoch. Du kannst eine Anzahl von *Eisspeeren* in Höhe von einem Speer pro vier deiner Zauberstufen aus dem Boden brechen lassen. Eine Kreatur, welche sich auf einem Feld befindet, aus welchem ein Speer hervorbricht oder sich bis zu 3 m über dem Boden befindet, erleidet 2W6 Punkte Stichschaden und 2W6 Punkte Kälteschaden pro Feld – Kreaturen, welche mehrere Felder belegen, können von mehreren Speeren getroffen werden, sofern die Stufe des Zauberkundigen hoch genug ist. Dieses explosive Wachstum kann zudem Gegner zu Fall bringen. Wenn ein Speer aus dem Boden bricht, legt er einen Kampfmanöverwurf gegen jedes Ziel ab, welches durch ihn Schaden erleidet; auf diesen Wurf erhält der Speer einen Bonus in Höhe des IN-, WE- oder CH-Modifikators des Zauberkundigen (was höher ist). Jeder zusätzliche *Eisspeer*, der dasselbe Ziel trifft, verleiht einen Bonus von +10 auf diesen KMB-Wurf. Bei Erfolg wird der Gegner zu Boden geworfen. Ein erfolgreicher Reflexwurf halbiert den Schaden und vereitelt das Zu-Fall-bringen.

Solltest du diesen Zauber auf einen Bereich wirken, der von Eis oder Schnee bedeckt ist (z.B. auf einem Gletscher, zugefrorenem See oder verschneitem Feld), besitzt der Speer zusätzliche Kraft. Rettungswürfe gegen diesen Effekt unterliegen dann einem Malus von -2 und der Zauber erhält einen Bonus von +4 auf den Kampfmanöverwurf für Zu-Fall-bringen.

WERKZEUGE FÜR DIE KAMPAGNE

So erschaffene Eisspeere bestehen fort, wenn sie Schaden verursacht haben, schmelzen aber entsprechend der Umgebungsbedingungen. Sie fügen dann Gegnern in ihren Feldern keinen Schaden mehr zu, können aber Deckung bieten. Ein Eisspeer hat Härte 5 und 30 TP.

Irriser Spiegelsicht

Schule Erkenntnismagie (Ausspähung); **Grad** HXM/MAG 3
Zeitaufwand 10 Minuten
Komponenten V, G, F (ein Spiegel)
Reichweite siehe Text
Effekt Magischer Sensor
Wirkungsdauer 1 Minute/Stufe
Rettungswurf Keiner; **Zauberresistenz** Nein

Dieser Zauber erlaubt dir, in einen nahen Spiegel zu blicken und dort die Reflexion eines anderen, von dir bestimmten Spiegels oder das Spiegelbild einer von dir bestimmten Person zu erblicken, egal vor welchem Spiegel sie steht. Dies funktioniert wie *Ausspähung*, ist aber auf Wesen beschränkt, die sich auf derselben Existenzebene befinden. Wenn du diesen Zauber wirkst, kannst einen der folgenden Effekte wählen:
Bekannter Spiegel: Dein Spiegel zeigt, was ein dir vertrauter Spiegel gerade zeigt.
Bekannte Person: Dein Spiegel zeigt eine dir gut bekannte Person, sofern sie sich in der Nähe eines Spiegels befindet.
Bekannter Ort: Dein Spiegel zeigt einen dir gut bekannten Ort, sofern dieser gegenwärtig von einem Spiegel reflektiert wird.

Du erhältst auf diese Weise nur visuelle Informationen. Es ist dir möglich, die Verbindung in beide Richtungen zu nutzen, so dass eine Person, die vor dem anderen Spiegel steht, sehen kann, was dein Spiegel gerade reflektiert.
Beispiel: Urion Petresky weiß, dass Königin Elvanna einen Spiegel in einem Gang ihres Thronsaals aufgehängt hat. Er kann durch seinen Handspiegel in diesen Flur blicken, selbst wenn die Königin nicht anwesend ist. Alternativ kann er versuchen, die Königin zu finden, indem er in seinen Spiegel blickt – sollte sie selbst sich in der Nähe eines Spiegels aufhalten, kann er sie sehen. Er kann aber auch den Zauber wirken und versuchen, in den Thronsaal zu blicken, sofern jemand einen Spiegel dorthin gebracht hat. Sollten diese Bedingungen nicht vorliegen, erblickt Urion nur sein eigenes Spiegelbild.

Dieser Zauber funktioniert nur in Verbindung mit angefertigten Spiegeln, nicht aber mit anderen spiegelnden Oberflächen wie ruhigen Wasseroberflächen oder polierten Metallschilden. Effekte, die *Ausspähung* blockieren, wirken auch gegen diesen Zauber.

IRRISER SPIEGEL

Schneeball

Schule Beschwörung (Erschaffung) [Kälte, Wasser]; **Grad** DRU 1, HEX 1, HXM/MAG 1, KAM 1, PKM 1
Zeitaufwand 1 Standard-Aktion
Komponenten V, G
Reichweite Nah (7,50 m + 1,50 m/2 Stufen)
Effekt Ein Ball aus Eis und Schnee
Wirkungsdauer Sofort
Rettungswurf Zähigkeit, teilweise (s.u.); **Zauberresistenz** Nein

Du beschwörst einen Ball aus zusammengepresstem Eis und Schnee. Diesen kannst du auf ein einzelnes Ziel als Berührungsangriff im Fernkampf werfen. Bei einem Treffer verursacht der Schneeball 1W6 Punkte Kälteschaden pro Zauberstufe (maximal 5W6). Das Ziel muss einen Zähigkeitswurf bestehen, um nicht für 1 Runde Wankend zu sein.

Schneeballhagel

Schule Hervorrufung [Kälte, Wasser]; **Grad** DRU 2, HEX 2, HXM/MAG 2, KAM 2
Zeitaufwand 1 Standard-Aktion
Komponenten V, G
Reichweite 9 m
Wirkungsbereich Kegelförmige Explosion
Wirkungsdauer Sofort
Rettungswurf Reflex, halbiert; **Zauberresistenz** Nein

Du entfesselst einen Hagel von Schneebällen gegen deine Feinde. Jede Kreatur im Wirkungsbereich erleidet 4W6 Punkte Kälteschaden durch den Beschuss mit den eisigen Bällen.

DIE WINTERKÖNIGIN

DER WINTERMARKT

DIE CHRONIKEN DER KUNDSCHAFTER: DIE KNOCHENMEHL-PUPPEN (1 VON 6)

Verehrte Mitglieder des Zehnerrats, mein Name ist Norret Gantier. Da ich Galte bin, muss ich darauf vertrauen, dass Ihr meinen Namen aus dieser Niederschrift tilgt oder die Veröffentlichung vertagt, bis ich nicht mehr unter den Lebenden weile oder mit einiger Wahrscheinlichkeit von den Toten zurückkehre. Und trotz meines Wunsches nach Anonymität hoffe ich, dass diese Botschaft mitsamt den darin enthaltenen Geheimnissen ausreichen wird, um mir einen Platz in Eurer ehrwürdigen Gesellschaft zu verschaffen.

Nichtsdestotrotz möchte ich nun die Geschichte der „Knochenmehl-Puppen" so erzählen, wie die Dinge sich zugetragen haben.

Der Frühling war früh nach Isarn gekommen. Es war der Morgen nach Frohmet mit all seinen Maskenbällen, an dem jeder seinen Kater auskurierte, zumindest im Eglantin-Haus. Meine Freundin und gelegentliche Geliebte Herrin Philomela hatte meine Dienste beansprucht, um im Tempel der Calistria eine Destille zu bauen, die ihre reichhaltigen Vorräte an jungem Met in Fünfkönigslikör verwandeln sollte. Der zwergische Name des Trunks bedeutet grob übersetzt „Du wurdest vom Bären zertrampelt", und so fühlt man sich danach auch. Dr. Orontius – der renommierte arkane Gelehrte und unserer ältesten Mitbewohner – und ich waren gerade dabei, uns vom Bären zertrampeln zu lassen, während wir uns in seinen Räumlichkeiten entspannten.

„Die Osirianer halten den Rekord allerdings nicht", sinnierte der noch immer als Sphinx verkleidete Doktor über das zuletzt angeschnittene Gebiet der Metaphysik. „Manche von ihnen glauben zwar, die Seele könne in fünf Teile gespalten werden, oder sechs, zähle man den Körper mit, oder neun, wenn man nach gewissen ketzerischen Strömungen geht. Doch es gibt in Tian Xia Philosophen, welche meinen, man könne die Seele in zwei, drei, zehn oder gar ein dutzend

DER WINTERMARKT

Einzelteile auftrennen. Verliert man jedoch einen oder mehrere Teile, führt es zumeist zu einer ernsthaften Einschränkung – man büßt seinen Schatten oder sein Bewusstsein ein, oder gar seine Sterblichkeit, ganz gleich, wie sehr man sich den Tod wünschen mag." Er zählte seine Argumente ab, indem er die Klauen seiner Löwenprankenhandschuhe eine nach der anderen antippte. „Habt Ihr während Eurer Alchemiestudien irgendetwas darüber gelesen?"

„Ein wenig", gab ich zu und verschwieg die Tatsache, dass mein Bruder Orlin seit seiner Wiederbelebung mit einigen metaphysischen Eigentümlichkeiten zu kämpfen hatte. „Meine Kenntnisse der tianischen Alchemie lassen leider zu wünschen übrig."

„So wie die meinen", stellte Dr. Orontius bedauernd fest. „Je älter ich werde, desto mehr Lücken kommen ans Licht. Zugegeben, das Bruchstück des nekromatischen Wissens, das mich am meisten reizt, befindet sich im Besitz der Jadwiga, der Hexen von Irrisen. Das gemeine Volk munkelt, dass sie mithilfe ihrer unirdischen Künste, die sie ihrer Ahnenfrau, der Hexenkönigin Baba Jaga, zu verdanken haben, winzige Fragmente einer Seele stehlen können, so subtil, dass der Bestohlene es kaum bemerkt.

„Bei Euch klingt es, als würde ein Koch ein schmales Stück Kuchen abzwacken und es vor dem Servieren glasieren." Der Einwurf kam von Orlin. Er war gerade erst zwölf geworden und bereits ein talentierter Koch. Anstelle seines Kostüms der letzten Nacht, des jungen Riesen „der Kleine Gigas", trug er seine gewöhnliche Kleidung.

Da ich ebenso hoch gewachsen bin, war ich als Großer Gigas verkleidet. Natürlich war ich mir jederzeit durchaus der Tatsache bewusst, dass ich nichts als einen Lendenschurz trug, der aus einem Streifen Löwenfell aus den Zeiten vor der Revolution gefertigt war. Meine Keule lag vermutlich noch in Philomelas Gemächern.

Orlin stellte einen Frohmet-Ring auf dem Kaffetisch zwischen uns ab.

Ich zuckte zusammen, doch Dr. Orontius' Miene hellte sich beim Anblick des sultaninengespickten Hefeteigs und der mit Honig verfeinerten Mandelcremefüllung auf. „Eine äußerst scharfsinnige Metapher. In der Tat, im Altertum buk man Seelenkuchen, und ein Kuchen lässt sich in Schichten oder Stücke aufteilen. Doch die wichtigere Frage ist: In welchem Stück steckt der Bienenfresser?"

Er bezog sich auf den Brauch, heilige Figurinen in den Frohmet-Ring einzubacken. Den Singvogel in seinem Kuchenstück zu entdecken, bedeutete, dass man den nächsten Honigkuchen bezahlen musste.

Der gute Doktor zauderte, bis das Messer wie von Geisterhand hoch flog und ein Stück Kuchen abschnitt. Dieses schwebte auf eine Serviette und anschließend in seine Pfoten.

Ich glaube, die „metaphysischen Eigentümlichkeiten" meines Bruders erwähnt zu haben. Die größte von ihnen bestand darin, dass er seit seiner Wiederbelebung von Rhodel, dem Geist einer alternden Prostituierten, heimgesucht wurde. Außerdem hatte Orlin die Neigung, Dinge zu manipulieren, ohne sie körperlich zu berühren. Beides hätte die Ursache sein können.

Ich klappte eine Linse meines Monokels herunter, um der Sache auf den Grund zu gehen, doch ich sah, dass die Seelenhände meines Bruders dort waren, wo sie sein sollten. Rhodels Schatten stand neben ihm in ihrer Lieblingsgestalt eines wunderschönen fünfzehnjährigen Mädchens. Sie lächelte mich mit in klassischer Vortäuschung der Unschuld geneigtem Kopf und gefalteten Händen an.

Ich klappte die Linse wieder hoch. Peinliche Stille folgte, in der Dr. Orontius an seinem Honigkuchen knabberte.

„Ihr erwähntet Hexen, die Seelen stehlen", drängte ich.

„Oh, ja", strahlte der Magier. „Meinen Quellen zufolge bewahren die Jadwiga die Seelensplitter in exquisiten Juwelen oder geschliffenen Phiolen."

„Zu welchem Zweck?"

„Ja, zu welchem Zweck eigentlich? Die Kundschafter-Gesellschaft glaubt, es könne etwas mit den tanzenden Hütten zu tun haben, diesen hühnerbeinigen Wächtern von Irrisens Grenzen, oder vielleicht mit den greisenhaften Porzellanpuppen, die angeblich darin wohnen. Aber selbst die Formel der Hexen für Porzellan ist ein Geheimnis, welches das Winterkönigreich eifersüchtig hütet." Der alte Gelehrte nippte erneut Likör aus einer vorrevolutionären Kristallflöte. „Euer kürzlich verstorbener Herzog hatte einige Nachforschungen über irrisisches Porzellan angestellt, nicht wahr?"

Ich verfluchte meine lose Zunge, dann verfluchte ich sie noch einmal mit einem Schluck Likör, der wie eine honigbestrichene Bärenkralle nachbrannte. „Das stimmt", gab ich zu, „doch selbst er hatte es nicht geschafft, das Geheimnis zu lüften."

Irgendwann hatte ich mich verplappert, dass ich an die alchimistischen Formelsammlungen Arjan Devores, des letzten Herzogs von Dabril, gelangt war. Dieser war zusammen mit seiner jungen Braut, der berüchtigten Anais Devore, nach Irrisen gereist. Dort hatten sie gehofft, ein „magisches Kind" zu erschaffen – dies ist eine geläufige Verschlüsselung für den Stein der Weisen, - und hatten geglaubt, dabei Hilfe von der „Herrin des Elfenbeinturms" zu erhalten.

Das letztere war vermutlich eine blumige Umschreibung für das weiße Elixier, eine der zwei Schlüsselsubstanzen, aus denen der Stein der Weisen erzeugt wird.

Mein Bruder schnitt sich ein Stück Kuchen ab und hockte sich auf eine Sofaarmlehne. „Also", sagte er zu Dr. Orontius, „arbeitet Ihr Euch nun hoch, um uns nach einer dieser Phiolen zu schicken."

Der gute Doktor verschluckte sich beinahe an seinem Kuchen. „Bin ich so durchschaubar?"

„Immer, wenn Ihr betrunken seid."

„Nun", sagte der alte Magier aufgeregt, „da ist mehr dran. Ich bin ein Kundschafter-Hauptmann, ein Veteran. Und obwohl ich mich schon lange aus dieser ehrenwerten Vereinigung zurückgezogen habe, bedaure ich es zutiefst, dass eine Stadt, die so großartig wie Isarn ist, derzeit keine Kundschafter-Loge besitzt, nicht einmal eine geheime. Dieses Haus aber würde eine hervorragende Wahl abgeben, daher habe ich meine Verbindungen zum Zehnerrat bemüht. Dabei habe ich die vergangenen Heldentaten Eures Bruders erwähnt, in die ich eingeweiht bin, und vermutlich nicht nur ich. Sie äußerten ihre Hoffnung, dass Norret sich dieser Untersuchung höchster Dringlichkeit annehmen würde, da er kein bekannter Agent ist und sich damit leichter unter die Leute in Weißthron mischen könnte."

„Und Euch die Seelenphiole bringen...", nahm Orlin an.

„Nicht nur das", sagte Dr. Orontius, „Wir hatten zwar einige Porzellanphiolen geborgen, doch alles, was sich darin befand, war Knochenstaub. Offenbar behält das gemeine irrisische

DIE WINTERKÖNIGIN

Volk sie als Andenken an jene, die nach Pharasmas Beinacker gereist sind. Genauso scheinen alle Puppen, die wir untersucht haben, nichts als Spielzeuge der Reichen zu sein, wie wir sie einst in Galt hatten, oder die im dekadenten Taldor noch zu finden sind, auch wenn sie von den besten Handwerkern jenes kalten Landes gefertigt wurden. Weder waren sie magisch, noch sahen sie wie Greisinnen aus. Was das Porzellan angeht, das wir zur Analyse eingeschickt hatten, konnten unsere Alchemieexperten nicht mehr darüber sagen, als dass es ungewöhnlich hart und glänzend war.

Ich hob einen Finger, um einen anderen Punkt anzusprechen. „Ich erinnere mich, postuliert zu haben, dass die Probe, die Ihr mir gegeben habt, aus Irrisen stammt."

„Und das ist es, was das Interesse des Zehnerrats erregt hat!", rief der alte Magier aus, „Ein Mann, der Euch sagen kann, dass die Härte, der Glanz und der Transparenzindex mit denen des irrisischen Porzellans aus den Zeiten des Schmiedekriegs übereinstimmen, nachdem er das Stück bloß in der Hand gedreht hat? Das ist beeindruckend!"

Ich zuckte mit den Schultern. Bescheidenheit ist manchmal die beste Tarnung für Geheimhaltung. Tatsächlich wurde ich jedoch von Pulvermeister Davin in der alchemistischen Wissenschaft ausgebildet, einem Zwerg, dessen Leidenschaft für Porzellanstatuetten beinahe gnomengleich war. „Ihr hattet nicht erwähnt, für wen ich diese Untersuchung durchgeführt hatte. Alles, was Ihr gesagt hattet, war, dass ein hübsches Sümmchen dabei herausspringt, wenn Eure Kontakte zufrieden sind."

„Und das waren sie auch!" Dr. Orontius' Augen strahlten. „Der Zehnerrat ist in der Tat derart entzückt, dass sie mich ermächtigten, Euch ein ganz besonderes Angebot zu machen: Solltet Ihr diese Mission erfolgreich abschließen, werden sie Euch eine Kundschafter-Felderrungenschaft zusprechen – volle Mitgliedschaft, mit allen Rechten und Privilegien. Ja, ich selbst werde Euch einführen und Eure Reise nach Süden bezahlen, solltet Ihr den Wunsch verspüren, die Große Loge in Absalom zu besuchen."

Ich stählte mich mit einem weiteren Schluck Likör. Jedes Kind in der Inneren See, sogar in Galt, träumte davon, ein Kundschafter zu werden, dem Ruf des Abenteuers zu folgen und nach verlorenen Schätzen zu suchen. Zumindest hatte ich es getan, bevor ich in den Krieg zog und unzählige Schrecken erleben musste – oder sie selbst erschuf.

Der Trunk brannte nach und gab sein Bestes, mein Gewissen zu beruhigen.

„Norret darf also Kundschafter werden, wenn er eine Seelenphiole von den Hexen stibitzt", fasste Orlin das Gespräch zusammen.

Mein Bruder hat eine derbe Art, die Dinge auf den Punkt zu bringen, diesmal hatte er jedoch vollkommen recht.

Dr. Orontius störte es jedenfalls nicht. „Was der Zehnerrat benötigt, ist nicht bloß eine Seelenphiole, sondern auch das Wissen um die relevanten Rituale und Informationen darüber, was sie mit irrisischem Porzellanhandel, den Greisinnenpuppen und den tanzenden Hütten zu tun haben." Der alte Magier zog ein winziges Vogelfigürchen aus seinem Mund und schaute uns geknickt an. „Oh, schau an, ich habe den Bienenfresser gefunden", sagte er. „Wusstet Ihr schon, dass man in Irrisen die Frohmet-Ringe mit Mohnsamenpaste statt mit Mandeln füllt?"

Orlin sah nicht begeistert aus. „Mit einem betrunkenen Magier gehen wir nirgendwohin."

„*Dem* kann geholfen werden." Dr. Orontius erhob sich würdevoll, was angesichts seines Kostüms mit Adlerflügeln und Löwenschweif durchaus eine beeindruckende Leistung war. Er ging zu einem Wandschrank hinüber und holte eine Kristallflasche daraus hervor. „Habt Ihr die Mixtur, die Ihr für mich vorbereiten solltet, Norret?"

„Ja." Er hatte mir zwar ein Rezept für irgendwelche sprudelnden Salze gegeben, doch kein Wort über deren Anwendung verloren. „Hier ist sie." Ich mag zwar meine Keule vergessen haben, doch ohne seinen Beutel geht ein Alchimist nirgendwohin. Der Riesenbeutel hatte ein perfektes Versteck für meinen eigenen abgegeben.

Dr. Orontius nahm das Papier, das ich herausgeholt hatte, entgegen, und schüttete fachmännisch eine Prise des Inhalts in die Flasche. Es sprudelte heftig, und er pfropfte sie zu, just bevor die Flüssigkeit überquoll. Schließlich setzte sie sich ab und klärte sich, bis sie wie glitzernder Champagner aussah.

Er schüttete uns dreien ein Glas voll ein. „Mögen Calistria und Cayden über diesen Augenblick der Schwäche hinwegsehen." Unsere Gläser klirrten, und er leerte das seine in einem Zug.

Ich tat es ihm gleich. Es war überaus erfrischend, ja richtig belebend. Dann rülpste ich, und der Kohlensäure folgte eine gewaltige Welle Alkoholdämpfe.

„Orlin ist weitaus klüger, als sein Alter es erahnen lässt."

DER WINTERMARKT

„Habe ich mir gleich gedacht, dass Ihr einen gewissen Vorrat davon habt", sagte Dr. Orontius. „Diese Mixtur sollte jeder Kundschafter parat haben."

Mir war bewusst, dass ich Dr. Orontius' Auftrag schon angenommen hatte, ohne formell meine Zustimmung zu äußern. Doch der alte Gauner kannte mich und meine Neugier nur allzu gut. Ich hatte mich schon für weniger in größere Gefahr begeben.

Orlin schaute finster drein. „Wie lange werden wir unterwegs sein, und was sollten wir mitnehmen?"

„Oh, eine Woche vielleicht. Ich weiß, dass das Frosthalltheater sich an einer Neuaufführung von ‚Kostschitschie der Unsterbliche' versucht, und das wollte ich ohnehin nicht verpassen. Sie haben einen Frostriesen gefunden, der schauspielern kann! Stellt Euch das vor! Davon abgesehen, zieht Euch einfach so warm wie nur möglich an. Stellt Euch vor, es wäre Kuthona, nur doppelt so kalt." An mich gerichtet, fügte er hinzu: „Nehmt den Probenkoffer Eures Parfümhändlers mit, und alles Feuerwerk, das von Allerkönigen noch übrig ist. Die Hexen von Weißthron sind verrückt nach Luxus und Neuheiten. Als deren Lieferant werden Euch Türen offen stehen."

Das schien vernünftig. Ich ging hinaus und zog meine Winterreisekleidung an, packte aus gutem Grund eine Extraflasche Schnaps mit dazu und kehrte in Dr. Orontius' Suite zurück. Dort fand ich meinen Bruder in einen Wust aus Schals gewickelt vor, der die gesamte Sammlung der verstorbenen Madame Eglantine hätte darstellen können. Über die gute Dame werde ich kein Wort verlieren, außer um zu erwähnen, dass sie für ihre Strickkünste bekannt war.

„Du siehst wie ein varisischer Karneval aus", sagte ich zu meinem Bruder.

„Es ist Frohmet. Wem würde es auffallen?", zuckte Orlin mit den Schultern. „Außerdem sollte es wenigstens warm halten."

Dr. Orontius hatte sich einen Überwurf sowie fellbesetzte Fäustlinge mitsamt passender spitzer Kapuze übergestreift. Seine Eule Muko hockte auf seiner Schulter. „Seid Euch da nicht so sicher." Er wandte sich zu einer mit Landschaftsmalereien behangenen Wand um und hob seinen catobleposköpfigen Wanderstecken, um einen Rahmen zu berühren.

Der Staub verschwand von der vergoldeten Oberfläche, die nun zu glühen begann und die abgebildete Szenerie mitsamt der Namensplakette erleuchtete. „Marktplatz, Händlerviertel, Weißthron", blökte der Catobleposkopf den Titel mit blecherner Stimme laut vor.

Hohe Gebäude mit verschneiten Giebeln und Schieferdächern umgaben den Platz. Marktstände drängten sich in ihrem Schatten, von weißen Zeltplanen Schneewehen gleich bedeckt. Laternen mit eingestanzten Sternen schmückten die Szenerie mit weißen Lichtern, die wie tanzende Schneeflocken wirkten. Sie bewegten sich plötzlich, tänzelten umher, dann strömten sie aus dem Gemälde und umflossen uns in einem Wirbel aus blendendem Weiß. Schließlich verblassten sie.

Ich spürte, wie Kälte in meine Stiefel hineinkroch. Die katapescher Teppiche aus Dr. Orontius' Empfangszimmer waren zu einer Schneedecke geworden. Die frostige Luft war so scharf, dass ich überrascht keuchte und meinen Atem weiß aufsteigen sah.

Orlin bot mir einen dicken Schal aus seiner Sammlung an. Ich nahm ihn dankbar entgegen und wickelte ihn um Mund und Nase. Mein Monokel schützte zwar mein linkes Auge, doch mein rechtes begann zu tränen.

Dr. Orontius schwang seinen Stecken in einer ausschweifenden Geste. „Schaut, dies ist der Wintermarkt!"

Der Markt sah wie auf dem Gemälde aus, abgesehen davon, dass es Tag war und nicht Nacht. Die Sonne hing tief über dem östlichen Horizont. Der Morgen war eben erst nach Weißthron gekommen.

Magier und Hexenmeister tauchten rings um uns herum auf. Hier eskortierte ein Taldaner, gewandet in Roben mit Stickereien des kaiserlichen Löwen, eine Abordnung junger Adliger. Dort schritt eine Frau in einem schwarzen, rotgeschlitzten Kleid und mit einem Imp auf der Schulter daher, gefolgt von einer Gruppe Halblinge, die eine eisenbeschlagene Truhe trugen.

Da es niemanden zu interessieren schien, nahm ich an, dass es ein weiterer gewöhnlicher Morgen auf dem Marktplatz von Weißthron war.

Hinter uns stand die eiserne Statue einer alten Frau mit dem Besen in der Hand, einem Reisigbündel auf dem Rücken und gerupftem Hahn am Gürtel.

„Auf bald", verabschiedete sich Dr. Orontius, indem er seinen Stab hob, und ging davon. Orlin streckte einen Finger empor, nickte in Richtung der Statue und entfernte sich ebenfalls. Wir hatten ein Standardprozedere beim Aufteilen – die Geste bedeutete, dass wir uns hier am Mittag treffen würden.

„Galtische Strickware!", rief mein Bruder, „Feine Schals und Strümpfe! Gestrickt von den tapferen Frauen Isarns noch vor der Guillotine selbst!"

Ich bewunderte seine Initiative. Ich selbst hatte nur an mein eigenes Handwerk gedacht und nicht in Erwägung gezogen, dass jegliche typisch galtische Ware einen guten Preis einbringen könnte.

Es schneite leicht, gerade genug, um die Luft funkeln zu lassen, und hier und da knisterten offene Feuer, die Menschen wie Motten anzogen. Eins davon war die einladende Kohlepfanne eines Händlers, der geröstete Pinienkerne feilbot. Ein anderes war ein Schmiedefeuer, vor dem ein Zwergenschmied seinen Hammer in einem vertrauten Rhythmus auf den Amboss schlug. Ein drittes war die Flamme unter einem hellen Kupferkessel, aus dem Dampf aufstieg und die Winterluft mit einem berauschenden Duft füllte. Drei blauäugige Jungfern mit schleierbehangenem Kopfschmuck und schweren Brokatschürzen tanzten um ihn herum und sangen ein Madrigal.

Die Worte drangen deutlich an meine Ohren:

Blaubeer', Brombeer', Heidelbeer'!
Würzig süß, was wünscht man mehr!
Kommt, taut euch auf!
Sbiten hier kauft!
‚Ran an den Kessel, kommt alle her!

Ihr Stand war mit Bienen- und Wespengirlanden aus Draht und Flitter geschmückt. Frohmet wurde tatsächlich in Irrisen wie in Galt gefeiert, wenn auch auf leicht unterschiedliche Art und Weise. Ich nahm die Einladung an, näherte mich dem Kessel und wärmte meine Handschuhe. Nachdem ich ein wenig aufgetaut war, holte ich meinen Deckelkrug hinaus und reichte ihn einer der Jungfrauen.

Sie musterte ihn und nahm den Zinndeckel und die kobaltblauen Diamanten aus klassisch zwergischer Salzglasur zur Kenntnis – es war ein Geschenk von Pulvermeister Davin. Nachdem sie den Krug mit einem Nicken für würdig befunden hatte, hielt sie ihn auf, damit ihre Schwester den heißen

DIE WINTERKÖNIGIN

Trunk hineinschütten konnte, und übergab ihn mir lächelnd im Austausch für eine Silbermünze.

Ich nippte an dem Gebräu und versuchte, etwaige nicht erwähnte Kräuter und Gewürze herauszuschmecken, für den Fall, dass ich deren alchemistische Eigenschaften für einen Sud brauchen sollte. Ich entdeckte roten Klee, der Fleiß steigern konnte, und Melisse, auch Zitronenbalsam genannt, die unter Calistria-Anhängerinnen und galtischen Hexen beliebt war. Zimt und Ingwer aus Jalmeray? Nichts weiter als wärmende Gewürze. Ich schnallte meine treue Muskatraspel ab und fügte ein paar Späne von anderen Reagenzien hinzu, um die katalytische Wirkung des Trunks zu verbessern, dann leerte ich den Krug.

Während Wärme durch meine Adern floss und das Eis schmolz, kehrte das Gefühl in meine Extremitäten zurück. Ich warf den Jungfrauen eine zweite Silbermünze zu, damit sie meinen Krug nachfüllten, und eine dritte als Dank für einen angenehmeren Wärmer, als ich mitgebracht hatte. Bürger Zedrin, ehemaliger Konditor und nun Grenadierhauptmann, hatte mir die Infusion zur Akklimatisierung beigebracht und die Bedeutsamkeit von vor Ort verfügbaren Vorräten eingebläut.

Ich lockerte meinen Schal und nippte am Sbiten, diesmal nur des Geschmacks und der Freude am Entdecken neuer Kulturen wegen.

Der Import blühte in der Tat auf dem Markt, und obwohl es schon merkwürdig war, Frühlingsfrüchte mitten im Winter vorzufinden, war es noch seltsamer, sie neben Spätsommerpfirsichen oder Herbstäpfeln zu sehen. Ich stellte fest, dass ich zwischen die Reihen der Obsthändler gewandert war.

Eine weißhaarige Frau, die zu spärlich für die Jahreszeit gekleidet war und eben jene Kälteunempfindlichkeit zur Schau stellte, die ich zu verbergen versuchte, bot mit viel Pomp eine exotische Frucht dar. Sie sah aus wie ein großer goldener Tannenzapfen mit einer Aloekrone obendrauf. „Calistrias Krone", erklärte die Frau, indem sie ein geschwungenes Messer zog, „Unter größten Entbehrungen aus den fernsten Winkeln dieser Welt zu uns gebracht, und doch wächst sie nun, von uns gepflegt, in den Verborgenen Gärten. Wer möchte ein Stück haben? Ein Goldstück für eine Scheibe unserer goldenen Frucht."

Der Preis war ruinös, doch als Galter war ich absurde Preise für Nahrung gewohnt. Ich warf der Frau eine Goldmünze zu und wurde mit einer großzügigen Scheibe belohnt, die so gelb und beinahe so duftend war wie Herrin Philomelas Lieblingsseidenkleid. „Der untere Teil ist am süßesten", verriet mir die Hexe neckisch.

Ich biss ein Stück ab. Das Fleisch war fest und süß, saftig wie ein Pfirsich, sauer wie eine Orange, und hatte einen Duft und Nachgeschmack nach sonnengewärmtem Apfel.

Ich mochte Weißthron bereits jetzt.

Andere Marktbesucher lechzten danach, ein Stück vom Leckerbissen zu probieren. Ich schlürfte meins bis zum letzten Rest der ledrigen Haut ab und faltete diese in ein Wachstuch zur späteren Untersuchen. Der Rest des Sbitens fand sein gutes Ende zusammen mit einer Lachs- und Buchweizenpastete aus der nächsten Marktreihe. Ich entdeckte Dr. Orontius in der Schlange vor einem Backwarenstand, dessen Schild eine sitzende Katze vor einem Herd darstellte.

„Ich glaube, dies hier sollte Glück bringen", sagte Dr. Orontius, als er mir behutsam eine liebevoll mit roter Schnur gebundene Papierschachtel übergab. Eine stilisierte graue Katze zierte das Paket.

Magier konnten kryptisch sein, also wagte ich einen Blick hinein. Frohmet-Ringe bestanden in Weißthron offenbar aus geschlitztem Safranteig mit Mohsamenfüllung, der den Hinterleib einer Wespe Calistrias darstellen sollte, mit Flügeln und Brust aus goldenem Marzipan und Augen aus gerösteten Pinienkernen. Dann schaute ich auf das Schild und ließ beinahe mein Monokel fallen. Die eingebackenen Figürchen – die Peitsche der Vergeltung, der Fächer der Täuschung, der Dämon Kostschitschie und der ganze Rest – wurden für gewöhnlich aus gefärbtem Zinn gemacht, manchmal aus vergoldetem Silber, und ganz selten aus echtem Gold. Vor der galtischen Revolution ließ der dekadente Adel sie ab und zu mit wertvollen Juwelen verzieren und machte damit aus dem Wahrsagerkuchen ein Glücksspiel.

Die irrisischen Hexen hatten sie nochmals übertroffen, denn das Schild versprach echte Zauberei in manchen Figürchen. Verzauberte Ware gab es auf dem Markt von Weißthron in Hülle und Fülle. Hier fertigte ein Jadwiga-Mann mit eisigen Augen einen traditionellen Kaftan, bestickt mit volkstümlichen Motiven wie Hunden oder Pferden, bloß etwas abgenutzt und zerschlissen. Er riss eine lose Stickerei von einem Ärmel ab und warf sie zu Boden. Urplötzlich erwachte sie zum Leben und verwandelte sich in ein winziges Tier, welches ich zunächst für eine Ratte hielt. Es wuchs rasch an, wie ein auf eine Nebelwand projiziertes Bild, wenn man die Laterna Magica zurückbewegt. Schließlich stand ein Maultier im Schnee da, mit Satteltaschen und allem Drum und Dran, wackelte mit den Ohren und sah den Hexer mürrisch und erwartungsvoll an.

Nicht jede Zauberei auf dem Markt war allerdings so wunderlich und entzückend. Eine alte Frau verkaufte abgetrennte Hände, manche uralt und mumifiziert, andere so frisch, als wären sie kürzlich ihren rechtmäßigen Besitzern entrissen worden. Ich klappte die entsprechende Linse meines Monokels herunter, während ich vorbeischritt, und war nicht überrascht, die blutige Aura der Nekromantie zu sehen.

Was ich jedoch nicht sah, waren Puppen.

Marktstände verkauften Hexenzepter und Kriegerschwerter, Magierstäbe, Krückstöcke und Musikinstrumente, sogar eine Fülle an Stiel- und Reisigbesen. Eine weißhaarige Matrone hielt einen der Letztgenannten hoch und schwor, er würde mich mit der Anmut einer Gans durch die Lüfte gleiten lassen.

Dann erblickte ich den Mammut. Zwei Riesen bewunderten das Tier, begutachteten seine Ohren und Stoßzähne und tätschelten seine Flanken, so wie eine Person von normalem Wuchs ein Pony tätscheln würde. Dann hob einer von ihnen eine junge Riesin hoch, die anderthalb mal so groß wie ich war, und setzte sie auf dem Rücken des Mammuts. Sie hielt eine kindsgroße Porzellanpuppe fest umklammert.

Ich glaube, ich hätte die Monster erwähnen sollen. Neben Riesen wanderten blauhäutige Trolle und pferdegroße weiße Wölfe frei zwischen Menschen, Zwergen und anderen Bewohnern des kalten Reiches umher und inspizierten munter Pakete mit Tee und andere exotische Waren einer Karawane, die nur von jenseits der Krone der Welt gekommen sein konnte.

DER WINTERMARKT

Ich fragte mich, ob es weise wäre, die Riesen zu fragen, wo sie die Puppe für ihre Tochter gekauft hatten, als eine Schar frostblauer, fröhlich schnatternder Goblins an mir vorbeirannte und mich so auf etwas aufmerksam machte, das mich nicht minder entzückte: einen tianischen Feuerwerkshändler. Er war gerade dabei, seine Auslage zu füllen, und seine Ware war in exquisites tianisches Papier gewickelt. Ich erkannte die vertrauten Libellenraketen und Hexenkerzen wieder, nebst einem komplizierten Feuerrad in Form einer Schelynsrose, das als ‚die Chrysanthemendame' etikettiert war, außerdem Sirenenspringbrunnen, Wunderkerzen, Schnüre voller Knallfrösche und eine große Auswahl an feuerballschießenden Goblinknallern, die die Goblins so in Aufregung versetzt hatten.

Zwei Wachen mit Wolfshunden und gefährlich aussehenden Hellebarden standen in der Nähe herum. Ich nahm an, dass sie zur berühmten Eisengarde von Weißthron gehörten und dass der Alchemist sie dafür bezahlt hatte, seine Waren im Auge zu behalten.

Was ich nicht sah, waren Springfrösche, die zahmere und eher für Feste geeignete Version der giftigen Kröten, die Pulvermeister Davin mir fürs Schlachtfeld beigebracht hatte.

Geheimhaltung gehört fest zum Handwerk eines Alchemisten, doch zum Glück sprach der Fremde besser Taldani als ich Tien. Er schien interessiert, verlangte jedoch eine Vorführung.

Ich platzierte einen Springfrosch in den Schnee und berührte die Zündschnur mit der geschwefelten Spitze eines Asmodeus-Streichholzes. Sie brannte ab und verschwand im Inneren des Frosches. Einen Augenblick lang saß er da und tat nichts. Dann dehnte sich das gefaltete Papier seines Kehlsacks aus und ließ ein Quaken ertönen, sehr zum Entzücken der Goblins. Eine lange rosafarbene Luftschlangenzunge schoss mehrmals aus dem Maul heraus, beim letzten Mal mit einer glitzernden Libelle, die Feuer aus dem Hinterleib verschoss. Die Knaller in den Schenkeln des Frosches fingen Feuer und ließen ihn springen, damit er seinem Namen gerecht wurde, bevor er die widerspenstige Libelle wieder einfing. Der Edelstein in der Stirn des Frosches leuchtete auf wie Arodens Auge, und auf einmal explodierte er – vermutlich nicht wie Aroden, denn ich bezweifle, dass der tote Gott in einem Schwarm leuchtender Glühwürmchen und nach Limettenblüten duftendem grünem Rauch verschwunden war.

Der Rauch verzog sich, die Glühwürmchen glommen im Schnee aus und hinterließen Brandspuren und Asche – und eine Horde entzückter Goblins, von denen jeder gleich ein Dutzend kaufen wollte.

Wichtiger war die Tatsache, dass der Alchemist meine Formel erstehen wollte. Obwohl er mit Sicherheit die einzelnen Komponenten gesehen hatte, würde er lange brauchen, um den Effekt selbständig zu reproduzieren. Wir begannen zu feilschen, und er nannte ein Geheimnis nach dem anderen, die ich entweder alle kannte oder mir nicht leisten konnte, bis er schließlich flüsterte: „Ihr kennt Parfüms. Aber kennt Ihr auch die Formel der berühmten Tianischen Tünche, des Elixiers zur Verbannung des Bösen?"

Ich kannte sie nicht, und ich konnte mir vorstellen, dass an einem Ort wie Irrisen Mittel zur Verbannung des Bösen überaus nützlich sein könnten.

Wir tauschten Notizen, und ich hatte gerade meine Formelsammlung zurück in den Mantel gesteckt, als ich den Schrei hörte.

Es war kein menschlicher Laut, sondern das Geräusch von etwas, das wir in Galt als den Freiheitsschrei kennen. Wölfe heulten, winselten und bedeckten ihre Ohren mit den Pfoten, ich aber schaute hoch zum Himmel und sah die blaue Rauchfahne über dem leichten Schneefall.

Soldaten meines Regiments benutzten die ‚Blauen Freiheiten' als Leuchtsignale in der Not. Ich hatte dafür gesorgt, dass Orlin eine mitgenommen hatte.

Die Marktstände waren jedoch ein wahres Labyrinth.

Ich schaute zu den Goblins, die mich mit unaufhörlicher boshafter Entzücken angrinsten. „Ein Springfrosch für den, der mich dorthin bringt, wo das Signal herkam."

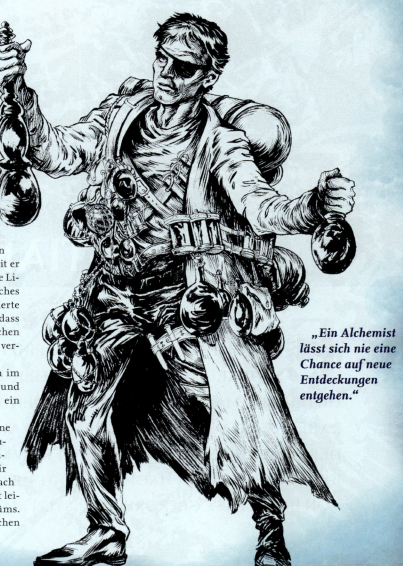

„Ein Alchemist lässt sich nie eine Chance auf neue Entdeckungen entgehen."

BESTIARIUM

Es hatte die ganze Nacht geschneit und der Waldboden lag unter einer Schicht reinen, weißen Schnees. Noch mehr Schnee lag auf den Bäumen und drückte ihre Äste nach unten, bis manche fast den Boden berührten. Fast ein Dutzend Raben startete flügelschlagend aus einem nahe Baum, als zwei der jungen Tannen zum Leben erwachten. Die Bäume griffen mit ihren Gliedmaßen nach uns und der Wärme des Lebens, während von ihren fast gefrorenen Ästen klebriges Harz tropfte.

~Marliss Nalathani, Entdecker

BESTIARIUM

Die Seiten dieses Pathfinder-Bestiariums sind gefüllt mit Tieren des Nordens und Kreaturen der Winterkälte. Mit den Hausgeistern und Hexenkrähen kommen Märchenwesen, während arktische Tiere eher weltliche Gefahren darstellen. Frosttannen schließlich lassen unheimliche Nadelwälder in einem gänzlich neuen Licht erscheinen.

WEITERE WINTERLICHE BEGEGNUNGEN

Die hier präsentierte Zufallsbegegnungstabelle enthält eine Mischung von Kreaturen, die in warmen Klimagebieten heimisch sind, und jenen, die im Land des Ewigen Winters leben. Im Laufe des Abenteuers besteht alle 3 Stunden eine Chance von 25%, dass die SC eine Zufallsbegegnung haben. Sollte die Tabelle ein für das Klima unpassendes Ergebnis liefern, mag es sein, dass die Kreatur durch das Portal aus Irrisen gekommen ist, bzw. von Taldor nach Irrisen übergewechselt ist.

Ein SL, der mehr winterliche Begegnungen nutzen will, kann die Begegnungstabelle im *Almanach zu Irrisen* nutzen. Weitere irrisische Gefahren und Kältemonster sind im Kapitel 3 dieses Buches zu finden.

Eine mörderische Krähe (HG 3): Agstarath fliegt hoch am Himmel auf der Suche nach einem einsamen Reisenden, den sie belästigen kann. Dabei wirft sie einen dunklen Schatten auf jeden und alles unter sich. Genau genommen ist sie stets auf der Jagd nach weiteren magischen Schätzlein für ihren Hort. Diese Größere Hexenkrähe (siehe Seite 88) setzt ständig *Magie entdecken* ein und sucht Wagenzüge und Wanderer nach verräterisch leuchtender Ausrüstung ab. Findet sie einen solchen Gegenstand, wägt sie das für sie bestehende Risiko ab und ob sie nicht besser auf ein leichteres Ziel warten sollte. Manchmal sorgt der Lockruf eines machtvollen magischen Gegenstandes aber dafür, dass Agstarath alle Vorsicht vergisst. Wenn sie einen Reisenden zu bestehlen versucht, verbirgt sie sich zwischen den Bäumen und nutzt ihre zauberähnliche Fähigkeit *Bauchreden*, um mit ihrer aus einer anderen Richtung kommenden Stimme ihr Opfer in einen Hinterhalt zu locken. Dann wirkt sie *Verschwinden* und greift möglichst heimlich im Sturzflug an, wobei sie ihren Angriff mit Hexereien untermauert. Agstarath ist zwar in erster Linie an magischer Beute interessiert, ihre Opfer werden aber nie lebend gefunden – und wenn ihre Leiche entdeckt werden, sind ihre leckeren Augen fort.

Die vier Fallenstellerinnen (HG 4): Es gibt Menschen, die sich ihren Lebensunterhalt damit verdienen, Tiere lebend einzufangen, um ihre Pelze zu verkaufen. Diese Leute führen im Wald aber nicht das beste Leben. Die Tage sind lang, die Arbeit ist schmutzig und Eindringlinge und Fremde können die Beute verscheuchen oder - schlimmer noch – direkt unter den Augen eines Fallenstellers töten. Ein Fallensteller muss daher sein Jagdrevier verteidigen und ständig seine Fallen überprüfen, damit nicht andere Fallensteller und Raubtiere ihm die Früchte seiner Arbeit stehlen. Thayrin (Spielwerte wie ein Fallensteller, *SLHB*, S. 306) und ihre drei Schwestern Orana, Edyta und Greta (Spielwerte wie Fußvolk, *SLHB*, S. 284) bejagen diesen Wald seit mehreren Jahren und haben überall Fallen aufgestellt. Die Schwestern leiden unter dem Verfolgungswahn, ihr inoffizieller Anspruch auf den Wald könnte von Wilderern verletzt werden. Daher reagieren sie jedem Fremden gegenüber, der den Wald betritt, aggressiv und neigen dazu, erst anzugreifen und dann Fragen zu stellen. Jene, die in der Nähe des Waldes leben, betreten ihn nicht mehr, da viele der ausgelegten Fallen auch durchaus einen Humanoiden festhalten können.

Kneipenschlägerei (HG 5): Egal wie klein und friedlich eine Schenke eigentlich ist, irgendwann betrinkt sich jemand derart, dass er die Worte eines anderen Gastes völlig missversteht. Und dann werden Tisch umgeworfen und es fliegen die Fäuste. Ist der Ort groß genug, um eine Stadtwache zu besitzen, könnte diese sich einmischen, falls der Rauswerfer der Schenke die Lage nicht unter Kontrolle bekommt. Auf dem Lande dagegen lässt der Schankwirt oft eine Schlägerei ihren Lauf nehmen in der Hoffnung, dass es keine Schwerverletzten oder Toten gibt und es allen Beteiligten am nächsten Morgen leid tut. Die Zeiten sind hart und die Anspannung hat den Zerreißpunkt erreicht, so dass viele Dorfbewohner ihr Heil auf dem Grund eines Humpens suchen. Fremde im Ort sind immer das Ziel von Misstrauen, daher könnte ein falscher Schritt eine Prügelei ausbrechen lassen. Heute Abend sind vier kräftige Burschen mehr als bereit, jedem, der nach Ärger sucht, seinen Wunsch zu erfüllen (Spielwerte von Trunkenbolden, *SLHB*, S. 309).

ZUFALLSBEGEGNUNGEN FÜR HELDREN UND WALDSBY

W%	Ergebnis	Ø HG	Quelle
1–4	1 Frosttanne	1	Siehe Seite 84
5–9	1 Riesenbiene	1	MHB II, S. 39
10–14	1W6 Goblins	1	MHB, S.128
15–19	1 Hexenkrähe	1	Siehe Seite 88
20–24	1 Wildschwein	2	MHB, S. 276
25–29	1W6 Blutmücken	2	MHB, S. 33
30–34	1 Riesenmantis	3	MHB, S. 178
35–39	1 Löwe	3	MHB, S. 193
40–44	1 Moskitoschwarm	3	MHB II, S. 172
45–49	1 Moostroll	3	MHB III, S. 267
50–54	1 Oger	3	MHB, S. 201
55–59	1W4 Kleine Eiselementare	3	MHB II, S. 96
60–64	1 Wurzelmännchen	3	MHB II, S. 288
65–69	1W4 Wölfe	3	MHB, S. 278
70–74	1 Grauschlick	4	MHB, S. 138
75–79	1 Alraun	4	MHB II, S. 24
80–84	1W4 Schockechsen	4	MHB, S. 231
85–89	1 Yeti	4	MHB, S. 284
90–94	1 Riesenkragenechse	5	MHB, S. 91
95–100	1 Eisbär	5	Siehe Seite 82

DIE WINTERKÖNIGIN

ARKTISCHE TIERE

Das Überleben bei extremer Kälte fällt den meisten Kreaturen schwer. Nur wenige haben sich in diesen gnadenlosen Klimazonen zu Raubtieren an der Spitze der Nahrungskette entwickelt:

BÄR, EIS-

Rotes Blut befleckt das Maul dieses Bären in krassem Kontrast zu seinem weißen Fell.

EISBÄR	HG 5

EP 1.600
N Großes Tier
INI +3; **Sinne** Dämmersicht, Geruchssinn; Wahrnehmung +8
VERTEIDIGUNG
RK 20, Berührung 12, auf dem falschen Fuß 17 (+3 GE, –1 Größe, +8 natürlich)
TP 52 (5W8+30)
REF +7, **WIL** +4, **ZÄH** +10
ANGRIFF
Bewegungsrate 12 m, Schwimmen 6 m
Nahkampf Biss +9 (1W8+7), 2 Klauen +9 (1W6+7 plus Ergreifen)
Angriffsfläche 3 m; **Reichweite** 1,50 m
SPIELWERTE
ST 25, **GE** 17, **KO** 23, **IN** 2, **WE** 16, **CH** 10
GAB +3; **KMB** +11 (Ringkampf +15); **KMV** 24 (28 gegen Zu-Fall-bringen)
Talente Ausdauer, Fertigkeitsfokus (Überlebenskunst), Rennen
Fertigkeiten Schwimmen +19, Überlebenskunst +8, Wahrnehmung +8; **Volksmodifikatoren** Schwimmen +8
LEBENSWEISE
Umgebung Kalte Ebenen und Küsten
Organisation Einzelgänger oder Paar
Schätze Keine

Eisbären schwimmen entlang eisiger Küsten und streifen auf der Suche nach Beute über vereiste Ebenen. Oft fressen sie Seerobben, welche sie an Löchern im Eis zufassen bekommen, greifen aber jede Kreatur an, wenn sie verzweifelt sind oder provoziert werden. Im Gegensatz zu den meisten Tieren zeigen Eisbären keine Furcht und können zu gefährlichen Aasfressern in der Nähe arktischer Ansiedlungen werden. Anstatt sich jeder Bedrohung zu stellen, weichen sie diesen oft aus, indem sie ins eisige Wasser springen. Eisbären besitzen eine Fettschicht, die ihnen Auftrieb verleiht. Ihre lange Hälse sorgen dafür, dass ihre Köpfe über Wasser bleiben.

Mit ihren übergroßen Pfoten, zwischen deren Zehen sich Schwimmhäute befinden, können sie ein stetiges Schwimmtempo vorlegen: Ein Eisbär kann an einem Tag schwimmend mehr als 150 km zurücklegen.

Manche arktische Sippen jagen Eisbären als wichtigen Teil ihrer Nahrung und verwenden ihre Felle und Knochen für Kleidung und zur Werkzeugherstellung. Viele dieser Kulturen betrachten die Bären als heilige Tiere und ehren sie im Tod durch Rituale und Zeremonien. Eisbären werden im Durchschnitt 15-20 Jahre alt, können teilweise aber auch bis zu 40 Jahre alt werden. Sie gehören zu den größten Raubtieren auf dem Eis. Erwachsene Männchen können 800 bis 1.200 Pfund schwer werden, Weibchen 350 bis 650 Pfund.

WIESEL, RIESEN-

Dieses gewaltige Wiesel huscht beinahe wie eine Schlange über den Boden, ehe es sein Ziel mit gebleckten Zähnen anspringt.

RIESENWIESEL	HG 3

EP 800
N Großes Tier
INI +3; **Sinne** Dämmersicht, Geruchssinn; Wahrnehmung +8
VERTEIDIGUNG
RK 15, Berührung 12, auf dem falschen Fuß 12 (+3 GE, -1 Größe, +3 natürlich)
TP 34 (4W8+16)
REF +7, **WIL** +2, **ZÄH** +8
ANGRIFF
Bewegungsrate 12 m, Klettern 6 m
Nahkampf Biss +6 (1W8+4 plus Festklammern und Blutung), 2 Klauen +6 (1W6+4)
Angriffsfläche 3 m; **Reichweite** 1,50 m
Besondere Angriffe Blutung (1W4)
SPIELWERTE
ST 19, **GE** 17, **KO** 18, **IN** 2, **WE** 12, **CH** 11
GAB +3; **KMB** +8; **KMV** 21 (25 gegen Zu-Fall-bringen)
Talente Fertigkeitsfokus (Wahrnehmung), Verstohlenheit

BESTIARIUM

Fertigkeiten Entfesselungskunst +5, Heimlichkeit +5, Klettern +16, Überlebenskunst +2 (bei Spuren folgen mittels Geruchssinn +6), Wahrnehmung +8; **Volksmodifikatoren** Überlebenskunst beim Spuren folgen mittels Geruchssinn +4

LEBENSWEISE
Umgebung Beliebig
Organisation Einzelgänger oder Paar
Schätze Keine

Zur Familie der Wiesel gehört eine große Anzahl gewöhnlicher Säugetiere wie Frettchen, Hermeline, Nerze und Stinktiere. Alle davon können zuweilen riesenhafte Varianten hervorbringen.

Als opportunistische Fleischfresser bevorzugen Wiesel lebendige oder zumindest frische Nahrung. Um ihren raschen Metabolismus am Laufen zu halten, müssen sie etwa 40% ihres Körpergewichts am Tag verspeisen. Daher jagen sie eine Vielzahl an Kreaturen. Riesenwiesel fürchten intelligente Kreaturen zwar, beschützen ihr Revier aber dennoch aggressiv.

Wiesel kämpfen, indem sie sich mit ihren scharfen Zähnen an ihren Gegnern festklammern und dann das Fleisch ihrer Feinde mit Zähnen und Klauen aufreißen. Auf diese Weise können Riesenwiesel große Tiere wie z.B. Elche zur Strecke bringen. Sie greifen auch andere Raubtiere an, wenn sie diese überraschen können.

Wiesel gibt es in nahezu jeder Klimazone, egal ob Dschungel oder Arktis. Als meisterhafte Kletterkünstler können sie sich mühelos über Land bewegen, felsige Klippen hinaufkraxeln und wenn nötig sogar schwimmen. Riesenwiesel hausen in verlassenen Bauten und polstern ihre Nester oft mit dem Fell ihrer Beutetiere aus. Die meisten Wiesel paaren sich im Frühling und bringen im Frühsommer 4 bis 10 Junge zur Welt.

Die Fellfarbe von Riesenwieseln rangiert von Rot zu Braun und manchmal auch Grau. Die Bauchregion ist meistens heller gefärbt und oft weiß. Dazu kommt eine Vielfalt an Zeichnungen wie Streifen, Masken. Manche wechseln im Winter sogar das Fell und erlangen einen schneeweißen Pelz. Die Proportionen von Kopf und Kiefer variieren unter den diversen Subgattungen. Während der Paarungszeit und wenn sie verängstigt sind, geben Wiesel einen stinkenden Moschus ab. Auch wenn dieser die Nasen der meisten Kreaturen beleidigt, ist er nicht so heftig und brechreizerzeugend wie der Duft eines Stinktieres.

In Märchen und bei Jägern und Fallenstellern stehen Wiesel im Ruf, außergewöhnlich listig zu sein. Die Alten warnen vor Riesenwieseln, die sich mit Menschenkindern davonmachen, so wie kleine Wiesel Vogeleier rauben.

Riesenwiesel werden bis zu 2,70 m lang von der Schnauze bis zum Schwanzansatz; der Schwanz kann fast so lang wie der Körper des Wiesels werden. Riesenwiesel wiegen mehr als 300 Pfund.

Riesenwiesel als Tiergefährten
Start-Spielwerte: Größe Mittelgroß; **Bewegungsrate** 12 m; **RK** +1 natürliche Rüstung; **Angriff** Biss (1W6), 2 Klauen (1W4); **Attritutswerte** ST 13, GE 19, KO 13, IN 2, WE 12, CH 11; **Besondere Fähigkeiten** Dämmersicht, Geruchssinn

Aufstieg auf die 7. Stufe: Größe Groß; **RK** +2 natürliche Rüstung; **Angriff** Biss (1W8), 2 Klauen (1W6); **Attributswerte** ST +8, GE –2, KO +4; **Besondere Angriffe** Festklammern

WOLF, TIMBER-
Ein markerschütterndes Heulen hallt durch die Luft, als ein gewaltiger, weißbepelzter Wolf auftaucht.

TIMBERWOLF HG 2
EP 600
N Mittelgroßes Tier
INI +4; **Sinne** Dämmersicht, Geruchssinn; Wahrnehmung +10

VERTEIDIGUNG
RK 18, Berührung 14, auf dem falschen Fuß 14 (+4 GE, +4 natürlich)
TP 17 (2W8+8)
REF +7, **WIL** +3, **ZÄH** +7

ANGRIFF
Bewegungsrate 9 m
Nahkampf Biss +4 (1W6+4 plus Zu-Fall-bringen)

SPIELWERTE
ST 17, **GE** 19, **KO** 19, **IN** 2, **WE** 16, **CH** 10
GAB +1; **KMB** +4; **KMV** 18 (22 gegen Zu-Fall-bringen)
Talente Fertigkeitsfokus (Wahrnehmung)
Fertigkeiten Heimlichkeit +8, Wahrnehmung +10; **Volksmodifikatoren** Überlebenskunst bei Spuren folgen mittels Geruchssinn +4

LEBENSWEISE
Umgebung Kalte Berge oder Wälder
Organisation Einzelgänger, Paar oder Rudel (3–20)
Schätze Keine

Das Fell von Timberwölfen variiert farblich von Weiß über Grau bis hin zu Pechschwarz. Die größten Männchen können 175 Pfund wiegen. Timberwölfe haben meistens längere Beine und größere Pfoten, die ihnen dabei helfen, das schwierige Gelände zu durchstreifen, in dem sie heimisch sind. Noch wichtiger aber sind ihre proportional größeren Köpfe, die von starken Halsmuskeln getragen werden, so dass sie auch große Herdentiere fortschleppen können.

Die Jagd beginnt mit einem gemeinsamen Geheul, um das Rudel zusammenzurufen. Sie jagen ihre Beute über weite Strecken von zum Teil mehr als 75 km, wobei sie ihr Opfer durch Furcht und Erschöpfung schwächen. Ihre Kiefer sind kräftig genug, um Knochen zu zermalmen und Rückgrate zu brechen. Mehrere Timberwölfe hängen sich gleichzeitig an ein Opfer und ziehen es so zu Boden. Ihre Geschwindigkeit und Rudelinstinkte ermöglichen es ihnen, koordinierte Angriffe zu führen, Ziele in die Zange zu nehmen und Zuschlagen-und-Wegrennen-Taktiken zu nutzen.

Gemeinschaftliches Geheul bindet die Rudelmitglieder enger aneinander. Es wird genutzt, um das Rudel zur Jagd zu rufen, den Aufenthaltsort anderer Rudelmitglieder zu bestimmen, die Lage von Nahrungsquellen mitzuteilen und sogar um die soziale Rangordnung festzulegen. Das Geheul kann über weite Entfernungen hinweg gehört werden und hilft, die Reviergrenzen des Rudels zu bestimmen. Ein durchschnittliches Revier umfasst 525 km².

Die Kraft und Majestät der Timberwölfe inspiriert viele intelligente Völker. Für zivilisierte Wesen verkörpert der Wolf inzwischen das primitive Böse. Oft spielt er in Märchen die Rolle des Bösewichts. Dies hat ihm den unverdienten Ruf eingebracht, aggressiv zu sein. Bei den Bewohnern des Nordens symbolisiert der Wolf Stärke und Kampfkraft. Viele Stämme verehren ihn als Totemtier und manche stammen ihren eigenen Legenden nach sogar von Wölfen ab.

Die Winterkönigin

FROSTTANNE

Diese grob baumförmige Kreatur ist von einem schwachen Duft nach Piniensaft umgeben. Sie steht auf zwei baumstammartigen Beinen, während ihre Arme den Zweigen eines schneebedeckten Nadelbaumes ähneln.

Frosttanne	HG 1

EP 400
NB Mittelgroße Pflanze (Kälte)
INI +0; **Sinne** Dämmersicht; Wahrnehmung +5

VERTEIDIGUNG
RK 13, Berührung 10, auf dem falschen Fuß 13 (+3 natürlich)
TP 15 (2W8+6)
REF +0, **WIL** +1, **ZÄH** +6
Immunitäten wie Pflanzen, Kälte; **SR** 2/Hiebschaden
Schwäche Empfindlich gegen Feuer
ANGRIFF
Bewegungsrate 9 m
Nahkampf Hieb +3 (1W6+3 plus Klebriges Harz)
Besondere Angriffe Klebriges Harz
SPIELWERTE
ST 15, **GE** 10, **KO** 16, **IN** 11, **WE** 12, **CH** 9
GAB +1; **KMB** +3 (Entreißen, Entwaffnen und Ringkampf +5); **KMV** 13
Talente Fertigkeitsfokus (Einschüchtern)[B], Heftiger Angriff
Fertigkeiten Einschüchtern +4, Heimlichkeit +6 (in Wäldern +12), Wahrnehmung +5;
Volksmodifikatoren Heimlichkeit +2 (in Wäldern +6)
Sprachen Baumhirtisch, Sylvanisch
Besondere Eigenschaften Starre
LEBENSWEISE
Umgebung Kälte und gemäßigte Wälder
Organisation Einzelgänger, Paar, Reihe (3–6) oder Hain (7–12)
Schätze Standard

BESONDERE FÄHIGKEITEN

Klebriges Harz (AF) Die Rinde einer Frosttanne gibt ein klebriges Harz ab, welche der Kreatur bei ihren Kampfmanövern und natürlichen Angriffen hilft. Das Harz verleiht einer Frosttanne einen Situationsbonus von +2 auf Kampfmanöverwürfe für Entreißen, Entwaffnen und Ringkampf, sowie auf Rettungswürfe gegen Effekte, die sie etwas fallenlassen würden.

Jede Kreatur, welche durch den Hiebangriff einer Frosttanne Schaden erleidet, einer Frosttanne mit einer natürlichen Waffe oder einem Waffenlosen Angriff Schaden zufügt oder sie anderweitig berührt (z.B. im Ringkampf), muss einen Reflexwurf gegen SG 13 bestehen, um nicht von diesem klebrigen Harz bedeckt zu werden. Misslingt der Rettungswurf, erleidet die Kreatur durch das Harz einen Malus von -2 auf Versuche, aus einem Ringkampf zu entkommen, und auf Fertigkeitswürfe für Entfesselungskunst, um zu entschlüpfen. Kräftiger Alkohol, *Universelles Lösungsmittel* und Feuerschaden lösen das Harz auf. Der SG des Rettungswurfes basiert auf Konstitution.

Die bösartigen Baumkreaturen, welche als Frosttannen bezeichnet werden, sind außerhalb der kälteren Klimazonen und Höhenzüge kaum bekannt. Sie bleiben unter sich und hassen es, wenn jemand in ihre bewaldeten Reiche eindringt. Gelehrte vertreten die Ansicht, dass sie von Baumhirten abstammen und eine Seitenlinie mit einer exklusiven Vorliebe für immergrüne Nadelbäume bilden. Obwohl Frosttannen dieselbe Sprache wie Baumhirten sprechen, hassen sie diese aber ebenfalls und begründen dies mit philosophischen Differenzen. Diese Enthüllung hat zur Entstehung der Theorie geführt, dass Frosttannen vielleicht doch eine gänzlich

eigene Spezies sein könnten, die aus der rätselhaften Ersten Welt stammt, wo Pflanzen ebenso laufen und reden können wie andere Kreaturen.

Frosttannen sind von grimmigem, kaltem Gemüt und ebenso gefühllos wie die windgepeitschten Felsen und Eisflächen, die sie ihr Heim nennen. Andere Kreaturen und Gemeinschaften sind ihnen egal, so dass sie stets Abstand wahren und jeden vertreiben, der es wagt, sich während eines Fortpflanzungszyklus ihren Hainen zu nähern. Frosttannen hassen aber voller Inbrunst jeden, der offenes Feuer erzeugt, um sich zu wärmen. Reisende in den Nordlanden erzählen oft von Angriffen der Frosttannen auf ihre Wagenzüge, bei denen sie zuerst jedes Lagerfeuer unter Schnee ersticken. Solche Angriffe erfolgen immer in der Nacht und die Frosttannen halten erst inne, wenn Eindringlinge ihr Land völlig verlassen haben.

Frosttannen sind standhafte Kämpfer, welche sich auf Heimlichkeit und Guerillakampf spezialisieren. Sie nutzen Fallgruben, um Unachtsame einzufangen, oder locken ihre Opfer in Hinterhalte, indem sie sich als gewöhnliche Bäume tarnen. Nachdem sie ihre Gegner im Ringkampf ergriffen und in den Haltegriff genommen haben, schleppen sie ihre Gefangenen häufig zu ihren Hainen, um sie dort abzuschlachten und als Dünger für ihren Nachwuchs zu nutzen. Aus den Knochen fertigen sie primitive Trophäen und furchtbare Wegweiser an, um ihre Reviere zu markieren und andere abzuschrecken. Da wagen sich nur wenige Völker in ihre Nähe. Die Ausgangseinstellung einer Frosttanne ist stets Unfreundlich.

LEBENSWEISE

Frosttannen besitzen kein individuelles Geschlecht und pflanzen sich asexuell fort. Ihr wachsen männliche und weibliche Zapfen entlang ihrer inneren Gliedmaßen in der Nähe ihrer dünnen Leiber. Die männlichen Zapfen produzieren Pollen für die weiblichen Zapfen, welche schließen und ein ganzes Jahr benötigen, ehe ihre Saat zum Sprießen bereit ist. Dazu stehen Frosttannen häufig zusammen auf hohen Felsvorsprüngen oder in windgepeitschten Pässen besonders während der Zeit, die von ihnen als Gipfelwind bezeichnet wird – zu dieser Zeit ist eine maximale Vermischung der Pollen mehrerer Angehöriger eines Hains möglich, auch wenn eine einzelne Frosttanne durchaus eigene Nachkommen hervorbringen kann. – Viele Frosttannenhaine blicken auf einen einzelnen Ahnen zurück, der jedes Jahr bis zu sechs Saatzapfen während eines Fortpflanzungszyklus hervorgebracht hat. Solche Stammväter werden von ihresgleichen häufig als Tannenältesten bezeichnet und besitzen hohen Status, wenn sie ihre Haine nach außen repräsentieren (siehe unten).

Sobald die befruchteten Zapfen einer Frosttanne gereift sind, befreit diese ein Stück heiligen Bodens von Eis und Schnee, um die Saat zu pflanzen. Haine tun sich oft zusammen, um den Nachwuchs gemeinsam zu beschützen und aggressiv gegen Eindringlinge zu verteidigen. Junge Frosttannen wirken während der ersten beiden Lebensjahre wie junge Nadelbäume; sie können sich nicht bewegen und nähren sich aus dem Boden und vom Sonnenlicht. Die Beschützer der Jungtannen bezeichnen diese Jahre als die Lösszeit, in der sie häufig Aas und andere organische Reste auf dem Boden ablegen, um den gefrorenen Boden zu düngen und das Wachstum

> ### FROSTTANNEN UND ALCHEMIE
> Manche Alchemisten schätzen Frosttannen aufgrund ihres klebrigen Harzes und leicht brennbarer Zweige. Wird das Harz bei der Herstellung von Verstrickungsbeuteln genutzt, steigt der SG des Reflexwurfes um 2 und die Wirkungsdauer um 1 Runde.
> Das Harz kann auch bei der Herstellung von Zündhölzern genutzt werden; der Handwerk-SG sinkt von 20 auf 15 und die Materialkosten werden halbiert.

des Nachwuchses anzuregen. Manche Frosttannen gehen sogar auf die Jagd nach lebenden Kreaturen, um eine beständige Versorgung mit Kadavern zu gewährleisten.

Nach zwei Jahren erlangen junge Frosttannen endlich ausreichend Beweglichkeit, um Aufgaben in der Gemeinschaft des Hains erfüllen zu können. Die Lebenserwartung einer Frosttanne beträgt etwa 50 Jahre; während der Hälfte dieser Zeit kann sie Nachkommen hervorbringen. Es passiert zuweilen, dass eine Frosttanne während der Lösszeit verkümmert und niemals die Wurzeln aus dem Boden zieht. Solche Kinder wachsen wie gewöhnliche Nadelbäume heran und erlangen niemals Intelligenz. Frosttannen besuchen die Standorte solcher Bäume oft, um ihren Verlust zu betrauern.

LEBENSRAUM & SOZIALVERHALTEN

Frosttannen bilden Haine aus maximal zwölf Mitgliedern. Wird diese Zahl überschritten, spaltet sich ein Teil der Gruppe vom Hain ab, um einen neuen Hain zu gründen. Dies geschieht stets in kälteren Klimabereichen, wo andere Kreaturen weniger verbreitet sind, so dass sie aufgrund der lebensfeindlichen Bedingungen weniger Eindringlinge vertreiben müssen. Die meisten Frosttannen ziehen kleine Haine vor, um weniger Aufmerksamkeit zu erwecken, und teilen sich in mehrere Haine auf, um die Überlebenschancen ihrer Art zu erhöhen. Nur in Zeiten großer Konflikte tun sich mehrere Haine zusammen. Solche Zusammenkünfte sind die Quelle von Legenden über Wälder, die des Nachts verschwinden oder auf leeren Feldern über Nacht wachsen – meistens gefolgt von großen Verheerungen, die über jene kommen, welche den Zorn der Frosttannen erwecken.

Innerhalb der Gesellschaft der Frosttannen erhalten die Tannenältesten hohen Respekt. Sie sind nicht nur Repräsentanten ihrer Haine gegenüber anderen ihrer Art, sondern auch ihrer Art gegenüber der Außenwelt. Sie koordinieren Fortpflanzungszyklen mit anderen Frosttannen, um Verluste auszugleichen, und beeinflussen die Entscheidung hinsichtlich der Bildung neuer Haine. Manche werden größer als gewöhnliche Frosttannen, erhalten die Schablone für Riesige Kreaturen und wählen Stufen als Druiden. Anstelle eines Tiergefährten wählen sie stets die Domäne der Pflanzen. Tannenälteste mit der Klassenfertigkeit Tausend Gesichter nutzen ihre Verkleidungen als mittelgroße Humanoide, um nahe Ortschaften auszuspionieren und mit diesen zu interagieren und sicherzustellen, dass sich niemand auf das Land der Frosttannen vorwagt.

DIE WINTERKÖNIGIN

HAUSGEISTER

Diese zuweilen hilfreichen Feenwesen binden sich an ländliche Familien und leben unter ihnen. Manche ähneln den Vorfahren der Familie – und diese Ähnlichkeit nimmt im Laufe der Zeit noch zu. Hausgeister nutzen ihre Fähigkeit Verdichten und ihre Unsichtbarkeit, um nicht entdeckt zu werden.

Domowoi

Diese gerade bis zum Knie reichende Kreatur sieht wie ein fast nur aus Bart bestehender haariger, alter Mann aus.

Domowoi	HG 3

EP 800
CG Sehr kleines Feenwesen
INI +6; **Sinne** Dämmersicht; Wahrnehmung +7

VERTEIDIGUNG
RK 17, Berührung 15, auf dem falschen Fuß 14 (+1 Ausweichen, +2 GE, +2 Größe, +2 natürlich)
TP 27 (5W6+10)
REF +6, **WIL** +5, **ZÄH** +3
SR 5/Kaltes Eisen; **ZR** 14

ANGRIFF
Bewegungsrate 6 m
Nahkampf Knüppel +4 (1W3)
Besondere Angriffe Telekinese
Zauberähnliche Fähigkeiten (ZS 5; Konzentration +7)
Beliebig oft — *Ausbessern, Magierhand, Schlaflied* (SG 12), *Unsichtbarkeit, Zaubertrick*
3/Tag — *Person verkleinern* (SG 13), *Schlaf* (SG 13)
1/Woche — *Vorahnung*

SPIELWERTE
ST 10, **GE** 15, **KO** 14, **IN** 9, **WE** 13, **CH** 15
GAB +2; **KMB** +2; **KMV** 13
Talente Ausweichen, Beweglichkeit, Verbesserte Initiative
Fertigkeiten Akrobatik +7, Bluffen +8, Diplomatie +8, Heimlichkeit +17, Mit Tieren umgehen +7, Motiv erkennen +7, Wahrnehmung +7, Wissen (Lokales) +4
Sprachen Gemeinsprache, Sylvanisch
Besondere Eigenschaften Gestalt wechseln (Hund oder Katze; *Bestiengestalt I*), Verdichten

LEBENSWEISE
Umgebung Beliebiges Land
Organisation Einzelgänger oder Versammlung (2–6)
Schätze Keine

BESONDERE FÄHIGKEITEN
Telekinese (ÜF) Ein Domowoi verteidigt sich und sein Zuhause mittels Telekinese. Diese Fähigkeit funktioniert wie der Zauber *Telekinese* und kann von ihm beliebig oft eingesetzt werden. Die Zauberstufe entspricht seinen Trefferwürfeln (bei den meisten Domowoi ZS 5). Ein typischer Domowoi besitzt einen Bonus von +5 auf Fernkampfangriffswürfe, wenn er mittels Telekinese Gegenstände oder Kreaturen schleudert. Er kann Objekte von bis zu 50 Pfund Gewicht schleudern. Sollte er versuchen, eine Kreatur zu schleudern, steht dieser ein Willenswurf gegen SG 14 zu, um zu widerstehen. Der SG des Rettungswurfes basiert auf Charisma.

Für Bauern und die Bewohner kleiner Dörfer hat die Arbeit niemals ein Ende. Die Weisen unter ihnen bitten daher das Feenvolk bei ihren Alltagspflichten um Hilfe. Eine Familie könnte ein Stück Brot unter den Herd legen oder einen alten Stiefel in den Wandschrank stellen, um einen Domowoi in ihr Haus zu locken. Domowoi helfen bei kleinen Aufgaben wie dem Anrühren von Butter und dem Ausbessern von Kleidung. In erster Linie schützen sie das Heim aber vor Eindringlingen und Unglück.

Ein Domowoi sieht aus wie ein kleiner alter Mann von höchstens 0,60 m Größe. Er ist von Haaren bedeckt und trägt einen langen Zottelbart.

Diese hilfreichen Feenwesen können den von ihnen beschützten Familien sogar vorhersagen, welches Schicksal diese erwartet, werden aber zunehmend genervt, wenn sie zu oft darum gebeten werden.

Dworowoi

Ein wilder Haarschopf bedeckt den Kopf dieses kleinen Humanoiden. Er besitzt hervortretende, glänzende Augen und ein breites Grinsen, bei dem er seine Zähne zeigt.

Dworowoi	HG 4

EP 1.200
CN Kleines Feenwesen
INI +3; **Sinne** Dämmersicht, Geruchssinn; Wahrnehmung +9

VERTEIDIGUNG
RK 17, Berührung 14, auf dem falschen Fuß 14 (+3 GE, +1 Größe, +3 natürlich)
TP 38 (7W6+14)
REF +8, **WIL** +6, **ZÄH** +4
SR 5/Kaltes Eisen; **ZR** 15

ANGRIFF
Bewegungsrate 9 m
Nahkampf Mistgabel +6 (1W8+3)
Fernkampf Mistgabel +7 (1W8+3)
Zauberähnliche Fähigkeiten (ZS 6; Konzentration +9)
Immer — *Mit Tieren sprechen*
Beliebig oft — *Tier bezaubern* (SG 14), *Unsichtbarkeit, Vor Tieren verstecken*
3/Tag — *Beschädigen*[ABR] (SG 14), *Person verkleinern* (SG 14)
1/Tag — *Verstricken* (SG 14)

SPIELWERTE
ST 15, **GE** 16, **KO** 14, **IN** 9, **WE** 13, **CH** 16
GAB +3; **KMB** +4; **KMV** 17
Talente Beidhändiger Werfer[ABR II], Improvisierter Fernkampf, Improvisierter Nahkampf, Kampfreflexe
Fertigkeiten Akrobatik +10, Bluffen +10, Diplomatie +9, Heimlichkeit +16, Mit Tieren umgehen +13, Motiv erkennen +6, Überlebenskunst +3, Wahrnehmung +9, Wissen (Natur) +5; **Volksmodifikatoren** Mit Tieren umgehen +4
Sprachen Gemeinsprache, Sylvanisch; *Mit Tieren sprechen*
Besondere Eigenschaften Tierempathie +18, Übergroße Waffen, Verdichten

LEBENSWEISE
Umgebung Beliebiges Land
Organisation Einzelgänger oder Versammlung (2–6)
Schätze Keine

BESTIARIUM

BESONDERE FÄHIGKEITEN
Tierempathie (AF) Diese Fähigkeit funktioniert wie das gleichnamige Klassenmerkmal des Druiden. Der Bonus des Dworowoi enthält einen Volksbonus von +8.
Übergroße Waffen (AF) Ein Dworowoi kann ohne Mali Waffen führen, die für mittelgroße Kreaturen gedacht sind.

So wie die Domowoyje das Haus beschützen, bewachen die Dworowyje Hof und Weidefläche. Manche Bauern versuchen, Dworowyje zu ihren Gehöften zu locken, indem sie ihnen Brot, Schafswolle oder glänzende Schmuckstückchen als Geschenk hinterlegen. Wenn der Besitzer eines Gehöftes mit einem Dworowoi ein neues Tier erwirbt, führt er es über den Hof, um es dem Dworowoi vorzustellen. Dabei hofft er, die Zustimmung des Feenwesens hinsichtlich seiner Neuerwerbung zu finden.

Dworowyje sind zweifelsohne nützlich, da sie das Vieh füttern und Raubtiere von den Herden fernhalten. Sie sind oft aber auch launisch. Dworowyje mögen keine weißen Tiere und tolerieren nicht die Gegenwart von Schimmeln oder weißen Rindern. Aus unbekannten Gründen erstreckt sich diese Abneigung aber nicht auf weiße Hühner.

Owinnik

Dieser vage katzenhafte Humanoide ist von glattem Fell bedeckt. In seinem krallenbewehrten Händen hält er flackernde Flammen.

OWINNIK	HG 2

EP 600
CN Sehr kleines Feenwesen
INI +3; **Sinne** Dämmersicht, Dunkelsicht 18 m, Geruchssinn; Wahrnehmung +9

VERTEIDIGUNG
RK 17, Berührung 15, auf dem falschen Fuß 14 (+3 GE, +2 Größe, +2 natürlich)
TP 22 (4W6+8)
REF +7, **WIL** +6, **ZÄH** +3
Resistenzen Feuer 5; **SR** 2/Kaltes Eisen

ANGRIFF
Bewegungsrate 9 m, Klettern 6 m
Nahkampf 2 Klauen +7 (1W3+1)
Besondere Angriffe Berührung des Glücks, Hinterhältiger Angriff +1W6
Zauberähnliche Fähigkeiten (ZS 4; Konzentration +7)
Beliebig oft — *Benommenheit* (SG 13), *Flammen erzeugen*
1/Monat — *Weissagung*

SPIELWERTE
ST 12, **GE** 17, **KO** 12, **IN** 9, **WE** 14, **CH** 16
GAB +2; **KMB** +3; **KMV** 14
Talente Unbemerkt bleiben^{EXP}, Waffenfinesse
Fertigkeiten Akrobatik +8, Einschüchtern +5, Entfesselungskunst +10, Heimlichkeit +18, Klettern +9, Wahrnehmung +9, Wissen (Lokales) +4, Wissen (Natur) +4
Sprachen Gemeinsprache, Sylvanisch
Besondere Eigenschaften Verdichten

LEBENSWEISE
Umgebung Beliebiges Land
Organisation Einzelgänger
Schätze Keine

BESONDERE FÄHIGKEITEN
Berührung des Glücks (ÜF) Ein Owinnik kann mit einem Klauen- oder Berührungsangriff das Glück einer Kreatur verändern. Misslingt dem Ziel ein Willenswurf gegen SG 14, erhält es nach Wahl des Owinnik auf seine nächsten drei Würfe mit einem W20 entweder einen Bonus von +4 oder einen Malus von -4. Das Ziel kann freiwillig bei dem Rettungswurf versagen, muss sich dazu aber entscheiden, ehe es weiß, ob die Berührung ihm zum Vor- oder zum Nachteil sein wird. Der SG des Rettungswurfes basiert auf Charisma.

Owinniki leben in Getreidespeichern und Trockenkammern. Diese dünnen, schlanken, schwarzbepelzten Humanoiden sind gerade 0,30 m groß. Sie besitzen katzenartige Augen und Gesichtszüge, bellen aber wie Hunde, um Diebe zu verscheuchen. Niemand weiß, nach welchen Auswahlkriterien sich ein Owinnik für sein Zuhause entscheidet, und kaum jemand würde es wagen zu fragen. Ein weiser Bauer besänftigt Owinniki mit Geschenken in Form von warmer Milch, Pfannkuchen und toten Hähnchen. Am Tag vor Neujahr besuchen der Bauer und seine Familie traditionell den Getreidespeicher, um zu erfahren, was das neue Jahr ihnen bringen wird. Der Owinnik berührt dabei jeden von ihnen: Ist die Berührung warm, wird diese Person Glück haben, ist sie kalt, erwartet sie furchtbares Pech in den kommenden Tagen.

DIE WINTERKÖNIGIN

HEXENKRÄHE

Mit rasch flatternden Flügeln erhebt sich dieser nachtschwarze Vogel in die Luft. In seinen Augen liegt ein fremdartiges Glitzern.

Hexenkrähe — HG 1

EP 400
CB Sehr kleine magische Bestie
INI +2; **Sinne** Dämmersicht, Dunkelsicht 18 m, *Magie entdecken*; Wahrnehmung +6

VERTEIDIGUNG
RK 14, Berührung 14, auf dem falschen Fuß 12 (+2 GE, +2 Größe)
TP 13 (3W10–3)
REF +5, **WIL** +2, **ZÄH** +2
Resistenzen Kälte 5

ANGRIFF
Bewegungsrate 6 m, Fliegen 15 m (gut)
Nahkampf 2 Krallen +4 (1W3–1)
Angriffsfläche 0,75 m; **Reichweite** 1,50 m
Zauberähnliche Fähigkeiten (ZS 3; Konzentration +4; der SG der Rettungswürfe basiert auf Intelligenz)
Immer — *Magie entdecken*, *Mit Tieren sprechen* (nur Vögel)
3/Tag — *Bauchreden* (SG 12), *Verhalten durchschauen*^EXP, *Verschwinden*^EXP
1/Tag — *Schlechtes Omen*^EXP, *Spiegelbilder*

SPIELWERTE
ST 8, **GE** 15, **KO** 8, **IN** 13, **WE** 12, **CH** 11
GAB +3; **KMB** +3 (Entreißen +5); **KMV** 12 (14 gegen Entreißen)
Talente Angriff im Vorbeifliegen^B, Defensive Kampfweise, Verbessertes Entreißen
Fertigkeiten Fingerfertigkeit +11, Fliegen +15, Heimlichkeit +14, Wahrnehmung +6, Wissen (Arkanes) +2, Zauberkunde +3; **Volksmodifikatoren** Fingerfertigkeit +8
Sprachen Aklo, Gemeinsprache; *Mit Tieren sprechen* (nur Vögel)

LEBENSWEISE
Umgebung Kalte und gemäßigte Ebenen und Wälder
Organisation Einzelgänger, Paar, Zirkel (3–12) oder Schwarm (13–30)
Schätze Standard

Grössere Hexenkrähe — HG 3

EP 800
CB Kleine magische Bestie
INI +3; **Sinne** Dämmersicht, Dunkelsicht 18 m, *Magie entdecken*; Wahrnehmung +9

VERTEIDIGUNG
RK 15, Berührung 15, auf dem falschen Fuß 11 (Ausweichen +3, GE +1, Größe +1)
TP 32 (5W10+5)
REF +7, **WIL** +4, **ZÄH** +5
Resistenzen Kälte 5

ANGRIFF
Bewegungsrate 6 m, Fliegen 18 m (gut)
Nahkampf 2 Krallen +7 (1W6+1)
Besondere Angriffe Hexereien^EXP (Hexenblick [–2, 6 Runden], Kichern, Unglück [1 Runde])
Zauberähnliche Fähigkeiten (ZS 5; Konzentration +8; der SG der Rettungswürfe basiert auf Intelligenz)
Immer — *Magie entdecken*, *Mit Tieren sprechen* (nur Vögel)
3/Tag — *Bauchreden* (SG 12), *Verhalten durchschauen*^EXP, *Verschwinden*^EXP
1/Tag — *Schlechtes Omen*^EXP, *Spiegelbilder*

SPIELWERTE
ST 12, **GE** 17, **KO** 12, **IN** 17, **WE** 16, **CH** 13
GAB +5; **KMB** +5 (Entreißen +7); **KMV** 19 (21 gegen Entreißen)
Talente Angriff im Vorbeifliegen^B, Ausweichen, Defensive Kampfweise, Verbessertes Entreißen
Fertigkeiten Bluffen +5, Fingerfertigkeit +12, Fliegen +15, Heimlichkeit +15, Motiv erkennen +6, Wahrnehmung +9, Wissen (Arkanes) +6, Zauberkunde +6;
Volksmodifikatoren Fingerfertigkeit +8
Sprachen Abyssisch, Aklo, Aural, Gemeinsprache; *Mit Tieren sprechen* (nur Vögel)
Besondere Eigenschaften Apportation

LEBENSWEISE
Umgebung Kälte und gemäßigte Ebenen und Wäldern
Organisation Einzelgänger, Paar, Zirkel (3–12) oder Schwarm (13–30)
Schätze Standard

BESONDERE FÄHIGKEITEN
Apportation (ÜF) Größere Hexenkrähen sind in ausreichender Zahl (z.B. als Schwarm) zu einer gemeinschaftlichen Form der Magie imstande: Einmal am Tag können sie einen glühenden Kreis öffnen, welcher an einen anderen Ort auf demselben Planeten führt. Hierzu ist ein wildes, von Krächzen erfülltes Flugritual erforderlich, dessen Mittelpunkt meistens jene sind, die von der Fähigkeit Gebrauch machen wollen. Das Ritual funktioniert wie *Kreis der Teleportation* (ZS 17), erfordert aber eine ununterbrochene Minute an Zeitaufwand, muss keine horizontale Oberfläche betreffen und der Effekt ist weder unsichtbar noch schwer zu entdecken. Die Ränder des Kreises glühen für 1 Minute, bis der Effekt dann endet.

Die meisten Hexenkrähen hassen es, diese Fähigkeit einzusetzen, manche verdingen ihre Dienste aber auch an jene, die schnell reisen müssen, und verlangen dafür einen hohen Preis – in der Regel ein Besitztum des Vertragspartners, das von diesem geschätzt wird, einen hohen Wert besitzt und fast immer magisch ist.

Hexereien (ÜF) Eine Größere Hexenkrähe wirkt Hexereien wie eine Hexe der 5. Stufe. Sie beherrscht stets die Hexereien Hexenblick, Kichern und Unglück; der SG des Willenswurfes beträgt 15. Das Kichern einer Hexenkrähe ist besonders nervenaufreibend, da es wie besonders höhnisches Krächzen klingt.

Die gefürchteten Hexenkrähen werden als Sendboden von Unglück und Unheil erachtet. Sie machen Jagd auf die Schwachen und spionieren den Unachtsamen nach. Diese üblen Vögel sind arglistig, manipulierend und gierig; sie besitzen kein Gewissen und kennen keine Furcht. Hexenkrähen streben nicht nur danach, die geliebtesten Besitztümer ihrer Opfer zu stehlen, sondern auch ihre Träume und Hoffnungen. Sie erfreuen sich daran, Verzweiflung zu bringen und säen Zweifel selbst dann, wenn sie scheinbar freundlichen Rat geben. Sie schädigen Bündnisse, täuschen die Treugläubigen und kompromittieren die Tugendhaften. Trotz ihres heimtückischen Wesens können Hexenkrähen auch wertvolle Informationen besitzen – oder solche auch besorgen, wenn der Preis stimmt.

Hexenkrähen schätzen arkane Magie über alles andere. Sie wirken sie nicht nur selbst dank ihrer angeborenen Begabung zur Hexenkunst, sondern sammeln sie auch. Daher tauschen sie ihre Dienste und Informationen gegen Schriftrollen, Zaubertränke und andere schwächere magische Gegenstände ein. Doch auch wenn ihnen derartiges nicht angeboten

BESTIARIUM

wird, sorgt ihre natürliche Habgier dafür, dass sie diese zu rauben versuchen, wenn sie sie im Besitz eines Vertragspartners wahrnehmen. Oft suchen sie sich arkane Zauberkundige als Opfer für ihre diebischen Aktivitäten aus – mittels *Verschwinden* überwinden sie die Entfernung, um sodann Angriffe im Vorbeifliegen auszuführen und die begehrten kleinen Schätze zu stehlen. Dann tragen sie die Beute in ihre Nester und erzählen die Geschichten ihrer Raubzüge, während sie sich von ihren Artgenossen bewundern lassen. Ausgedehntes Zauberwirken (Zeitaufwand von mehr als 1 Runde) erweckt oft die Aufmerksamkeit der örtlichen Hexenkrähen, welche sodann den Zauberkundigen als Gruppe folgen und auf eine Gelegenheit warten, sie zu bestehlen.

Lebensweise

Den Legenden nach entstammten die ersten Hexenkrähen der Dimension der Träume, wo sie aus verdorbenen Eier schlüpften, von Nachtvetteln aufgepäppelt wurden und auf andere Ebenen geschickt wurden, um Unheil zu treiben. Egal ob dies wahr ist oder nicht, diese Vögel halten sich oft in der Gesellschaft von Vetteln auf. Manchmal dienen sie machtvolleren magischen Geschöpfen als Boten, Spione oder Informanten und reisen zum gegenseitigen Schutz in Gruppen.

Jeder Zirkel und jeder Schwarm folgt zudem in seinen Wanderungen einem Muster und bewegt sich zwischen Orten der Macht und Gebieten ungewöhnlicher Magie.

Größere Hexenkrähen horten nicht nur arkane Gegenstände, sondern benötigen sie zudem zur Fortpflanzung, indem sie schwache magische Ausstrahlungen absaugen, um so den Reifungsprozess der Eier zu unterstützen. Die Wahrscheinlichkeit, dass eine Größere Hexenkrähe aus einem Ei schlüpft, steigt direkt mit der Zeit, die das Ei in direkter Nähe solcher Gegenstände verbringt. Daher sind weibliche Hexenkrähen um einiges aktiver dabei, arkane Schätze für ihre Nester zu stehlen und Rivalen aggressiv zu verjagen, die sie ihnen abnehmen könnten.

Hexenkrähen können jedes Jahr ein Gelege aus bis zu fünf Eiern legen und sind während ihrer gesamten Zeit als Erwachsene (etwa 20 – 30 Jahre lang) fruchtbar.

Wenn sich das Leben einer Größeren Hexenkrähe dem Ende nähert, erlebt sie ein merkwürdiges Phänomen, welches als der Traum bezeichnet wird, in dem sie für eine Woche in einen fast schon komatösen Zustand fällt. Während dieser Zeit meditiert sie und versucht, ihre letzte Ruhestätte zu bestimmen. Meist handelt es sich um einen Ort, an dem sie sich während ihres Lebens gern aufgehalten hat. Sobald der Vogel sich auf einen Ort festgelegt hat, nutzt der Rest seiner Gruppe seine Fähigkeit der Apportation und schickt ihn dorthin. – Im Anschluss streiten die übrigen um alle magischen Gegenstände, welche die alte Hexenkrähe zurückgelassen hat.

Lebensraum & Sozialverhalten

Hexenkrähen lieben die Kälte und tarnen sich oft als normale Krähen, welche in den Wäldern und auf den Feldern in der Nähe zivilisierter Ansiedlungen leben. Dabei haben sie eine Vorliebe für magische Gesellschaften, da sie dort bessere Möglichkeiten finden, an arkane Gegenstände zu gelangen. Auf Golarion leben die meisten Hexenkrähen in Irrisen, wo sie zudem einen furchtbaren Ruf genießen – sogar die Hexen von Irrisen (und das von ihnen beherrschte Volk) fürchten und verteufeln die Vögel und töten sie, wo immer sie ihrer habhaft werden können.

In der Gesellschaft der Hexenkrähen beherrschen Größere Hexenkrähen stets ihre schwächeren Verwandten und führen große Schwärme dieser bösartigen Vögel von einem Nistgrund zum nächsten.

Hexenkrähen unterstützen einander selbst dann, wenn sie im Wertstreit um dieselben Ressourcen liegen. Sie folgen einer strengen sozialen Hierarchie, welche die erfolgreichsten Diebe unter den Krähen belohnt. Die Anführer jeder Gruppe sammeln und verteilen die Beute. Sie übergeben während der Paarungszeit arkane Schätze ihren stärksten Artgenossen. Wer nichts oder wenig zum Erfolg der Gruppe beiträgt, erhält oft nichts bei diesen Zusammenkünften oder wird gar gänzlich aus dem Schwarm ausgestoßen.

Die Winterkönigin

DIE HEXENKÖNIGIN VIELER WELTEN

Vorsicht! Auf den folgenden Seiten werden der Hintergrund und ein kurzer Abriss des Abenteuerpfades „Die Winterkönigin" beschrieben. Solltest du als Spieler an dieser Kampagne teilnehmen wollen, dann sei gewarnt! Diese Seiten verraten dir den Verlauf der kommenden Abenteuer!

Seit 1.400 Jahren liegt die Nation Irrisen unter dem Eis und Schnee eines unnatürlichen Winters. Dabei handelt es sich um das Werk der Hexenkönigin Baba Jaga. Nachdem sie das Land erobert hatte, setzte sie eine ihrer Töchter für 100 Jahre auf den Thron Irrisens und verließ Golarion wieder. Seitdem kehrt Baba Jaga alle einhundert Jahre wieder, setzt die gegenwärtige Königin ab, erhebt eine neue Tochter zur Herrscherin und verlässt Golarion mit der letzten Königin und deren Söhnen und Töchtern.

Irrisens aktuelle Herrscherin, Königin Elvanna, ist nicht bereit, ihren Thron aufzugeben und Golarion zu verlassen. Daher hat sie Baba Jaga eingekerkert und ihre *Tanzende Hütte* gestohlen. Elvanna will ihre eigene Macht mittels Ritualen vergrößern, die den ewigen Winter Irrisens über ganz Golarion bringen. Sofern Baba Jaga nicht befreit und Elvanna gestürzt wird, wird Golarion Opfer einer übernatürlichen Eiszeit werden. Und dazu müssen die SC Baba Jagas *Tanzende Hütte* nutzen, um die Königin der Hexen zu finden und Golarion vor einem eisigen Grab zu bewahren.

Spielleiter finden weitere Informationen und Hilfestellungen für die Leitung der Winterkönigin-Kampagne in folgenden Bänden finden: *Almanach zu Irrisen, Völker des Eises & der Wüste* und dem *Pathfinder-Spielerleitfaden „Die Winterkönigin"*.

SOMMERSCHNEE
von Neil Spicer
Die Winterkönigin Teil 1, Stufen 1-4

Das Abenteuer beginnt im taldanischen Dorf Heldren. Ein Schneesturm taucht aus dem Nichts auf und verhüllt den nahen Wald unter Schnee. Die Dorfbewohner drängen die SC, dieses für die Jahreszeit ungewöhnliche Phänomen zu untersuchen. Im Herzen dieser Winterzone stoßen die SC auf ein Portal nach Irrisen, welches von Kreaturen der Kälte bewacht wird. Nachdem die SC die Wächter des Portals besiegt haben, kommt eine Kreatur durch das Portal:

Es handelt sich um einen von Baba Jagas Drei Reitern – und er ist verletzt und liegt im Sterben. Er berichtet den SC, dass Königin Elvanna Baba Jaga gefangengenommen hat. Der Reiter bittet die SC, Baba Jagas *Tanzende Hütte* zu finden und mit ihr Baba Jaga zu retten, da nur diese ihre abtrünnige Tochter besiegen und Golarion retten könnte. Dann stirbt er.

Nachdem die SC diese Queste angenommen haben, reisen sie durch das Portal nach Irrisen, wo sie auf der Straße auf eine Einheimische namens Nadja Petska treffen. Diese bringt die SC in ihr Dorf, doch als die Wintergarde auf der Suche nach dem Schwarzen Reiter eintrifft, erfahren die SC, dass die Probleme vom Fahlen Turm ausgehen. Dieser ist der Sitz der örtlichen Herrscherin, der Weißen Hexe Nazhena Wasilliowna. Sofern die SC eine Möglichkeit finden, das Portal zu schließen, müssen sie feststellen, dass sie im eisigen Irrisen gestrandet sind.

BABA JAGAS HÜTTE
von Jim Groves
Die Winterkönigin Teil 2, Stufen 4-7

Da das Portal zurück nach Heldren nun geschlossen ist, müssen die SC nach Irrisens Hauptstadt, Weißthron, reisen, um die *Tanzende Hütte* von Baba Jaga zu finden. Durch die unter übernatürlichem Frost liegende Wildnis werden sie von ihrer Freundin Nadja Petska aus dem Dorf Waldsby geführt. Bei ihrer Ankunft in Weißthron erfahren die SC, dass die Stadt unter Kriegsrecht steht, und müssen sich hineinstehlen.

Nadja macht sie mit einem Verwandten bekannt, welcher den Sommerbringern angehört, einer Gruppe ulfischer nationalistischer Widerstandskämpfer, die im Untergrund gegen die Weißen Hexen und Irrisens übernatürlichen Winter vorgeht. Um Königin Elvannas Wintergarde zu entgehen, führt Nadjas Onkel die SC durch den Wolfszwinger, den Stadtteil Weißthrons, der von Winterwölfen bewohnt wird.

In der Stadt treffen die SC sich mit dem Anführer der örtlichen Widerstandsbewegung. Der Revolutionär kann ihnen verraten, wo sich die *Tanzende Hütte* befindet – nur hinzugelangen wird aufgrund zahlreicher Wachen schwierig. Die SC müssen diese mittels einer Ablenkung fortlocken, wenn sie die Hütte heimlich erreichen wollen.

Haben die SC die Hütte erreicht und die Wächter besiegt, erlangen sie Zutritt und können das Artefakt erkunden. Mittels der Schlüssel, welche sie vom Schwarzen Reiter erhalten

KAMPAGNENÜBERBLICK

haben, können die SC die *Tanzende Hütte* für sich beanspruchen und sich auf Baba Jagas Spur setzen.

TOD IN DER TUNDRA
von Tim Hitchcock
Die Winterkönigin Teil 3, Stufen 7-10

Nachdem die SC die *Tanzende Hütte der Baba Jaga* gestohlen haben, finden sie sich im Land Iobaria wieder. Die SC verlassen die Hütte, nur um festzustellen, dass das Artefakt mit den Hühnerbeinen von einer Frostriesenarmee umzingelt ist. Diese wurden von ihrem Anführer, einem Zentaurenkleriker des Dämonenherrschers Kostschtschie namens Vsevolod dort positioniert.

Die SC müssen sich zum Khasakh zu den gewaltigen Monumenten begeben, welche „Die Drei Wachenden" genannt werden. Dort treffen sie auf Verbündete und von Baba Jaga zurückgelassene Wächter, sowie ein paar neue Bewohner, die den Weg in die Monumente gefunden haben.

Vsevolod hat gehört, dass Elvanna die Hütte eingefangen hätte. Um die Gewölbe im Khasakh erkunden und Baba Jagas Geheimnisse zur Mehrung der eigenen Macht und zum Ruhme seines dämonischen Schutzherrn rauben zu können, belagert er nun den Berg. Die SC müssen mittels Diplomatie, Täuschung oder roher Gewalt die Schlüssel zum nächsten Ziel erlangen und zur Hütte zurückkehren. Dort platzieren sie die Schlüssel im Kessel und werden an einen Ort fern von Golarion transportiert.

FROSTIGE FREMDE
von Matt Goodall
Die Winterkönigin Teil 4, Stufen 10-13

Auch wenn die SC es nicht sogleich erfahren, sind sie nach Triaxus gereist, dem siebten Planeten des golarischen Sonnensystems. Sie landen in einer Region, welche als das Himmelsfeuermandat bezeichnet wird. Dort wachen die Drachenreiter der berühmten Drachenlegion. Die SC erfahren, dass sie sich in der Nähe der Drakalande befinde, welche von bösen Drachen kontrolliert werden.

Die SC können von den Einheimischen Informationen zur aktuellen Lage erlangen: Dieser Grenzabschnitt wird von den Drachenreitern der Drachenlegion bewacht, deren Basis die Festung Hornwall ist. Die Festung wird aber von einer Armee aus den Drakalanden belagert. Diese Armee wurde vom Weißen Drachenkriegsherrn Yrax, dem Herrn des Heulenden Sturmes, ausgesandt. Die Drachenlegion weiß nicht, dass Yrax gegenwärtig eine Barbarenarmee aufstellt, um ins Himmelsfeuermandat vorzustoßen. Die Belagerungstruppen vor Hornwall sind nur ein kleiner Teil dieser Armee und sollen die Drachenreiter lediglich beschäftigen und ablenken, bis die Hauptstreitmacht eintrifft.

Wie die SC in diesen Konflikt eingreifen, ist ganz ihre Sache: Sie können helfen, Hornwall gegen die Invasoren zu verteidigen in der Hoffnung, dass Kommandant Pharamol ihnen hilft, den nächste Schlüssel zu erlangen, oder sich mit Generalin Malsinder verbünden und Hornwall angreifen, um an den Schlüssel zu kommen. Alternativ könnten sie sich auch auf keine Seite schlagen, sondern sich in die Festung schleichen, um den Schlüssel zu stehlen.

RASPUTIN MUSS STERBEN
von Brandon Hodge
Die Winterkönigin Teil 5, Stufen 13-15

Bei der Erkundung der Hütte stoßen die SC auf das Ende der von Baba Jaga hinterlassenen „Brotkrumenspur" – haben sie die vermisste Hexenkönigin endlich gefunden? Die Hütte hat die Erde erreicht – unsere Erde. Sie landet in Russland im Jahre 1918.

Ehe die SC die Umgebung erkunden können, setzt sich die *Tanzende Hütte* mit weiten Schritten ihrer Hühnerbeine in Bewegung, bis sie ein großes, befestigtes Kloster mitten in der sibirischen Wildnis erreicht – die Festung Grigori Rasputins. Dieser mit Baba Jaga zerstrittene Sohn hat Elvanna geholfen, die gemeinsame Mutter festzusetzen. Zunächst müssen die SC ins Kloster gelangen, welches von Soldaten mit Hilfe von Gräben, Stacheldraht, automatischen Waffen und Senfgas verteidigt wird. Haben die SC die Verteidigungsanlagen durchbrochen, müssen sie das Festungsinnere erforschen, wo ihnen technologisch fortschrittlichere Krieger und merkwürdige Kreaturen begegnen, bis sie Rasputin selbst treffen. Die SC erfahren, was mit Baba Jaga geschehen ist: Sie finden die Hexenkönigin in einer Matroschka-Puppe eingekerkert.

DIE RACHE DER HEXENKÖNIGIN
von Greg A. Vaughan
Die Winterkönigin Teil 6, Stufen 15-17

Die SC kehren zur Hütte zurück. Sie suchen nach einer Möglichkeit, Baba Jaga zu befreien und sich Elvanna zu stellen. Dazu müssen sie tiefer in die Hütte vordringen bis zu Baba Jagas Allerheiligstem. Um das Herz der Hütte zu erreichen, müssen sie stetig weitere Ebenen der Hütte entdecken ähnlich einer Matroschka-Puppe. Dabei erhaschen sie Einsichten in Baba Jagas Leben. Und schließlich nimmt die alte Hexe zu ihnen Kontakt auf.

Im Allerheiligsten stoßen die SC auf alte Wächter und neue, welche Königin Elvanna postiert hat. Sie entdecken, dass Baba Jagas Kerker mit Elvannas Lebenskraft verbunden ist – solange Elvanna lebt, kann Baba Jaga nicht aus der Puppe befreit werden. Die SC müssen folglich Königin Elvanna töten.

Gelingt dies, können sie das Ritual aufhalten und die Winterportale schließen, die sich auf ganz Golarion geöffnet haben. Andernfalls wird ewiger Winter Golarion überziehen und Elvanna von ihrem eisigen Thron aus die Welt beherrschen!

H. JAGDHÜTTE DER HOHEN WÄCHTER

ERSTER STOCK

KELLER

M. DER SEELENGEBUNDENE WÄCHTER

1 Feld = 1,50 m

VORSCHAU

Im nächsten Band:

Baba Jagas Hütte
von Jim Groves

Nachdem die SC das Winterportal schließen konnten, sitzen sie mit einer dringenden Queste im eisigen Irrisen fest: Findet Baba Jaga! Um die vermisste Königin der Hexen aufzuspüren, müssen die Helden sich in die monsterverseuchte Hauptstadt Weißthron wagen. Dort hat Königin Elvanna die eingefangene *Tanzende Hütte der Baba Jaga* auf dem Marktplatz zur Schau gestellt. Können die SC dieses wundersame Artefakt erobern und die Spur der entführten Hexenkönigin finden oder sterben sie einen eiskalten Tod durch die Hand der Weißen Hexen von Irrisen?

Die Lebensweise des Winterwolfes
von Russ Taylor

Erfahre mehr über die Angewohnheiten und Lebensweise der heimtückischen Winterwölfe, ihre Abstammung und mit welchen übernatürlichen Fähigkeiten diese Bestien sich an der Spitze der Nahrungskette halten.

Milani
von Sean K Reynolds

Entdecke die Religion von Milani der Immerblüte und wie ihre Gefolgsleute in Form von Rebellion und Aufstand treu die Hoffnung verbreiten.

Und mehr!

Im zweiten Kapitel von „Die Knochenmehl-Puppen" in den Chroniken der Kundschafter begeben sich Norret und Orlin in die bizarre Gesellschaft der jungen Jadwiga. Und im Bestiarium warten neue gefährliche Feenwesen und der Herold Milanis.

OPEN GAME LICENSE Version 1.0a

The following text is the property of Wizards of the Coast, Inc. and is Copyright 2000 Wizards of the Coast, Inc ("Wizards"). All Rights Reserved.

1. Definitions: (a) "Contributors" means the copyright and/or trademark owners who have contributed Open Game Content; (b) "Derivative Material" means copyrighted material including derivative works and translations (including into other computer languages), potation, modification, correction, addition, extension, upgrade, improvement, compilation, abridgment or other form in which an existing work may be recast, transformed or adapted; (c) "Distribute" means to reproduce, license, rent, lease, sell, broadcast, publicly display, transmit or otherwise distribute; (d) "Open Game Content" means the game mechanic and includes the methods, procedures, processes and routines to the extent such content does not embody the Product Identity and is an enhancement over the prior art and any additional content clearly identified as Open Game Content by the Contributor, and means any work covered by this License, including translations and derivative works under copyright law, but specifically excludes Product Identity. (e) "Product Identity" means product and product line names, logos and identifying marks including trade dress; artifacts, creatures, characters, stories, storylines, plots, thematic elements, dialogue, incidents, language, artwork, symbols, designs, depictions, likenesses, formats, poses, concepts, themes and graphic, photographic and other visual or audio representations; names and descriptions of characters, spells, enchantments, personalities, teams, personas, likenesses and special abilities; places, locations, environments, creatures, equipment, magical or supernatural abilities or effects, logos, symbols, or graphic designs; and any other trademark or registered trademark clearly identified as Product identity by the owner of the Product Identity, and which specifically excludes the Open Game Content; (f) "Trademark" means the logos, names, mark, sign, motto, designs that are used by a Contributor to identify itself or its products or the associated products contributed to the Open Game License by the Contributor (g) "Use", "Used" or "Using" means to use, Distribute, copy, edit, format, modify, translate and otherwise create Derivative Material of Open Game Content. (h) "You" or "Your" means the licensee in terms of this agreement.

2. The License: This License applies to any Open Game Content that contains a notice indicating that the Open Game Content may only be Used under and in terms of this License. You must affix such a notice to any Open Game Content that you Use. No terms may be added to or subtracted from this License except as described by the License itself. No other terms or conditions may be applied to any Open Game Content distributed using this License.

3. Offer and Acceptance: By Using the Open Game Content You indicate Your acceptance of the terms of this License.

4. Grant and Consideration: In consideration for agreeing to use this License, the Contributors grant You a perpetual, worldwide, royalty-free, non-exclusive license with the exact terms of this License to Use, the Open Game Content.

5. Representation of Authority to Contribute: If You are contributing original material as Open Game Content, You represent that Your Contributions are Your original creation and/or You have sufficient rights to grant the rights conveyed by this License.

6. Notice of License Copyright: You must update the COPYRIGHT NOTICE portion of this License to include the exact text of the COPYRIGHT NOTICE of any Open Game Content You are copying, modifying or distributing, and You must add the title, the copyright date, and the copyright holder's name to the COPYRIGHT NOTICE of any original Open Game Content you Distribute.

7. Use of Product Identity: You agree not to Use any Product Identity, including as an indication as to compatibility, except as expressly licensed in another, independent Agreement with the owner of each element of that Product Identity. You agree not to indicate compatibility or co-adaptability with any Trademark or Registered Trademark in conjunction with a work containing Open Game Content except as expressly licensed in another, independent Agreement with the owner of such Trademark or Registered Trademark. The use of any Product Identity in Open Game Content does not constitute a challenge to the ownership of that Product Identity. The owner of any Product Identity used in Open Game Content shall retain all rights, title and interest in and to that Product Identity.

8. Identification: If you distribute Open Game Content You must clearly indicate which portions of the work that you are distributing are Open Game Content.

9. Updating the License: Wizards or its designated Agents may publish updated versions of this License. You may use any authorized version of this License to copy, modify and distribute any Open Game Content originally distributed under any version of this License. 10. Copy of this License: You MUST include a copy of this License with every copy of the Open Game Content You distribute.

11. Use of Contributor Credits: You may not market or advertise the Open Game Content using the name of any Contributor unless You have written permission from the Contributor to do so.

12. Inability to Comply: If it is impossible for You to comply with any of the terms of this License with respect to some or all of the Open Game Content due to statute, judicial order, or governmental regulation then You may not Use any Open Game Material so affected.

13. Termination: This License will terminate automatically if You fail to comply with all terms herein and fail to cure such breach within 30 days of becoming aware of the breach. All sublicenses shall survive the termination of this License.

14. Reformation: If any provision of this License is held to be unenforceable, such provision shall be reformed only to the extent necessary to make it enforceable.

15. COPYRIGHT NOTICE

Open Game License v 1.0a © 2000, Wizards of the Coast, Inc.

System Reference Document. © 2000. Wizards of the Coast, Inc; Authors: Jonathan Tweet, Monte Cook, Skip Williams, based on material by E. Gary Gygax and Dave Arneson.

Atomie from the *Tome of Horrors Complete* © 2011, Necromancer Games, Inc., published and distributed by Frog God Games; Author: Scott Greene, based on original material by Gary Gygax.

Forlarren from the *Tome of Horrors Complete* © 2011, Necromancer Games, Inc., published and distributed by Frog God Games; Author: Scott Greene, based on original material by Ian Livingstone.

Spriggan from the *Tome of Horrors Complete* © 2011, Necromancer Games, Inc., published and distributed by Frog God Games; Author: Scott Greene and Erica Balsley, based on original material by Roger Moore and Gary Gygax.

Swarm, Raven from the *Tome of Horrors Complete* © 2011, Necromancer Games, Inc., published and distributed by Frog God Games; Author: Scott Greene.

Troll, Ice from the *Tome of Horrors Complete* © 2011, Necromancer Games, Inc., published and distributed by Frog God Games; Author: Scott Greene, based on original material by Russell Cole.

Pathfinder Adventure Path #67: The Snows of Summer © 2013, Paizo Publishing Inc.; Author: Neil Spicer. Deutsche Ausgabe: *Sommerschnee* von Ulisses Spiele GmbH, Waldems unter Lizenz von Paizo Publishing, Inc., USA.